我不服从，将来也不会服从。

——赫尔曼·黑塞

读客三个圈经典文库

经典就读三个圈　导读解读样样全

UNTERM RAD

在轮下

［德］赫尔曼·黑塞 著

（1877—1962）

文泽尔 译

读客三个圈经典文库

经典就读三个圈　导读解读样样全

江苏凤凰文艺出版社

JIANGSU PHOENIX LITERATURE AND ART PUBLISHING

图书在版编目（CIP）数据

在轮下 /（德）赫尔曼·黑塞著；文泽尔译．-- 南京：江苏凤凰文艺出版社，2023.2
（读客三个圈经典文库）
ISBN 978-7-5594-7222-9

Ⅰ．①在… Ⅱ．①赫… ②文… Ⅲ．①长篇小说－德国－现代 Ⅳ．① I516.45

中国版本图书馆 CIP 数据核字 (2022) 第 190653 号

在轮下

［德］赫尔曼·黑塞 著　　文泽尔 译

责任编辑　丁小卉
特约编辑　黄　婧　　张　宇　　鲍　畅
封面设计　吴浩演　　白益凡
责任印制　刘　巍
出版发行　江苏凤凰文艺出版社
　　　　　南京市中央路 165 号，邮编：210009
网　　址　http://www.jswenyi.com
印　　刷　三河市兴博印务有限公司
开　　本　880 毫米 ×1230 毫米　1/32
印　　张　7.75
字　　数　185 千字
版　　次　2023 年 2 月第 1 版
印　　次　2023 年 2 月第 1 次印刷
标准书号　ISBN 978-7-5594-7222-9
定　　价　49.90 元

千万别懈怠，否则就会被碾死在轮下。

——《在轮下》第118页

目 录

第一章

约瑟夫·吉本拉特先生，中间商兼代理人，相较于这座城市里的其他男性居民，他并没有任何鹤立鸡群或者特立独行之处。他跟他们一样，拥有结实、健康的体形，做生意的本事马马虎虎，以一种真诚的、发自内心的景仰态度来看待金钱。此外，他有一座带小花园的独栋小屋，在墓园内有一小块家族墓地，有一份多少算是开明的、约束力不强的虔信，对上帝和当局予以适当尊重，对维持小市民阶层体面所必须遵循的那套铁律盲目服从。他喝酒贪杯，但从未醉过。他总是会顺手做些不能算是完全合法合规的生意，却又从来没有超出法规正式允许的界限。比自己穷的人，他骂他们是饿死鬼；比自己富的人，他又骂他们乱吹牛。他是市民协会的成员，每周五参加在“老鹰”酒馆举办的九柱戏比赛[1]，此外，每个烘焙日[2]、

1 现代保龄球的前身，参与者需要将一只通常没有指孔的球滚下球道，尽力击倒尽头处九只规则排列的柱体，积分规则与现代保龄球类似。——译者注（如无特别说明，本书注释均为译者注。）

2 德国各地经常举办的一种集体活动，通常由当地市民协会负责承办。每逢烘焙日，大家齐聚起来制作面包、蛋糕，享受烘焙乐趣并聚餐。此处列举的三项集体活动都是有免费餐食提供的，暗指吉本拉特先生爱贪小便宜。

每次做炖菜和屠夫汤[1]也少不了他。他在工作时抽便宜的雪茄烟，唯有在晚饭后和星期天才改抽更高级的香烟。

他的精神生活是市侩型的。即便真的拥有那么一丁点儿真性情，上面也早就落满了灰尘，除了传统粗暴的家庭观念，对自己儿子所怀有的骄傲之心，以及偶尔向穷人施以小恩小惠之外，几乎就没别的了。他心智方面的禀赋没有超出与生俱来且严重受限的“处世精明”与“长于算计”这两者所囊括的范畴。他的阅读领域仅限于报纸。至于满足文艺欣赏方面的需求嘛，一年一度的市民协会业余爱好者会演，再穿插着参观一次马戏团，就足够了。

他大可以跟自己的随便哪位邻居互换名字和住所，当前情况也不会发生任何变化。在他内心最深处，对任何一种超凡脱俗的力量与品格都保持着不信任态度，对任何不同寻常、更加自由、更显精细、志存高远的事物都存在着由忌妒之心催生而出的本能敌意——这座城市里其他家庭所有的父亲们也并无二致。

关于他的事情已经讲得够多了。倘若想要描绘出这种浅薄的生活，及其无意识下所酿成的悲剧，唯有思想深刻的讽刺家方能胜任。不过，这男人膝下有一独子，他才是我们眼下打算谈论的对象。

汉斯·吉本拉特无疑是个颇具天赋的孩子，关于这点，只消看看他跟其他孩子们在一起时，表现得多么机敏伶俐、多么卓尔不群，

1 南德传统菜肴，是一种混合多种香肠的肉汤。因为过去屠夫会在杀猪后制作各种香肠，并将边角料做成汤配黑面包食用，因而得名。在南德，制作炖菜和屠夫汤也是市民协会经常举办的传统活动。

马上就一清二楚。在这座小小的黑森林寨子[1]里，还从来没有出现过像这样的一号人物——视野和影响力能够超越周遭环境桎梏的能人，此地还从未诞生过。天知道这孩子是从哪里得到那双严肃认真的眼眸、那方聪颖睿智的额头、那套温文尔雅的步态的，或许是来自他的母亲？不过，她已去世多年，除了总是病恹恹、愁眉苦脸之外，在她生前并没有人留意到她身上有什么特别之处。至于他父亲，更是连考虑都不用考虑。如此看来，来自上界的神秘火花恐怕真的蹦进了这座年代悠久的寨子里，在它长达八九个世纪[2]的历史中，曾经涌现出那么多能干的居民，但还从来没有诞生过哪怕一位天赋异禀之人或者说天才。

随便找一位受过现代学术训练、水准优异的观察家，恐怕都会留意到这个家庭里体弱多病的母亲，继而将她与某种神秘的家学渊源联系到一起。如此一来，可能就会将汉斯·吉本拉特在智识方面的天赋异禀，描述为家族中新崛起的退化征兆。好在这座镇子尚算幸运，没有窝藏这类麻烦人物，只有少数官员，以及学校里比较年轻聪敏的老师们，才有机会通过报刊上登载的相关文章，对所谓“现代人”的存在产生些许似是而非的了解。即使完全不知道查拉图斯特拉的论述[3]，也仍然可以在镇上过舒坦日子，被视为受过教育、很有教养的绅士；婚姻关系坚如磐石，而且往往都很幸福；总体而言，大家的生活还是保持着无可救药的老派习俗。在那些热心的、相对富裕的市民们当中，其中一部分在过去二十年里，实现了从手工业者到工厂主的

1　本书故事是以黑塞童年故乡小镇卡尔夫为背景的，卡尔夫位于德国巴登－符腾堡州首府斯图加特市远郊，隶属于卡尔斯鲁厄行政区，在南德著名的黑森林区域内，故有此说。此处原文中Nest本身是“鸟巢、兽穴、村寨”之意，在德语口语中亦指偏僻的小地方，含贬义，此处是黑塞的自嘲。

2　卡尔夫有据可考的历史始于十一世纪中叶，故有此说。

3　指尼采散文诗体哲学名作《查拉图斯特拉如是说》，创作于十九世纪八十年代。

转变，他们会在官员们面前脱下帽子致意，想方设法与他们交际，但在自己这帮人中间，却总在嘲讽这些当官的是帮活脱脱的饿死鬼，是绑在写字台上的奴隶。奇怪的是，尽管总是在背地里骂当官的，他们这帮人却没什么雄心壮志，无非都想让自己的儿子好好学习，长大了通过考试成为公务员。不幸的是，最终这份期冀总会蜕变为无法实现的美好梦想，因为他们的后代往往天资驽钝，读拉丁语学校十分吃力，反复留级，才能熬到毕业。

汉斯·吉本拉特的才华毋庸置疑。老师、校长、邻居、小镇牧师、学校的同学……每个人都承认，这男孩拥有极为聪明的脑袋瓜儿，是个出类拔萃的天才。如此这般，他的未来道路早早就被确定了下来。因为在施瓦本地区[1]，在父母相对富裕的前提下，有天赋的男孩只有一条狭窄的道路可走：通过州级考试进入神学院预备班，神学院预备班毕业后进入图宾根神学院[2]，接下来再从那里走上大学讲坛，或者进入大教堂履行神职。年复一年，每年都有三四打小镇居民的儿子踏上这条稳妥又安全的道路。这些刚刚受过坚信礼[3]的学生，因为太过用功，乃至于劳累过度，身体看起来很是羸弱。他们在国家的资助下，在人文知识的各个领域内遨游，八年或者九年之后，正式开启他们漫长人生旅途的第二部分——通常而言，是年岁漫长得多的一部分——在这部分旅途中，他们理应知恩图报，为自己之前享受到的优质教育，好好回报国家。

几周之后，此地即将再次举行“州级考试”。这是一年一度百

1 指神圣罗马帝国时期施瓦本行政圈区域，包括今德国巴登－符腾堡州东南部与巴伐利亚州西南部。

2 由乌尔里希公爵创立于1536年，德语区最著名的神学院之一，后隶属于图宾根大学，黑格尔、荷尔德林等大师皆毕业于此。

3 在当时的德国，孩童通常根据天主教传统，十三岁受坚信礼。

牲大祭[1]的别称，在这场大型活动中，“国家”将会悉心挑选来自全国的才智花朵。在此期间，来自小镇和村庄的无数家庭，他们的叹息、祈祷和宏愿，都将指向州首府斯图加特，因为州级考试就在首府的怀抱中进行。

汉斯·吉本拉特是这座小镇中将要被派去参加这场激烈角逐的唯一候选人。荣誉是巨大的，但绝不是唾手可得。学校的课程每天都要持续到下午四点，在此之后是校长亲自负责传授的、额外的希腊语课程。傍晚六点，镇上那位好心的牧师要给他开拉丁语和神学的小灶，每周两次，晚饭后还要到数学老师那里补习一小时。在希腊语中，除了不规则动词的时态之外，主要看重由不变词[2]来加以表达的千变万化的句子组合；在拉丁语中，重要的是要有清晰简洁的文体风格，特别是要了解许多诗律学上的细微差别；在数学中，重点在于复杂的比例运算法则。正如老师经常强调的那样，这些东西对以后的学习和生活似乎没有任何价值可言，但这其实只是表面上的结论。实际上，它们非常重要，甚至比一些主要科目更重要，因为它们可以培养一个人的逻辑能力，是所有明晰、清醒和有效思维的基础。

除此之外，为了避免精神上出现超负荷现象，同时为避免在单纯的智力训练中忽略美德方面的培养，令心灵之花不知不觉地枯萎，汉斯被学校允许在每天早上开课前一小时去参加坚信礼课程。那里使用的是布伦茨[3]的慕道书[4]，在对神学知识问答的刺激性记忆和背诵

1 古希腊时期，一次用一百头牛或其他牲畜向众神献祭，即称为“百牲大祭”。后泛指花费高昂的大规模杀生献祭。

2 古希腊语词汇分类，其中包括副词、介词、小品词。

3 德意志符腾堡地区宗教改革运动领导人。

4 在慕道班学习的、未受坚信礼的少年所使用的神学手段，以问答的形式进行基本教义的培训，慕道学习结束后要进行考试，合格之后才被允许参加坚信礼。

中，宗教生活的清新气息得以渗入年轻的灵魂。不幸的是，少年主动放弃了每天这一小段可以让自己精神得以净化的时间，从而失去了对应的祝福。因为他偷偷将小抄藏进了自己的慕道书里，小抄内容包括希腊语和拉丁语词汇，以及数学习题，在清晨，这整整一个小时的时间中，其实都被这些世俗学问占据。但至少他的良知还没有钝化到无法持续体会一种令自己感到无比恐慌的不确定感，以及某种微弱焦虑感的地步。每当教长[1]走近他，甚至叫他名字时，他的身体都会因胆怯而颤抖，一旦不得不回答问题时，额头上就会冒汗，心脏也跟着狂跳。尽管如此，他所给出的回答却是无可挑剔的，甚至在发音上也是如此，教长对此感到非常满意。

白天的时候，写作、背诵、复习、预习的作业，一节课接着一节课地在累积，然后，到了晚上，汉斯到了家里，在温馨灯火笼罩下，这些作业总算能够逐一完成。写作业本身就需要安静的环境，所以，汉斯也幸好能够被家庭的安宁氛围所环绕，班主任将之归结为一种特别重要且有益的影响。回家写作业一事，周二和周六晚上，通常持续到十点左右就停止，但在其他日子里会一直持续到深夜十一二点，偶尔甚至还会更晚。他父亲对过度消耗灯油的现状虽然表现得挺反感，但对他能够在家用功学习，其实始终是感到开心且自豪的。对于占据了我们生活七分之一的星期天，如果这天恰好有闲暇时间，大家则强烈建议他阅读一些在学校里没有读过的作家的作品，除此之外，还要好好复习各种外语的语法。

“当然要有节制！有节制！每周外出散步一两趟是很必要的，而且有奇效。如果天气好，你还可以把书带到户外去——这时你就会发现，在户外的新鲜空气中学习是多么容易，多么开心。记住，散步

1　修道院中的教学负责人，通常是修道院院长。

的关键就是要抬起头来！”

于是，汉斯就尽可能地抬起头来散步，自那时起，他把散步也当成了学习，顶着一张无比疲惫的脸，睁着黑眼圈严重的双眼，一言不发、表情惊恐地走来走去。

“您觉得汉斯怎么样？他会通过州级考试的，不是吗？”班主任有次问了校长这个问题。

“他会的，会过的，”校长颇为高兴地回应道，“他是非常聪慧的好苗子。您只需要瞧一瞧他那副模样就知道——他看起来简直超凡入圣了。”

在最后八天时间里，超凡入圣的特征已经变得非常明显。男孩俊俏而稚嫩的脸庞上，两侧眼窝深陷，眼神飘忽不定，瞳孔中燃烧着晦暗的光芒；俊朗的额头上遍布着细小的皱纹，时不时抽动一下，足以揭示精神上的富足；本就瘦弱不堪的胳膊和双手，如今疲软无力地耷拉下来，令人不由得联想起波提切利[1]笔下的画作。

时候到了。明天一大早，他将跟父亲一道，启程前往斯图加特，在那里展示他是否有资格进入神学院预备班那道狭窄的大门。他专门去找校长辞行。“今天晚上，”最后关头，眼前这位令人敬畏的学校统治者反而用从来没有过的温和语气对他说道，“你可不能再学习了，你必须向我保证这点。明天，当你抵达斯图加特时，必须保持精神十足的劲头。今晚先去散一个小时的步，然后按时上床睡觉。年轻人必须得有充足的睡眠才行。”

汉斯对于自己能够从校长那里收获如此之多的善意，而不是一大堆可怕的训诫感到惊讶，走出校舍时，他踏踏实实地松了口气。高

1 桑德罗·波提切利（1445—1510），欧洲文艺复兴早期佛罗伦萨画派最后一位画家，深受尼德兰肖像画的影响，代表作有《维纳斯的诞生》等。波提切利笔下的人物超越了自然比例的约束，往往看起来细长瘦削，仿佛被压缩了一般，故有文中所说。

大的基希贝格菩提树[1]在午后炎热的阳光下烁烁发光，集市广场上的两座大喷泉不断溅起水花，一闪一闪地晃眼，越过高低错落的屋顶那不规则线条的上方，朝着远方眺望，可以看见一片蓝黑色的冷杉树丛。男孩觉得自己似乎好久没有看到这样的一番景象了，此时此刻，眼前一切在他看来全都显得异常美丽，诱惑力十足。他感到些许头痛，好在今天已不需要再去学习些什么了。

他慢慢走过集市广场，途经老市政厅，穿过集市小巷，经过刀匠工坊，来到了那座老桥上。他在那里来来回回闲逛了一会儿，最后在宽阔的护栏上坐了下来。几个星期以来，几个月以来，他每天都要经过这座桥四趟，却从来不曾留意过桥边那座哥特式小教堂，也没有特意去瞧一眼桥下这条河，没有去看那道水闸、堤堰和磨坊，甚至没有去看那片可以下河游泳的草地，没有去看被垂柳覆盖的河岸。岸边，制革用的晾晒场一个紧挨着一个。河水悄无声息地流淌着，水面波澜不惊，静得像个湖泊，柳枝弯弯，一直垂到水里。

此时此刻，他蓦地忆起了往事，回想起自己曾经在这里度过了多少个半天、多少个整天。过去他经常在这条河里游泳、潜水、划船和钓鱼。噢，钓鱼！他也几乎忘掉了自己的这一爱好。去年，因为要参加考试，大家禁止他继续钓鱼，当时他哭得多伤心。钓鱼！这是在学校苦读的那些漫长岁月里最美好的事情了。站在稀疏的柳荫之下，水流经过磨坊和堤堰的淙淙声近在咫尺，水面深邃而平静。数不尽的粼粼波光，长长的鱼竿轻微摇晃，咬饵和拉竿时的激动，以及最后——终于将一条浑身凉沁沁、体态肥硕、活蹦乱跳的鱼儿紧紧握在了手里，可真是种难以形容的快乐！

1　菩提树品种，以树干极其粗大而著称。施瓦本地区很多古镇将其作为广场纪念树来栽种。

他从河里钓出过许多条肥美的鲤鱼，也钓出过鲮鱼和鲃鱼，还有美味的丁鲷，以及一些体形很小、相当罕见的、颜色漂亮的小鱼。他就坐在那里，凝望着对岸，望了很长时间，目光落在紧挨河岸的一处绿色角落里，不由得思绪万千，仿佛有千万种说不清道不明的忧虑涌上心头。此时此刻，他忽而觉得美好、自由、奔放的少年时代，那些快乐的日子已被远远抛在了身后，已经那么遥远，远到遥不可及了。他条件反射般地从口袋里掏出一小块面包，将它一点儿一点儿掰开，捏成大大小小的球状，扔进水里，看着它们沉下去，被鱼儿衔走、吃掉。最先游过来的是体形极小的“落金”[1]和鳊鱼[2]，它们先是迫不及待地吞噬小块的面包球，随后又用一张一合的鱼唇将大块的面包球咬得坑坑洼洼，好像还没有吃饱。接下来，有一条体形较大的鲮鱼缓慢而谨慎地接近，它的背部宽大，颜色乌黑，只隐约看得见一圈轮廓，很难与河水的底色区分开来。鲮鱼故意绕开那些逐渐下沉的面包球，转着圈儿寻找机会，然后稍微晃一下身子，让它消失在自己突然张开的圆口中。温暖潮湿的气流，自慵懒的河面向上蒸腾，几朵耀目的云彩，影影绰绰地照映在绿水间，圆锯在磨坊里呻吟，堤堰上的两处洞口，水流看起来很清凉，激荡出低沉的冲击声。这时，男孩想起了不久之前举行坚信礼的那个星期天。那一天，仪式现场的气氛庄严肃穆，参加仪式的人们沉浸在感动之中。哪承想，在如此环境渲染下，他竟在心里默背希腊语动词。最近他经常走神，在本来该做正事的时候思考其他事情，哪怕在学校里上课时，他也没有认真听讲，反而总是在思考过去已经发生的事情，或者未来将会发生的事情。不管怎样，考试应该还是能顺利通过的！

---

1 施瓦本地区中，一种河中常见野生小鲤鱼的俗称，因其背部有散乱的金色鳞片而得名。

2 欧洲鳊鱼，身体银白色，背部略发黄。

他心不在焉地从护栏上站起身来，忽而感到有些无所适从，不知道接下来该往哪里去。这时，一只强而有力的手突然从后面抓住了他的一侧肩膀，有个男人冲着他说话了，声音很和善，但他还是结结实实地吓了一跳。

“你好[1]，汉斯，跟我一起走一小段路，可以吗？”

开口的是鞋匠师傅弗莱格，汉斯以前时不时地就会到他家里去，同他闲聊，消磨晚上的闲暇时间，但眼下已经很久没这样了。于是，汉斯便跟他一起走，看起来似乎正在用心聆听这位忠心耿耿的虔信派[2]教徒讲话，实际上却没有真正注意他具体在讲些什么。弗莱格谈到了考试，祝男孩好运，试图鼓励他，但他讲这番话的最终目的却是引出这样一种观点，即认为这类考试只是外在的、偶发的现象。纵使失败，也根本称不上耻辱。失败可能发生在最优秀的人身上，假如失败真的发生在了他的身上，那么他就应该记住，上帝为世间的每个灵魂都安排好了他打算实施的特殊意图，上帝自会引导每个灵魂走自己该走的路。

汉斯对眼前的弗莱格并不能做到完全问心无愧。尽管汉斯对弗莱格本人和他那自信的、胸有成竹的天性感到非常敬佩，但他也听过许多关于虔信派教徒的笑话——每当他们讲这类笑话时，他都跟着笑了，可这往往违背了他本人的意愿，因为他跟弗莱格有过不少接触，对虔信派有着更好的判断，知道这些笑话其实都是无中生有；除此之外，他也为自己的懦弱感到羞愧。因为一段时间以来，由于这位鞋匠师傅总是向他提出很尖锐的问题，他感到无所适从，

1 此处原文使用的是南德常见的问候语，意为“上帝保佑你”。在南德，一天任何时候都可以使用这句问候语。

2 对应欧洲加尔文宗内部持敬虔主义态度的独立教会成员。该派别的特点是轻教义而重实践，在反对正统派近乎僵化的繁文缛节问题上有着积极意义。

所以几乎可以说是有些害怕地刻意避开了他。自从汉斯在学校里成为老师们的骄傲之后，他自己也开始变得有些傲慢起来，可自那以后，弗莱格师傅就总是用很奇怪的态度来对待他，总想打击他。诚然，这样做其实也是出于好意，无非是想要剔除男孩身上不恰当的傲气，但结果却不甚理想，反而令原本跟他亲近的男孩逐渐变得疏远起来，逐渐失去了跟男孩交心的机会。这是因为汉斯眼下正处于青春期，对每一个语中带刺的、有可能刺激到他自尊心的举动，反应都很敏锐，排斥得也很迅速。此时此刻，他心不在焉地走在这位正在讲话的弗莱格师傅旁边，并不知道弗莱格师傅从上方看着他时，心中对他有多么怜爱和关切。

走到克洛伦街[1]时，他们遇到了小镇牧师。鞋匠以一种颇具分寸的冷淡态度跟他打了个招呼，然后突然加快了步伐，走到前面去了，因为这位牧师是个很新潮的神职人员，甚至不相信复活[2]，并因此而远近闻名。于是，现在便由牧师带着这男孩一起走了。

“情况如何？”他问道，“你恐怕很高兴吧，终于走到这一步了。”

“是啊，我现在就挺高兴的。”

“嗯，保持好状态！你知道的，我们把所有的希望都寄托在你的身上。我很期待你在拉丁语考试中的优异表现。”

“可是，万一我考砸了呢？”汉斯怯生生地试探道。

“考砸？！”这位神职人员停下了脚步，对男孩的这句话感到莫名惊诧，“考砸是根本不可能。绝对不可能！千万别瞎想！”

“我只是觉得，考砸恐怕也是有可能的……”

1　德奥各地常见的街名。

2　虔信派教徒的神学观念中，是有着先验的神秘主义传统的，对耶稣的复活笃信不疑，故有文中所说。

“不可能的，汉斯，绝不可能，这一点你大可以放心。那么，请替我向你爸爸问好，打起精神来！”

汉斯目送他离开，然后环顾四周，寻找鞋匠师傅。他刚才讲了什么？他说只要把心思放在正确的地方，敬畏上帝，拉丁语考试就不那么重要了。这种话讲起来倒很容易。然后又是牧师，说法完全两样！要是他真考砸了，以后恐怕永远都得躲着他，不可能再有脸去见他了。

他闷闷不乐、蹑手蹑脚地回到了家，走进斜坡上那个小花园里。这里建有一座小小的花园凉亭，木头已经朽烂，很久没使用了。他在凉亭里自作主张地搭了一个木制的棚子，在里面养了三年兔子。去年秋天，因为要考试，兔子们被带走送人了。自那时起，他在家里不再有任何可以稍微放松一下心情的地方了。

实际上，就连他自己也很久没有进过花园了。空荡荡的棚子看起来很破旧，墙角的钟乳石装饰也坍塌了，木制的小水车歪斜着倒在水管旁，破损得厉害。触景生情，他想起了自己当初琢磨、建造、雕刻这一切的那段时光。当时可真是开心哪，每天陶醉其间，不能自拔。转眼已经有两年了——整整两年了。他捡起小水车，将它的轮片掰弯，一片片完全弄断、拆散，然后将它扔到了栅栏外。是时候摆脱这些东西了，那段时光早就结束了，而且过去很长时间了。这时，他想起了自己那位同窗好友奥古斯特。奥古斯特当时曾帮过他，跟他一起搭建水车、修补兔舍。整整一个下午，他们都会在这里玩耍嬉闹，用弹弓玩射击游戏，追赶猫咪，搭建帐篷，把生的黄萝卜[1]当点心吃。可是后来，汉斯的书呆子生涯开始了，奥古斯特一年前也离开

---

1 南德常见的一种蔬菜，外形跟胡萝卜一致，唯独颜色是黄色的，味偏甜，且更脆，适合生吃。

了学校，成为一名机械师的学徒。自那时起，他就只露过两次面。当然，即便是奥古斯特，现在也没什么空闲时间了。

云影匆匆穿过山谷，太阳已接近山的边缘。有那么一瞬间，男孩觉得现在必须将自己给扔出去，同时发出哀号声。但他当然不可能这样做，反而直接从棚子里拿起斧头，细长的手臂高举到空中，一下一下地挥舞，将兔舍劈成了上百块碎片。板条飞散开来，钉子嘎吱嘎吱地叫唤，在斧头的重击下一根接一根地弯折。随着兔舍的瓦解，他的眼前出现了少许已经腐烂的兔食儿，这些还是前一个夏天留下来的。男孩的斧头朝着这一切猛扑过去，仿佛可以借这样一种方式来消除自己对兔子、对奥古斯特、对所有老早之前便已消失殆尽的童真往事的怀念之情。

“嘿，这是在搞什么东西？”父亲从窗口探出身来喊道，“你在那里做什么？”

“劈柴呢。”

他没有进一步回答，转身扔掉了斧头，穿过院子，跑进小巷，然后又上了河岸。靠近啤酒厂那一侧，有两只木筏被人用缆绳系在岸边。以前，温暖的夏日午后，他经常乘坐这样的木筏顺流而下，一晃就是好几个小时。结实的浮木一下一下地拍打着水面，在这个循环往复的过程中，他既感觉兴奋，又仿佛马上就要沉沉睡去。于是，他跳到相互之间捆扎得松松散散的浮木上，躺到一堆柳枝里，努力想象木筏正在河上行驶，经过草地、田野、村庄，经过凉爽的森林边界，经过桥洞，经过打开的水闸，他躺在上面，一切仿佛都会跟从前一样，还是会去卡普夫贝格[1]取兔食儿，在岸边的晾晒场钓鱼，既不会头痛，也没有烦恼。

---

1 卡尔夫正南方向约五十公里处的一个小镇，离瑞士很近。

回家吃晚饭时，他感到又累又乏。父亲对即将到来的斯图加特考试之旅感到异常兴奋，问了他十几次书是否装好，那套黑色的制服是否已经摆好，旅途中是否打算再复习一下语法，感觉是否良好，等等。汉斯每次回应都很简短，讲出口的一切话语都很简明扼要，晚饭吃得也很少，饭后很快就向父亲道了晚安。

“晚安，汉斯。好好睡一觉吧！那么，明早六点，我会准时叫你起床。你没忘记字典，对吧？”

“没有，我没忘记字典，晚安！”

在自己的小房间里，在没有任何灯光的环境中，他又无比清醒地呆坐了很久。迄今，这是考试带给他的唯一庇佑——属于他自己的小房间。在这里，他是主人，可以不受外界干扰。在这里，他与疲劳、睡眠和头痛作斗争，花很长时间来解决与恺撒、色诺芬[1]、语法、字典和数学相关的问题，以热情来攻克漫漫长夜。男孩的斗志很顽强，他对困难充满了蔑视，总是表现得雄心勃勃，但也经常濒临绝望。不过话说回来，在这小房间里，他总能拥有几个小时的神奇时间，对他而言，这几个小时的奇妙体验，比自己失去的全部孩童时的快乐更具价值：这段时间如梦似幻，满溢着骄傲、兴奋与得胜的快感。在这几个小时时间里，他梦想并渴望着自己能够超越学校、考试与周遭一切，进入生命中某个等级更高的圈层。近乎无耻的窃喜抓住了他，他很确信，自己真的跟班里那些脸上还挂着些许婴儿肥、心地善良单纯的同学们大不相同——自己是远远胜过他们的。不久之后的某一天，他或许就能取得资格，可以从高高在上的位置睥睨他们，享受无可比拟的优越感。此刻，他深深地吸了一口气，仿佛这小房间里

1 色诺芬（约前430—约前355或前354），雅典人，古希腊历史学家、作家，苏格拉底的弟子。

的空气更自由、更凉爽似的。他坐在床上，幻梦、期冀与预感环绕着他，就这样发了好几个小时的呆。肤色浅浅的眼睑，缓慢地垂落到他那双疲劳过度的大眼睛上，猛一下再睁开，眨了眨，随后再次垂落。男孩苍白无血色的脸庞沉了下去，斜倚在骨瘦如柴的肩膀上，两侧羸弱的手臂无力地伸展开来。他穿着外衣睡着了，如母亲般的沉眠之手，抚慰了男孩不安定的心，抚平了他心中的波澜，抹去了他漂亮额头上那些细小的皱纹。

这样的事情简直闻所未闻——尽管时间还很早，校长还是亲自去了车站送行。吉本拉特先生身上穿着十分正式的黑色礼服，激动、喜悦与自豪的情绪在心中不停涌动，令他有些站立不稳；他紧张地在校长和汉斯身边打转，车站站长和所有铁路员工祝他一路顺风，祝他儿子考试顺利。他那只小而硬的行李箱，有时提在左手，有时又换到右手。他先是把雨伞夹在胳膊底下，接着又夹在膝盖之间，然后再换回去，反反复复，中途还弄掉了好几次。每次雨伞掉落在地，他都要先将行李箱放下，这样才方便将雨伞再次捡起来。看到他的人多半会以为他是要到美国去旅行，而不是拿着往返车票前往斯图加特的。相比之下，儿子的情绪看起来似乎相当平静，可实际上，他喉咙深处压制着的秘密恐惧，几乎快要令他窒息。

火车进站，停了下来，父子俩上了车，校长挥了挥手，父亲点燃一支雪茄烟，山谷里的小镇和河流统统消失了。这段旅程对他们两人而言都是折磨。

到了斯图加特之后，父亲突然恢复了活力，开始变得开朗、和蔼、世故，他所受的鼓舞无非是那种小镇居民进了大城市的由衷喜悦。然而，汉斯却变得更加沉默，心中焦虑难安，因为他才刚见到这座城市就生出了一种深深的恐惧感；无数陌生的面孔、高得夸张的豪华建筑物、放眼一望就让人觉得疲惫的漫长道路、有轨马车[1]发出的巨大噪声和街道上的喧嚣声，上述每一样都令他感到害怕、痛苦。

他们需要暂时寄住在一位亲戚阿姨的家里。到了那里之后，陌生的房间、热情健谈的阿姨、长时间无意义的闲坐，还有父亲反反复复的鼓励，将男孩完全压垮。这里的一切统统都是陌生的，男孩感到无比迷茫，他哪里也去不了，只好蜷缩在房间里。每当他看到阿姨，还有阿姨身上穿的都市时装时，每当他看到图案夸张的墙纸、时髦的座钟、墙上挂着的照片或者透过窗户注视外面嘈杂的街道时，他都觉得自己已经被彻底抛弃。在他看来，自己似乎离家很长时间了，而且完全忘记了之前刻苦学到的一切知识。

这天下午，他本来打算再去复习一下希腊语不变词，但阿姨却建议他外出散步。霎时间，汉斯脑海中出现了大草原的葱郁颜色，听见了大森林里呼呼的风声，他很高兴，不假思索地就同意了。然而，他很快便意识到，在大城市里散步，所体会到的乐趣肯定跟在家乡小镇是截然不同的。

既已答应，他只好独自跟阿姨外出，因为父亲眼下正在斯图加特城里拜访几位朋友。哪承想，楼梯才刚下到一半，痛苦的体验就开始了。他们两个在二楼遇到了一位胖胖的、看起来似乎很有社会地位的女士，阿姨在她面前行了个礼，结果她马上拉住阿姨，开始滔滔不绝地聊天。她们就站在那里，聊了不止一刻钟。汉斯守在阿姨旁边，麻木不仁地靠在楼梯护栏上，被这位胖女士带的小狗不停地嗅着、吠着。他隐约知道，她们也聊到了他，因为这位陌生的胖女士反复透过

1 靠马匹牵引车辆，车轮在钢制轨道上滚动行驶的交通工具，可搭载双倍于普通马车的乘客和货物。

自己戴的夹鼻眼镜从上到下地打量他。他们才走到大街上，阿姨就转身进了一间商店，过了好半天才回来。在此期间，汉斯独自一人，尴尬地站在街上，被来往的路人推挤到一旁，还受到了街边顽童们的嘲笑。阿姨从商店回来时，递给了他一块巧克力作为礼物，他礼貌地表达了感谢，尽管他其实并不喜欢巧克力。走到下一个拐角，他们登上了有轨马车。于是，在不断响起的铃声中，他们乘坐着拥挤的有轨马车接连穿过一条又一条街道，最后抵达一条很宽的林荫道，林荫道旁是一座气派的大花园。在这里，喷泉里的水欢快地流淌，围有栅栏的花坛里，无数鲜花盛放，数不清的金鱼在小型人工池塘里游泳。散步的人很多，他们前前后后、来来回回地走动着。在其他散步者们的簇拥下，他们两人也开始散步。男孩看到了各式各样的面孔、优雅体面的衣服、自行车、轮椅和婴儿车，听到了层层叠叠纠缠到一起的嘈杂说话声，呼吸到了湿热的、满是尘灰的空气。最后，他们挨着其他人，在一处公园长椅上坐下来。阿姨几乎一直都在说话，眼下她叹了口气，对男孩慈爱地笑了笑，让他现在就吃那块巧克力。可他并不想这样做。

“亲爱的上帝啊，你不会是感到害羞吧？不是？那就吃，赶紧吃吧！”

于是，他只好掏出那一大板巧克力，在拆银色包装纸时故意拖延了一会儿，最后只咬了很小的一口下来。他从来都没有喜欢过巧克力，但却不敢告诉自己的阿姨。当他还在舔巧克力，为那甜腻的味道感觉窒息时，阿姨突然在人群中发现了一位熟人，赶紧跑了过去。

“就坐在这里，我马上回来。”

汉斯总算可以松一口气了，趁机将手里的巧克力远远地扔到了身后草坪上。然后，他开始有节奏地摆动双腿，注视着眼前走过的每一个人，心中感到异常痛苦。最后，他又开始默背起不规则动词来了，然而，令他感到惊恐的是，他发现自己几乎什么都不记得了。刻苦学习得来的一切，现在竟然完全忘光了！然而明天就是州级考试了。

阿姨回来之后，就说已经调查得很清楚，今年共有一百一十八名考生要参加州级考试。但最后只有三十六人能够通过。这下子，男孩的心完全掉进了冰窟里，回去的路上，他没有再讲过一句话。回到阿姨家里之后，他头痛欲裂，拒绝进食，并且情绪低落，表现得非常绝望，他的父亲一气之下，将他狠狠地训斥了一顿，甚至连阿姨也觉得他的表现令人难以忍受。这天晚上，他睡得很沉，陷入了一场可怕的、无法摆脱的梦魇之中。他看到自己跟其他一百一十七名考生一起坐在考场上，监考的考官时而像是家乡的镇长，时而又像阿姨，在他面前摆了堆积如山的巧克力，命令他统统吃下去。当他一边流着泪，一边拼命吃巧克力时，他眼睁睁地看着其他考生一个接一个地站起来，从一道窄门里消失了。他们都成功吃完了自己面前的巧克力山。唯有他面前的这座巧克力山还在不断变大，而他什么也做不了，只能眼睁睁地看着它变得越来越大，甚至溢出了考试的桌子，堵住了他坐的凳子，似乎想要将他活活憋死。

第二天早上，汉斯一边喝咖啡，一边紧盯着时钟，以防一不小心考试迟到，误了大事，与此同时，他家乡的许多人也都惦记着他。首先是鞋匠弗莱格，他在早晨喝汤之前做祷告，家人跟鞋匠师傅本人，还有两个学徒，一起围着餐桌站成一圈。今天，在通常的清晨祷告词中，一家之主额外加上了一段话："啊，主啊，请您也握住今日参加考试的学生汉斯·吉本拉特的手，保佑他，赐予他力量，让他有朝一日也能成为您神圣名字和唯一正道的传播者！"

小镇牧师没有为他祈祷，早餐时，他对妻子说了这样一番话：“现在汉斯就快进考场了。他将成为一个与众不同的人，会成为大家目光汇聚的焦点。到时候，我帮他上拉丁语课这件事也不会白费。”

班主任在上课前对学生们说道：“大家都知道，眼下州级考试马上就要在斯图加特正式开考，我们自然要祝愿汉斯能够一切顺利。不过，他其实根本就不需要我们的祝愿，像你们这种懒虫，哪怕十个人加起来，面对他时也得束手就擒。”现在班上几乎所有学生都在想那个今日缺席的男孩，甚至有许多人在私底下打赌，赌他的考试究竟是通过还是失败。

虔诚的祈祷与诚挚的关心是很容易以某种神秘方式传递到远方的，因此，汉斯此刻也感觉到了，大家正在家乡惦念着自己。在父亲陪同下，他忐忑不安地进入考场大厅，心惊胆战地听从监考助手们[1]的指示，简直就跟刑场上临刑的囚犯一样。找到自己的座位之后，他环视了一番这个面积很大的房间，发现这里坐满了脸色苍白的男孩。刚好这时候，教授进来了，命令大家肃静，并且口述了拉丁语文体练习的考试文本，汉斯将文本听写下来之后，大大地松了口气，因为他发现这篇口述文本简单得“令人发指”。于是，他迅速地、几乎可以说是兴高采烈地写起了自己的草稿，完成之后，又以滴水不漏的缜密逻辑进行了修订，然后整齐地把全文誊抄到空白的答卷纸上，并且成为整个考场里最先交卷的考生。出来之后，他走错了路，没能如预想的那样顺利回到阿姨家，反而在炙热的城市街道上四处徘徊了两个小时，但这个意外并没有扰乱他好不容易才

1　指大学内由高年级学生充当的教师助手。第二帝国时期重视教育，州级考试的监考是相当严格的，主考官由大学教授担任（因此后文中写的直接就是“教授进来了”），每个考场内有三到五名监考助手，通常由主考官的学生兼任。

重新找回来的平常心。能够暂时逃离阿姨和父亲，他甚至感到很开心，觉得自己像个大胆的冒险家，在斯图加特陌生而喧闹的街道上肆无忌惮地探险。然后，当他终于找到回家的路，回到阿姨家时，他受到了一大堆问题的轮番轰炸。

“进展如何？情况怎样？你学的东西都用上了吗？”

“简单得很，”他骄傲地回应道，“我五年级的时候就可以把它完整翻译出来。”

中午饭他吃得很香，胃口极好。

下午休息。父亲带他去拜访一些亲戚朋友。在其中一位的家里，汉斯遇到了一个跟他一样穿黑色制服的害羞男孩，他是从格平根[1]过来参加州级考试的。大人们讲话，两个男孩被抛到一边，羞涩而好奇地打量着对方。

“你觉得拉丁语的题目如何？很简单，不是吗？”汉斯问道。

“太过简单了。但现实往往就是如此，题目越简单，考生犯的错误反而越多。因为简单的题目容易使人麻痹大意，更何况题目里面肯定也有不少隐藏的陷阱。”

“你是这么认为的吗？”

“当然啦。出题的先生们可没那么愚蠢。”

汉斯如梦初醒，略微显得有些吃惊，继而变得若有所思。最后他怯生生地问道：“当时听写下来的那篇口述文本，你还留着吗？”

于是，那男孩取出了自己的草稿本，现在他们两个开始逐字逐句地重新细读了整篇文章。这位格平根男孩似乎是位水平高超的拉丁

1 斯图加特东南方不远处的一座小镇，现已融入斯图加特都市圈。格平根的基础教育在符腾堡当地一直很出名，故有文中所说。

语专家，因为他至少使用了两次汉斯之前从未听说过的拉丁语语法上的专用术语。

“明天考什么呢？”

“希腊语和作文。”

然后，格平根男孩问汉斯，有多少名来自汉斯的学校的考生。

“没有其他考生了，”汉斯说，“只有我一个。”

“哦，我们格平根考生可是有十二个呢！其中有三个真的格外聪明，我们估计他们的成绩能进入第一梯队。去年州级考试的状元也是格平根人。如果你考砸了，会去上高级文理中学[1]吗？”

此事从来没有进行过任何讨论。

“我不知道……不会的，我不认为自己会去上高级文理中学。”

“这样吗？不过，我无论如何都要上大学，就算这次考砸了也一样，如果真的考砸了，我母亲会让我去乌尔姆[2]。”

这次对话给汉斯留下了非常深刻的印象。来自格平根的十二名考生令他害怕，其中三个格外聪明的考生也使他格外惶恐不安。他觉得自己肯定比不上他们。

回到阿姨家里之后，他马上到书桌前坐下，再次复习希腊语中以mi开头的动词[3]。他一点儿也不害怕拉丁语，觉得考过的这部分内

---

1 德国十二年基础教育阶段最高级别的中学，通过毕业考试并取得证书后即可申请德国任何一所大学。在当时，第二帝国的教育体系还存在着多轨制，高级文理中学属于新兴教育模式，地位是远低于传统州级考试的，故有文中所说。

2 斯图加特东南约一百公里处的一座城市，位于多瑙河河畔。1890年，拥有世界最高教堂塔的乌尔姆大教堂刚刚建成，很多虔诚的德国人陆续迁往这座城市，其中有不少高级知识分子，当地高级文理中学的师资力量因此十分雄厚，故有文中所说。

3 希腊语语法中的专用术语。此处原文为小写的mi，是德语中特有的表述方法，它其实对应了希腊语中的字母μ，这类动词在古希腊语中有着特殊的变位形式。

容万无一失。但希腊语对他而言就完全不一样了。他喜欢希腊语，几乎对这门语言感到如痴如醉，但仅仅只在阅读方面。尤其是阅读色诺芬时——他的文章是如此优美，才思敏捷，内容新颖，他所写的一切，朗读出来都是明快、高雅、铿锵有力的，其中蕴藏着某种充满活力、崇尚自由的精神，一切都很容易理解。可是，一旦涉及具体的语法，或者一旦必须将德语翻译为希腊语时，他就会瞬间迷失在相互冲突的语法规则与格式的迷宫中，对这门外语感到一种强烈的、犹如门外汉般的恐惧和敬畏，就跟他在上第一节希腊语课时一样，要知道，那时候他甚至连希腊语字母都认不全。

第二天要面对的正是希腊语考试，然后是德语作文。希腊语论文[1]相当长，而且一点儿也不容易，作文题目很棘手，一不小心就会写走题。大约从十点钟开始，考场大厅里就变得既闷热又潮湿。汉斯手头的羽毛笔没有一支好用，连着糟蹋了两张答卷纸，才将希腊语论文部分的回答勉勉强强写好。写作文的时候，坐在他旁边的一个厚脸皮考生给他带来了最大的麻烦：此人偷偷摸摸地将一张写有问题的纸推给他，并通过戳他肋骨的方式敦促他回答。在考场上，与坐在旁边的人交头接耳是被严令禁止的，一经发现，不可避免地就会被赶出考场，从而丧失考试资格。他害怕得发抖，在那张纸上匆匆写了一句“别烦我”，然后就背对着那人，再也没搭理他了。就连天气也很讨厌，热得让人受不了。尽管如此，监考的教授还是坚持不懈地在考场大厅里来回踱步，步速很均匀，一刻也不休息，用随身的亚麻手帕在脸上抹了好几遍。汉斯今天穿的是参加坚信礼时的厚礼服，他大汗淋漓，而且头痛欲裂，一直挨到最后一刻，才很不情愿地交出了自己的答卷。交上去之后，他觉得考卷上到处都是错误，照目前情况来看，

1　当时州级考试的希腊语科目主要考论文阅读，论文后有一系列论述题待答。

恐怕是考砸了。

回家之后，在餐桌上，他没有说一句话，只是勉强耸了耸肩，以此来回答他们提出的所有问题，并且摆出了一副自暴自弃的表情。阿姨试图安慰他，但父亲却不满意了，态度变得很差。晚饭后，他将男孩领到隔壁房间里，又单独询问了一遍考试的具体情况。

“情况挺糟糕的。”汉斯说。

“那你为什么不注意点儿呢？考的时候再用心点儿不就行了吗？真见鬼！”

汉斯本来一直保持着沉默，当父亲终于开始责骂他时，他的脸涨得通红，说道：“你对希腊语根本一窍不通！”

最糟糕的是，今天下午两点，他必须准时参加口试。这才是他最害怕的。当他走在炙热的城市街道上时，心里极其难受，痛苦和恐惧不停折磨着他。他感到头晕目眩，眼睛几乎什么也看不清了。

他坐在一张绿色大桌子前，面对三位先生足足坐了十分钟，翻译了几段拉丁语，回答他们所提出的问题。接下来，他又在另外三位先生面前坐了十分钟，翻译希腊语，然后又被问了各种问题。最后，其中一位先生要求他列举出一个不规则变化的不定过去时[1]动词，但他没有给出任何回答。

“您可以走了，那边，右边那扇门。”

他开始往外走，但走到门口时，他突然想起了那个动词。于是他停了下来。

“请您离开考场，”考官冲他喊道，“请快速离开！您是不是觉得身体有哪里不舒服？”

1　古希腊语中的一种动词时态。

“不是的，只是那个不定过去时动词，我现在想到了。”

他直接冲着考场里面，将那个动词大声喊了出来。这时，他看到其中一位先生在笑，便头也不回地冲了出去，离开了考场。出去之后，他试图回想他们刚刚问的问题，以及他所给出的答案，但记忆里的一切细节都混淆在一起，根本无法回想清楚。唯一能够想起的就是始终摆在自己面前的那张绿色大桌子，大桌子后面那三位穿着长袍的严肃老先生，那本摊开的书，还有自己放在上面的那只颤抖的手。天哪！究竟他给出的是些怎样的答案啊！

再次走在街道上时，他觉得自己好像在这座城市里住了好几个星期，而且似乎永远也回不去了。父亲的花园，遍布冷杉的蓝色群山，河边的钓鱼点，脑海中的这一幅幅画面，似乎已属于遥远过去的尘封往事了。哎呀呀，要是今天能赶紧回家就好了，再待下去也没有任何意义了，怎样都好，反正考试彻底搞砸了。

他给自己买了个牛奶面包[1]，整个下午都在街上闲逛，如此一来便不需要面对父亲，不必跟父亲说话。当他终于回到阿姨家之后，他们都对他目前的状况表现出极度的担忧，因为他看起来疲惫不堪，而且非常痛苦。于是，他们赶紧做了一碗蛋汤[2]，守着他喝完之后，便命令他马上去睡觉。明天还要考数学和神学，考完之后，他就可以再次启程，离开斯图加特了。

反而隔天上午的考试进行得相当顺利。汉斯心想：昨天主要科目的考试运气如此之差，差到难以想象，谁又能料到，今天居然会大获成功，这可真是命运之神给出的苦涩讽刺啊。无所谓了，结果都一

1 斯图加特等地的方言称法。这种德国传统面包在制作时添加了牛奶，口感松软，奶香十足。

2 德国传统菜肴，正式名称是蛋花汤。汤底是家中通常储备的排骨高汤或者高汤粉，用三个新鲜鸡蛋，包括黑胡椒粉、肉豆蔻在内的几种辛辣调料，大约一刻钟就能做好。德国传统观念中，认为这种蛋汤是快速补充能量的秘方，故有文中所说。

样，现在是回去的时候了，快些回家吧！

“考试全部结束了，我们现在总算可以回家了。”他直截了当地对阿姨说道。

可是，父亲今天却并不想走。他想到康斯塔特[1]去玩一趟，在温泉公园里喝咖啡。但汉斯坚决不同意，以极恳切的态度向父亲提出请求，希望能马上离开，无奈之下，父亲终于允许他今天独自乘车离开。就这样，他被直接送去火车站，拿到了车票，得到了阿姨的临别赠吻和在路上吃的东西。上车之后，火车一路穿过绿水青山，可他整个人却身心俱疲，提不起来半点儿力气，无暇顾及窗外风景，只想着赶快回家。唯有当那些蓝黑色的冷杉树丛在远方出现时，一种喜悦和释放的感觉才逐渐在这个男孩心中升起。他期待见到家中的老女仆，期待自己的小房间，期待见到校长，期待学校那间无比熟悉的、层高很低的教室，期待着家乡小镇的一切。

幸运的是，下车之后，没有在车站里遇到任何好奇的熟人，他得以带着自己的小包裹，神不知鬼不觉地赶回了家里。

“在斯图加特玩得还好吧？”老安娜问道。

“玩得还好？你认为考试是件好玩的事吗？我唯一觉得高兴的就是现在总算回家了。不过，父亲要到明天才能回来。”

他喝了杯鲜牛奶，取下挂在窗外的游泳裤，转身跑了出去，但却没有跑到其他人通常会下水游泳的那块河畔草地上。他去的地

1 斯图加特当地的温泉疗养地，离市中心极近，自斯图加特总火车站出发步行约半小时可到，每年斯图加特的嘉年华集会和巡回马戏团表演都在此地进行。值得注意的是，文中汉斯的父亲提出的并非过分要求，因为在德国人看来，到斯图加特旅行不去康斯塔特玩一趟反而奇怪，黑塞刻意提到康斯塔特，其实是为了强调汉斯迫切想回家的心情。

方很远，一路走到了小镇外，那个被人们称为“天平”[1]的地方，那里的河水很深，在高高的灌木丛之间缓慢地流向林间深处。他首先脱掉衣服，将手和脚浸入河水里，河水很凉，他稍稍打了个寒战，然后便迅速将全身没入了水中。水流和缓，他逆着水流方向，慢慢朝着上游前进。游着游着，这几天的一切汗水、一切恐惧，似乎都渐渐自他身上被洗刷干净了。瘦弱修长的身体慢慢适应了河水的温度，整个人从内到外冷却了下来，灵魂仿佛又重新拥有了这美丽的家乡，内心亦感到无比欣慰。他用很快的速度游了一段，然后休息，接着又开始游，在感觉到愉悦凉意的同时，疲惫感也随之袭来。于是，他便采取仰卧的泳姿，平躺在河面上，让自己的身体随波逐流，听那傍晚时分聚起的蝇群，在金色圆圈中蜂拥而来时所发出的细密鸣叫声，看层层晚霞被身形虽小但动作迅疾的燕子来回切割，远眺群山，已经从视野中消失的太阳，仍在闪耀着玫瑰色的光芒。当他重新穿好衣服，脚步飘忽，恍恍惚惚地漫步回家时，山谷间已经遍布着夜的阴影。

他途中经过了商人萨克曼家的花园，当汉斯还是个年纪很小的孩子时，曾经跟其他几个同龄孩子一道，在这里偷摘过未成熟的李子。然后是基什内尔的建筑工场，白色的冷杉木房梁一根一根地堆积在这里，他以前经常在这些房梁下面找蚯蚓钓鱼。除此之外，他还经过了督察盖斯勒的小房子，两年前，他一度很想在冰上向他女儿爱玛告白。当时她是镇上最可爱、最优雅的女学生，与汉斯同龄。在很长一段时间里，他的脑子里面全是爱玛，想要跟她讲话，或者牵一牵手。但是这些事情从未发生过，因为他太腼腆了。告

1 欧洲的天平意象，是如正义女神朱斯提提亚左手所拿天平那样的物件。按文中描述，河岸两侧有对称灌木的河流，直直流入森林深处，整体看是有些像天平的，或许这正是其得名原因。

白的想法无疾而终，之后她就被送去一所寄宿学校读书，如今他几乎不记得她长什么样了。可是，游过泳之后，许多童年往事重新浮现在他眼前，仿佛自某个极为遥远的地方倾泻而出。此刻浮现出的一幕幕场景，有着如此鲜艳、醒目的色彩，散发出浓厚的带有警示性的气味，仿佛此前从未经历过一般。遥想那段时光，每天傍晚时分，大家经常跟纳斯霍尔德家的丫头莉瑟一起，坐在她家屋外的大门巷道[1]里，一边帮忙削土豆，一边听她讲故事。大家经常在星期天一大早卷起裤管，提心吊胆地下围堰去抓鳌虾或者“落金”，事后他却因为这天穿的礼服被水浸湿，而被父亲痛打一顿！这些原本都是我们大家习以为常的事情。遥想那段时光，竟有那么多神奇古怪、有趣又好玩的人和事，汉斯很久没有回想起那些了！那个歪脖子鞋匠，施特罗迈耶，据说他妻子是被他给毒死的。还有爱冒险的“贝克先生”，他拄着根拐棍，背着个背包，在附近整个都市圈内四处游荡，之所以被称为“先生”，是因为他曾经是个有钱人，拥有四匹马和一辆豪华马车[2]。汉斯除了还记得他们的名字之外，相关的故事完全想不起来了，不仅如此，他也模模糊糊地意识到，过去那个逼仄昏暗的小小巷道世界已经对他失去意义，再也不会有任何生动精彩、值得体验的东西出现在那里了。

因为第二天请的假还没用完，所以他干脆一直睡到了大天亮，享受难得的自由。到了中午，他到火车站去接父亲，父亲看起来还在幸福地回味着身在斯图加特时体会到的各种乐趣。

“如果考试通过了，你想要什么？可以许个愿，”父亲心情大

1 欧洲常见的建筑样式，指为方便道路从建筑物下方通过时所建造的如桥洞般的通道，常设有大门，将门关上后道路就被隔断了。欧洲老城区有不少大门通道是由于历史建筑挡在了计划修建的新路上而进行的改建。

2 特指带马车夫和仆从的高级马车。

好地许诺道，“好好考虑一下想要什么吧！”

“不会的，不会通过，”男孩叹了口气，回应道，“我敢肯定考砸了。”

“瞎说什么啊，你懂什么！听着，最好在我反悔之前，好好许个愿。”

“那我想在假期里再去钓鱼。可以吗？”

“好吧，你可以去，只要你通过考试，完全没问题。”

随后的一天是星期天，一阵电闪雷鸣过后，大雨倾盆。汉斯在房间里一连坐了好几个小时，进行阅读和思考。他试着采取不同的角度，仔细回忆了自己在斯图加特的考试表现，却一再得出相同的结论：他的运气实在是太糟了，糟糕得无可救药，本来可以考得更好些的。可现在木已成舟，不可能再有任何机会去补救。总而言之，考试无论如何都不可能通过。愚蠢的头痛[1]，可真是坏了大事！他越想就越不安，焦虑感在心中渐渐累积起来，压得他快要喘不上气来了。最后，内心的不安实在太过沉重，驱使他去找自己父亲，因为他想到了一个愿望，想要征得父亲同意，试图以此来一抒胸中块垒。

“听我说，父亲！”

“想到要什么了吗？”

“有些东西想问一下，是关于许愿的事情，我又想放弃钓鱼这个愿望了。”

“原来如此，怎么现在想到要换了？”

“因为我……哎呀呀，我其实想要问一问你，我是不是可以……”

“赶紧说出来吧，你是不是故意在拿我寻开心！说吧，到底想

1 指考希腊语时的“头痛欲裂”。

要什么？”

“如果考砸了，我是不是可以去上高级文理中学？”

吉本拉特先生一时语塞，什么话也没有回应。

“什么？高级文理中学？”沉默片刻，他突然爆发了，“你，去上高级文理中学？谁给你脑袋里灌输了这种想法？”

“没有谁。我就是想到了这个。”

此时此刻，他的脸上写满了面对死神般的惊恐，父亲却完全没有留意到。

“那你去啊，去上，”他很不情愿地干笑着说道，“这也太荒唐了。去上高级文理中学！你恐怕觉得我是个国民商务顾问[1]吧。”

他拒绝得如此干脆，毫无商量的余地，汉斯也只好放弃继续对话的打算，绝望地走了出去。

“这个孩子啊！”父亲在汉斯身后咆哮道，“尽搞些有的没的！现在甚至想到要去上高级文理中学了！是啊，干杯，你说起疯话来，简直像喝醉了酒。”

汉斯在窗台上坐了半个小时，凝视着刚打扫干净的木质地板，试图想象：如果真的去不了神学院、高级文理中学和大学，自己的未来将会是什么样子。他们会让他去奶酪店里当学徒，或者到会计室里做帮工，如此一来，他一辈子都会是个普普通通的苦命人。他向来很鄙视这些人，认为自己绝对是要凌驾于他们之上的，绝对不可能成为他们当中的一员。想到这些，他那张英俊聪明的学生脸瞬间拧成了一团，露出无比愤怒又无比悲伤的表情，发狂似的跳起来，吐了一口唾沫，随手抓起一本拉丁语名著选，用尽全力，将这本书狠狠甩到身边的墙上。然后便不管不顾地跑进了暴雨之中。

1　1919年前德国官方颁发给国家级巨商和工业家的荣誉称号。

星期一早上，他回到了学校。

“还好吧？”校长一边询问，一边同他握了握手，“我还以为你昨天就要来见我的。考试情况如何？”

汉斯低下了头。

“喏，什么意思？你考得不好吗？”

“我想是的，考砸了。”

“没事，有点儿耐心！”老先生安慰道，“今天上午大概就会送来斯图加特那边的成绩通告。”

这个上午漫长得可怕。一直等到中午，成绩通告都还没有来。吃午饭时，汉斯心里难受，仿佛大哭了一场似的，觉得什么东西都难以下咽。

下午，到了两点钟，他准时走进教室，回到自己的座位上，班主任已经在那里了。

“汉斯·吉本拉特。”班主任突然大声喊出他的名字。

汉斯站了出来。班主任同他握手。

“恭喜你，汉斯，你顺利通过了州级考试，成绩是全州第二！”

接下来是一阵肃然起敬的沉默。然后，门打开了，校长走了进来。

“恭喜你。那么，你现在想要对大家说点什么吗？”

突如其来的惊讶和喜悦，令男孩感到目瞪口呆，一直没有回过神来。

“好吧，你不打算说儿什么吗？”

“早知道是这样就好了，”不知不觉间，他将此刻的心里话讲了出来，“我本来可以考第一名。”

“现在赶紧回家吧，”校长说，“回去告诉你父亲这个好消息。从现在开始，你不需要再来学校了，反正八天后就开始放假了。”

男孩晕乎乎地来到街上，看到菩提树高高耸立，集市沐浴在阳光下，一切如常，但一切也都变得更加美丽，更有意义，更显欢乐了。他通过了州级考试！而且他还是全州第二名！当第一轮狂喜的风暴消退之后，他心中被一种热切的感激之情所笼罩。现在可好了，问题解决了，以后总算不需要躲避小镇牧师，以后又可以继续好好念书了！再也不必害怕奶酪店和会计室了！

而且，他现在又可以去钓鱼了。到家的时候，父亲刚好站在大门口。

“学校里发生什么了？”见他现在回来，父亲看似轻描淡写地问了一句。

“没什么大事，他们让我离开学校。”

“什么？为什么会这样？”

“因为我现在是神学院的学生了。”

“是吗，我的天，你通过了吗？”

汉斯点了点头。

“成绩不错？”

“我是第二名。”

父亲完全没有料到成绩竟有这么好。一时之间不知道该说什么，只好不停拍着儿子的肩膀，笑着摇摇头。然后，他张嘴似乎想要说些什么，但还是什么也没说，只是又摇了摇头。

“哎哟！”他终于喊了出来。接着又喊了一次：“哎哟！”

汉斯冲进屋里，上了楼梯，进了阁楼，猛地打开空荡荡阁楼里的其中一个壁橱，在里面翻来覆去地搜寻，取出大大小小的盒子，还有一捆捆鱼线和软木片。这些是他以前的钓具。现在想要重新开始钓鱼，最重要的一件事情，就是必须用刀削出一根漂亮的鱼竿来搭配这些钓具。于是，他又下楼去找父亲。

“爸爸，把你的小刀借给我！”

“做什么用？”

“我必须先削一根树枝出来，为了去钓鱼。”

父亲将手伸进自己的口袋里。

“给你，”他满面春风地说道，“这里有两马克，你可以去买一把属于自己的小刀。别去找汉弗莱德，直接到对面的刀匠铺去买吧。”

男孩健步如飞地去了。刀匠询问了州级考试的情况，听到好消息之后，特地取了一把打磨得非常漂亮的小刀出来。小河下游，布吕尔[1]桥下，有不少树形美丽、树枝纤细的桤木和榛树[2]。在那里，经过长时间挑选之后，男孩给自己削了一根表面没有任何瑕疵、坚韧而有弹性的鱼竿木，然后便带着它匆匆回了家。

此刻的他面色潮红、目光闪亮，正在专心致志地进行钓鱼之前的准备工作。在他看来，这些准备工作几乎跟钓鱼本身一样，令他感到无比亲切。整个下午，直到傍晚时分，他都沉浸其中，无法自拔。白色、棕色和绿色的鱼线，分门别类，每一根都经过严格的检查与修补，解开许多陈旧的线结，将纠结成团的乱线重新理顺。各种形状和大小的软木片与羽毛浮漂，都要拿出来在水里试试，观察漂浮时的情况，不合适的地方需要用小刀重新切削，然后再来调试。各种重量的小铅块被锤成球状，凿出细细的切口，以便在钓鱼时用来压线。然后是鱼钩，这里仍有少量存货。这些鱼钩的其中一部分绑在四股交织的

1 北威州的一座古城，有“沼泽地”之意。

2 这两种都是南德河畔低湿地的常见树木，木材纹理细密，相对较松，韧性和弹性较为理想。

黑色缝纫线上，一部分绑在残余的羊肠线[1]上，还有一些绑在卷成团的马鬃线[2]上。到了晚上，一切都准备好了，汉斯现在确信，在漫长的七周假期里，自己肯定不会感到无聊，因为现在有了这根鱼竿，他可以独自在河边消磨一整天。

1 用羊或者牛小肠的黏膜下层薄膜制成的线，强度很高，通常拿来作为琴弦或手术缝线，钓鱼时一般配合较粗的钩来使用，可钓鲈鱼。德国是羊肠线的传统制造国之一，出品的羊肠线质量优异，价格也很贵，在当时属于高端鱼线品种，所以文中才会专门提到“残余”。

2 一种非常古老的鱼线制作工艺，用数缕马鬃毛打结后缠绕编成，造出的鱼线十分结实，起源自古希腊时期。

第二章

暑假当然必须这样过！群山之上，一方龙胆蓝[1]的晴空高悬，接连数周，迎来的是一个又一个阳光闪耀的大热天，至多也只是偶尔来一场剧烈却短暂的雷阵雨，带来片刻凉爽，但转瞬即逝。这条河虽然流经绵延的砂岩，沿途随处可见狭窄的、阳光很难照到的山谷河道，森林里成片冷杉的阴影长时间覆盖在河面上，但它本身却如此温暖，乃至于人们在傍晚时分还可以在河里洗澡。小镇周围弥漫着干草和青草垛[2]的味道，几块狭长的小麦地已逐渐变成黄色和金褐色。沿着河道两岸，长满了模样有些像是毒芹的、跟人一样高的植物，其白色花朵呈伞状，上面总是爬满了小甲虫。切下这种植物的空心草茎，可以切割出笛子和口哨，传出悠扬的旋律。浑身上下毛茸茸的、开着密密麻麻黄色花朵的“国王烛”，点缀在森林的边缘位置，长长地排成一列，雍容华贵，煞是好看。水枝柳和水丁香，它们细长而坚韧的花茎随风摇曳，它们紫红色的花朵覆盖了整个山坡。再往林间深处走，冷杉下方挺立着仪态肃穆端庄，同时又无比美丽的红色“顶针”，它跟

---

1 欧洲传统色之一，对应龙胆花盛开的颜色，为一种偏紫的、明丽的深蓝色。

2 在南德农村，收割下来的新鲜青草捆成方形的草垛，会分两茬收割，由于两次收割之间有一段时间差，往往等收割第二茬收割时，第一茬已经干了，所以会出现文中同时弥漫干草和青草垛气味的场景。

其他花草长得很不一样，宽大的根叶上遍布着银白色的绒毛，坚韧有力的枝干顶端，整整齐齐地挂满了美丽的红色花萼。“顶针”旁边是各种蘑菇：通体红色、微微发光的毒蝇蕈，肥厚宽大的牛肝菌，令人望而生畏的“山羊胡”，开叉很多的红色珊瑚菌，以及模样怪异、无色透明的松下兰，它的枝端格外肥大，看上去颇有些病态。在森林与草场之间过渡区域的野生植物带上，最引人注目的是金雀花，数目众多的小花如火焰般燃烧，闪动着明亮的黄色光芒。然后是竖立的淡紫色石楠花，花团锦簇，一大片一大片地聚集起来。最后才是草场里面的野花，赶在第二茬收割前，大部分野花又往上长了一些，其中包括泡沫草、剪秋罗、鼠尾草和蓝盆花，五颜六色，生长得颇为茂盛。阔叶林间，苍头燕雀不停歌唱；冷杉丛中，松鼠在树梢上奔跑，它的皮毛颜色跟狐狸一样红；沿着峡谷、墙壁和枯水沟，绿色蜥蜴在暖意中舒畅地呼吸，全身闪耀着美妙的光华；不知何处传来的蝉鸣声，回响在整片草场，高亢、响亮、永远不知停歇。

每年这个时候，这座小镇都会给人一种非常像农村的印象，这里的街道和空气充斥着干草车、干草垛特有的气味，打磨镰刀时发出的声音。如果不是因为有两间工厂，大家恐怕真的会觉得自己生活在哪座村庄里。

放假第一天的一大清早，汉斯已经急不可耐地站在厨房里，等着喝咖啡，要知道这时候老安娜还没有起床呢。老安娜开始张罗着煮咖啡，他在旁边帮忙生火，从盆里取来面包，迅速喝下用鲜奶冷却的咖啡，将面包放进口袋里，然后就跑出门了。他挑了一处铁路路堤，爬上去，在靠近铁道的某处停下，从口袋里掏出一只圆形锡盒，开始辛勤地捕捉起蝗虫来。火车在他旁边驶过——并不是呼啸而过，因为此处的铁道需要火车向上爬陡坡，没办法开得很快，只能依靠火车头慢慢向上攀升。车厢上的每一扇车窗都敞开着，基本没有乘客，车厢后面快活地飘着一面极长的旗帜——这面旗帜是由烟雾和蒸汽交织而成的。他目送火车离去，看那泛白的烟雾在空中如旋涡般旋转，转眼便消失在了阳光明媚的清晨里。他有多久没见识过这一切了！此刻，他大口大口地呼吸着，仿佛想通过这种方式将失去的美好时光统统找补回来，再次成为一个无忧无虑的小男孩。

当他带着装满蝗虫的锡盒和崭新的鱼竿走过桥，穿过一座座果园，抵达高尔斯古姆彭[1]，也即这条河的最深处时，他的心早已因为独自进行秘密活动的喜悦和参与狩猎的快感而激动难耐了。高尔斯古姆彭这边有一处地方，可以把身体靠在柳树干上，钓起鱼来比其他任何地方都更舒适，完全不会受到干扰。他解开鱼线，先在上面挂了一小粒压重用的铅锤，然后毫不留情地在鱼钩顶端刺上一只肥大的蝗虫，奋力一掷，把钓钩甩到河中央。如此这般，这场再熟悉不过的老游戏又一次开始了：饵料入水后，小鳊鱼们蜂拥而上，一边吃，一边试图将鱼饵从钩上扯下来。很快，第一只蝗虫就被吃光了，于是出现了第二只蝗虫，然后又来了一只，接下来是第四只、第五只……随着数量不断增加，他将蝗虫刺在钩子上的动作也变得越来越小心。最后，他又上了一只铅锤，进一步加重了鱼线，眼下总算有条像样的鱼游来试了试鱼饵。他试着拉了一下，马上放开，然后又试了一下。现在它咬钩了——作为一名水平过硬的钓者，仅仅通过鱼线和鱼竿在手指上抽动时的触感，就能准确地判断出来！汉斯先是巧妙地拽了一下，然后开始非常小心地收线。那条鱼开始朝着反方向使劲，但还是被逐渐拉了上来，当它的形貌变得清晰可见时，汉斯一眼就认了出来，那是一条斜齿鳊[2]。你可以通过它们宽

1 实际上是斯图加特东南方附近的一处地名，离黑塞童年所在的地方较远。

2 广泛分布于欧洲的一种野生鱼类，对环境要求低，体形相对较大，味道鲜美，易钓，深受垂钓者喜爱。

大的、黄白色的身体，三角形的头部，尤其是它们美丽的、肉红色的腹鳍来辨认它们。这条鱼儿能有多重呢？汉斯在心里思忖着。哪承想，在他估算出大致重量之前，鱼儿突然绝望一击：惊恐地在水面上猛地一挣扎，脱钩逃走了。虽然鱼儿脱了钩，但这条鱼儿并没有马上游远，仍然可以看到它在眼前的水中转了三四圈，然后才像一道银色的闪电，消失在河水深处。钩子没有被这条鱼咬得很深，让它逃掉了。

鱼儿的逃脱唤醒了这位钓者，狩猎的兴奋快感与无比热情开始发生转变，他开始进入沉着冷静、注意力高度集中的垂钓状态。此刻，他的目光锐利而坚定地盯着那条褐色细线稍稍触及水面的位置，脸颊泛红，动作简练、迅速而果决。第二条斜齿鳊才咬了一口就被钓上来了，然后是一条小鲤鱼，很灵活，差一点儿脱钩，然后，连续钓上来三条水芹鱼[1]。收获水芹鱼让他感到特别开心，因为他父亲非常喜欢吃水芹鱼。这些小鱼最多也只能长到一只手的长度，它们的身体胖乎乎的，布满小鳞片，厚厚扁扁的脑袋上长着好笑的白须，眼睛很小，腹部细长。水芹鱼的颜色介于绿色和棕色之间，当它们被钓上岸时，就会马上变色，呈现出铁青色。

钓着钓着，太阳已经高高升起，上游堤堰打出的泡沫闪耀着雪白的光芒，和煦温暖的空气贴着水面浮动，抬起头来，可以看到穆克山[2]上方有几片巴掌大小的、光辉耀目的小云朵。天越来越热了。没有什么能够比得过这几片恬静的小云朵，更能恰如其分地表达出仲夏日子里那种正儿八经的炙热感了。此刻，白色的小云朵稳稳地悬浮在蔚蓝天空中，位置不高不低，吸收了太阳辐射出的大量光和热，达到

1　符腾堡当地一种常见野生鱼类俗名，最大也只能长到十厘米左右，按描述应为欧洲淡水虾虎鱼。

2　卡尔夫附近的一座山，海拔约五百米。

了某种饱和状态，本身也已经变得如太阳般闪耀，令你无法长久地注视它们。如果没有它们的存在，你恐怕完全不会注意到眼下的天气有多热，炙热感不会通过蔚蓝的天空来体现，也不会通过波光粼粼的河面来体现，这些在别的季节也能看到。但是，只要你看到那几朵如泡沫般泛着亮白色耀目光芒的，正午时分悠悠然而来的云朵，你就会突然感觉到太阳正在燃烧，想要赶紧寻找阴凉处避暑，同时伸出一只手来，抹一把被汗水浸得湿漉漉的额头。

汉斯对鱼儿咬钩情况的关注渐渐没有之前那么严格了。他有点儿累了，更何况现在已经是正午时分，本来就钓不到什么鱼。鲮鱼，甚至包括那些年龄最长、体形最大的鲮鱼，也会选择这个时候浮上河面来晒太阳。它们往往聚集成群，仿佛梦游般地涌向上游，看上去是黑蒙蒙的一片，每一条都离水面很近，有时会在没有任何明确原因的情况下突然受到惊吓。总之，在这段时间里，不会有哪条鱼跑去扯线上钩。

他收了竿，将鱼线挂在柳树凸出来的一根树枝上，让鱼钩没入水里，自己坐到地上，静静地望着绿色的河流。鱼儿们都慢慢地浮上来了，漆黑的背影一条接一条地出现在水面上——它们仍在缓慢地游动着，受到了温暖空气的诱惑，还有正午阳光的迷惑。鱼儿置身于这温暖的水里，感觉肯定很好！于是，汉斯心血来潮地脱下靴子，脚底没入水里，河面部分的水温相当舒服。他开始检视自己钓到的鱼，这些鱼被他装在一只很大的洒水壶里，一动不动地浮在水里，时不时地轻轻溅起一点儿水花。它们是多么美丽啊！白色、棕色、绿色、银色、淡金、蓝色……各种各样的颜色，跟随它们的每一个动作，在鳞片和鱼鳍上闪耀。

周围非常安静。几乎听不到马车过桥的声音，甚至连磨坊发出的那种很吵的咔嗒声，在这里也只能隐约听到。唯有激起大量白色泡沫的堤堰，持续不断地制造出单调乏味的水流声，在耳边平缓地回响，令人恹恹欲睡，带来些许清凉感。系木筏的几根圆柱那边，亦有些许柔和的水声传来。

希腊语和拉丁语、语法和文体、数学和背诵，以及漫长、不安、匆忙的这一年中所有折磨人的喧嚣与骚动，此刻全都悄无声息地沉入了眼前这令人恹恹欲睡的温暖时空里。汉斯有点儿头痛，但没平时那么严重，现在他又可以无拘无束地坐在河边，远眺堤堰那边飞溅的泡沫，然后再眯起眼睛，看看鱼线这边的动静。在他身边，钓到的鱼正在洒水壶里游来游去。这一切简直太美妙了。随心所欲地打发夏日时光的同时，他偶尔也会想起自己的确已经通过州级考试，而且还是全州第二名，于是，他便开始用两只赤脚在河水里打起拍子，将两只手插进裤兜里，得意地吹起了口哨小曲。他其实是不会吹口哨的，这是一个由来已久的缺憾，他因此受到了同学们太多的嘲笑，简直受够了。实际上，他只能从牙缝里吹出模仿口哨的那种嘘嘘声，而且还只能轻轻吹，一不小心就会破音，但这种模仿对于眼下这个场合而言绝对够用了，毕竟除了男孩自己，其他人也听不到他的口哨声——其他人现在都还坐在学校里做地理题呢，只有他一个人可以自由自在、逍遥快活。他已经超越了他们，他们如今已在他之下。他们对他的折磨已经够多的了，除了奥古斯特之外，跟这帮人没有任何友谊可言。实际上，他也从来没有真正参与过他们平日里的各种男孩混战和游戏，从来没有真正融入过他们。他彻底超越了他们，所以他们现在也只好眼睁睁地看着他在外面逍遥自在，这帮摇尾乞怜的腊肠犬，这些愚不可及的蠢东西。他实在是太瞧不起这帮人了，乃至于当他想起他们时，连口哨都不想再吹，马上紧闭双唇，仿佛自己发出一点儿声音都是在高看他们。当他从柳枝上收起鱼线时，忍不住笑了，因为鱼钩上没有留下一丝残存的鱼饵，不知不觉，早已被鱼儿们吃得干干净净。锡盒里剩下的蝗虫被放了出来，它们麻木不仁地爬进附近低矮的草丛间，转眼便消失不见了。不远处的制革工坊里已经响起了午休铃儿，是时候回去吃午饭了。

在家里吃午饭时，他几乎连一句完整的话都没有说。

“你钓到什么了吗？”父亲问道。

“五条。”

“欸，这么多吗？哪，你要注意一点儿，确保你钓的不是大鱼，否则以后就不会再有小鱼了。”

谈话就到此为止了。天气如此炎热，可令人遗憾的是，饭后却不能马上去游泳。为什么会这样呢？因为饭后马上游泳对身体是有害的！不过话说回来，饭后马上游泳究竟对身体有没有害，其实汉斯比任何人都清楚——尽管家里有禁令，他还是经常去游泳。但现在不能去了，因为他已经长大了，不能再有坏习惯了。上帝啊，之前考试的时候，他们竟然已经将他敬称为“您”了！[1]

倒也还好，在自家花园里高大的云杉树下躺一个小时，午休一下也挺不赖。这里有足够的树荫，可以随心所欲地读读闲书，或者观赏蝴蝶。就这样，他在花园里一直躺到了下午两点，如果没有其他安排，他恐怕真的要睡着了。但现在他已经决定要去游泳了！说去就去，下河游泳必经的那片草坪上，现在只有几个年纪很小的孩子，较大些的男孩眼下都在学校里上课，汉斯对此感到十分高兴。他慢慢脱下衣服，钻进了水里。他知道如何在游泳时交替地享受酷热和凉爽：先游一会儿，然后潜入水中，拍打水花，尽情戏水，温度降得差不多了，就上岸，趴到河岸上，体验阳光在他迅速晒干的

1 在德语中，大人对小孩子说话是不使用敬语“您”的，故有此说。

皮肤上炙烤的快感。那些小男孩不声不响地聚拢过来，恭敬地围在他身边。对啊，他现在成了整个镇上的名人。而且他的外表看起来也确实跟其他人大不一样：瘦弱、黝黑的脖子上，自在而优雅地顶着一颗漂亮的脑袋，脸上显露出不同寻常的灵性与智慧，眼神锐利，超凡脱俗。至于其他方面嘛，他非常瘦，手脚都很纤细，显得精致而高贵，他的肋骨分明，无论在胸前还是背上，都能一根根数出来，他的小腿是完全平直的，看不出小腿肚。

差不多整个下午，他都在阳光与河水之间来回游荡、享受。四点过后，班上的大部分同学也都匆匆忙忙、吵吵嚷嚷地跑了过来。

“啊哈，汉斯！你现在可好了。”

他舒服地伸了个懒腰：“照眼下情形看来，确实不错。”

“你什么时候去神学院报到？”

“九月之前不会去。现在正放假呢！”

他故意讲这些话来招惹大家，好让大家忌妒自己。当远方传来嘲笑声，有人戏谑地唱出下面这首儿歌时，他的心中甚至都没有泛起一丝波澜：

> 倘我也有介本事且敢情好，
> 跟舒尔策·丽萨拜特忒相似！
> 日光光晒竿头她仍躺床上，
> 如斯惬意我怎的也赶不上。

他只是笑了笑而已。这时，男孩们陆续脱光了衣服。其中一个直接跳进了水里，其他的则先小心翼翼地给身体降温，还有几个没下水，打算先在草坪上躺一会儿。在这里，潜泳玩得好的男孩是很让人钦佩的。有个不会游泳、怕得要死的胆小鬼被人从后面突然推进河里，马上大声尖叫，高呼救命。大家相互追逐，在草地上跑来跑去，在河里畅快地游泳，调皮的男孩们使劲拍打水，水花溅到河岸边晒太阳的人们身上，弄得满身满脸全都是水。泼水声此起彼伏，喧闹声连绵不断，整个河面上到处都有白皙、湿润、赤裸的身体，随着明媚的阳光闪耀。

一小时过后，汉斯离开了那里。温暖的傍晚来临，这时鱼儿们又开始咬钩了。他在桥上一直钓到晚饭时间，什么也没钓到。鱼儿们贪婪地追逐着鱼竿，鱼饵都被它们吃光了，但没有哪条鱼咬钩。这次他将樱桃刺在鱼钩上作为鱼饵，但樱桃显然太大，太软了，恐怕不太适合。他决定以后再来试试运气。

吃晚饭时，汉斯得知，不少熟人专程来了一趟家里，向他表示祝贺。他们还给他看了镇上今天发行的周报[1]，在“官方消息”栏目下刊登了一则专门的简讯：“今年本镇仅派出一名考生——汉斯·吉本拉特——前往参加神学院预备班入学考试。令我们颇感欣慰的是，远方传来捷讯，他以全州第二名的优异成绩通过了考试。”

他将这份报纸折起来，塞进口袋里，什么也没说，但心中其实是无比骄傲、无比开心的。之后他又去钓鱼了。这次他拿了几块奶酪作为鱼饵，奶酪对鱼儿而言，味道挺不错，而且，即使在暮色中，也很容易被鱼儿们找到。

他将鱼竿留在了家里，只带了一套非常简单的手钓装备。这是他最喜欢的一种钓鱼方式：直接将鱼线拿在手里，没有钓竿，也不用浮漂，整套钓具只有鱼线和鱼钩。虽然实际操作起来有些麻烦，

---

1 德国各地都有自己的报纸，小地方通常发行“周报”，每周一份，以刊登当地新闻和各种便民启事为主，编辑部通常设在当地市政厅内。

但同时也更有乐趣。你可以控制鱼饵的细微动作，感受到鱼儿每一次品尝与咬合，透过指尖轻微的颤动来欣赏鱼儿如何拉拽鱼线，就仿佛它们直接出现在自己面前一样。当然，这种钓鱼方式需要掌握足够多的经验，手指必须十分灵巧，观察力也务必跟间谍一样敏锐。

在狭窄、深邃、蜿蜒的河谷中，黄昏总是提前降临。桥下的水——看起来完全是黑色的——安静地、极为缓慢地流动着。下方的磨坊里已有了灯光。喋喋不休的说话声、悠扬的歌声在桥上与街巷之间飘来飘去。空气有些闷热，每隔一小会儿，河里就会有一条漆黑的鱼儿跃出水面，在空中短促地扑腾两下，然后再落回河水中去。在这样的夜晚，鱼儿们总会表现得异常兴奋，时而在河水里来回穿梭，时而朝着空中飞跃，猛一下撞到鱼线上，或者漫无目的地扑向鱼饵。总之，在最后一点儿奶酪用完之后，汉斯一共钓了四条体形较小的鲤鱼，他打算明天将它们拿去送给小镇牧师。

一阵暖风忽而自河谷间吹来。四周快黑透了，但天空仍有亮光。在这座逐渐暗淡下去的小镇里，看什么都是朦朦胧胧的，唯有教堂塔楼与城堡坡顶的轮廓依旧尖锐，黑黢黢地耸立在高处。远方某处恐怕正在下着一场雷阵雨，时不时可以听到被距离削弱之后的柔和雷声，轰隆隆地自遥远地方传来。

当汉斯在晚上十点钟准时爬上床时，脑袋和四肢同时感觉到了已经很久没有体会过的疲惫与困倦，这种失而复得的感觉令他很开心。美好、自由的夏日时光，此刻就摆在他面前。像这样的一段时光还将持续很久，进程舒缓而放松，每一天都很诱人，每一天都可供他尽情挥霍，可以游泳、钓鱼、随心所欲地做白日梦。唯有一件事稍微令他抱憾，即他终究没能考到第一名。

隔天一大早，汉斯就站在了小镇牧师家的门口，打算送上他亲手钓的鱼。牧师看到他，马上从书房里走了出来。

“哎呀呀，汉斯·吉本拉特！早上好！祝贺你，发自内心地祝贺你！——你拿什么过来了？”

“几条鱼而已。我昨天钓鱼了。”

“哎，瞧瞧你这客气的！太感谢了。赶紧进来吧！”

汉斯走进了他很熟悉的这间书房。说实话，这里看起来并不像是一位牧师家的书房，既没有鲜花的芬芳，也没有烟草的味道。规模庞大的藏书几乎都是崭新的，每一本书都是清一色的漆皮外封和烫金书脊，绝对不是通常在教区图书馆里看到的那些破旧不堪、扭曲变形、遍布书蠹和霉斑的老书所能比的。任何仔细观察过书房里这些藏书的人们都会注意到，在牧师整理得井然有序的各种书名之间，暗藏着一种全新的精神，这种精神跟生活在即将逝去年代里那一辈老学究们身上的精神是截然不同的。举例而言，一位老派牧师书房里的尊贵展示品通常包括本格尔[1]、厄廷格[2]和斯坦因霍夫[3]的著作，以及默里克[4]在《古老的风信鸡》[5]中以优美可人的笔调大加赞颂的虔诚歌者们的作品，在这里却完全看不到，就算有那么几本，点缀在汗牛充栋的现代作品中，基本上也等于没有。除了这些藏书之外，还有从各种神学杂志上搜罗来的文章，被认真仔细地做成剪报文件，分门别类地收进了档案夹里。此外，这里还有宣讲台式的阅读桌，以及铺满了各种文献的写字台。整体而言，这里看起来确

---

1 德国著名神学家，最杰出的工作是勘定了《新约》的古希腊语文本，晚年编撰的注释本《新约》内容隽永深刻，沿用至今。

2 虔信派神学家，作品有《亲缘的神圣系统》等。

3 虔信派神学家，作品众多。

4 德国十九世纪重要的抒情诗人、作家，作品有《莫扎特去布拉格的路上》等。值得注意的是，此处黑塞列举出的四位神学家、作家皆为符腾堡人士。

5 是默里克所写的一首长诗。

实很有学术气氛，给人一种颇为严肃的印象，仿佛这里正在进行一系列相当耗时的研究工作。实话实说，牧师在这间书房里也确实有许多工作要做。当然，相比较于布道、演讲和《圣经》课程这类传统项目，他显然更倾向于为学术期刊撰写研究报告和论文，以及为自己的专著做一些初步的研究准备工作。梦幻般不切实际的神秘主义与毫无征兆的不祥忧虑早已被彻底驱逐出这个地方，天真淳朴的心灵神学[1]亦如是——尽管后者一度逾越了科学的鸿沟，在爱与同情中向人们干涸的灵魂伸出了拯救之手。相反，这里热衷于《圣经》批评，试图寻找“历史上真实存在的基督”。尽管现代神学家们在这方面付出了巨大努力，乍一看去研究成果仿佛水到渠成，但这位“历史上真实存在的基督”却并不像水那么好应付；它同时也像一条鳗鱼，轻而易举地就从他们的手指缝间溜走了。

实际上，神学与其他任何一门学科之间并没有什么不同。有一门神学叫作艺术，另一门神学则自称为科学，或者至少是努力想要成为科学。过去是这样，如今还是这样，因为科学家们总是发现新瓶而忘记旧酒，艺术家们总是在不经意间坚持许多浮于表面的错误，并因此成为世间许多人的抚慰者，给他们带来不少快乐。这正是批判与创造、科学与艺术之间亘古不变、永远分不出胜负的斗争，前者在道理上总是正确的，但没有任何人因此得到好处；后者则一次又一次地抛出信仰、爱、慰藉、美与永恒的种子，一次又一次地找到优良的播种土壤。因为生命比死亡更强大，信仰比怀疑更有力。

今天，汉斯第一次坐在阅读桌和窗户之间摆着的那张小皮沙发

---

1 是一种发源于文艺复兴晚期的神学理论，主张唯心主义，对科学采取回避态度，故有文中所说。

上。牧师的态度非常客气。他以一种如同对待自己同行的方式，向汉斯讲述了神学院里的具体情况，告诉他，他们当年是如何在那里生活和学习的。

“你将在那里接触到的最重要的一样新事物，”他最后说道，“就是学习《新约全书》的古希腊语[1]。新的世界将为你敞开大门，学习过程中需要付出大量艰辛的努力，但同时也会收获许多快乐。刚开始时，使用这种语言的文本会给你带来不少麻烦；它不再是阿提卡希腊语[2]，而是一种由新精神创造出来的全新方言。”

汉斯认真地听着，骄傲地觉得自己正在接近真正的神学。

“然而，神学院引导学生们进入这个新世界的方式，始终还是照本宣科，跟你平时上学的区别不大，”牧师继续讲了下去，“这自然会折损它的一部分魅力。此外，希伯来语[3]恐怕也会占用你在神学院里的不少时间。如果你愿意的话，我们可以利用眼下的假期，给这部分学习内容做些小小的准备工作。如此一来，等你正式进入神学院之后，就能腾出一些时间和精力给其他事情，何乐而不为呢？比方说，我们可以一起读几章《路加福音》[4]。凭你的才智，几乎可以毫不费力地学会这门语言。需要的话，我借给你一本字典。每天大概只

1 《新约全书》最初的文本是用希腊语写成的，因为当时传教的地区大多都说希腊语。但这种希腊语并非通常意义上的“古希腊语”，而是一门活跃于公元一世纪前后的通用希腊语，有时也被称为“《圣经》共同语”，需要进行单独学习。

2 通常意义上“古希腊语”的正式名称，在以雅典为中心的阿提卡地区使用，因而得名，也被称为“雅典希腊语”。

3 与其他部分不同，《新约全书》中的《马太福音》卷最初是以希伯来语书写的。《圣经旧约》则完全是用古希伯来语写的，在神学领域，这种语言被称为“《圣经》希伯来语”，与“《新约》古希腊语”类似，也是需要专门学习的，故有文中所说。

4 四福音书中的第三部，由出生于叙利亚的圣徒路加所写，文本语言是《新约》古希腊语。牧师并不是随意提到《路加福音》的，因为在神学领域，这部福音被认为是“信众入门手册”，其中详细介绍了信众的日常生活、规训方法。另一方面，《路加福音》的语言相对平实，但很优美，又有基督徒最早的“诗歌”作品，对于初学者而言无疑是很合适的。

需要好好用功一个小时，最多两小时，就足够了。时间花费太多，也不是什么好事，毕竟你现在确实需要好好休息一下。不过话说回来，这也只是我提出的一个建议罢了，至于同不同意，主要还是看你自己——我可不想破坏你愉快的假日时光。”

汉斯当然同意。事实上，在他看来，额外拿假期里的时间来读《路加福音》，就仿佛在他自由自在、万里无云的幸福蓝天中强行增添了一片轻云似的，尽管如此，他还是羞于拒绝。也还好吧，像牧师建议的那样，利用假期的空闲学习一门新的语言，肯定比上学读书更有乐趣，汉斯在心里暗自思忖着。与此同时，他也开始悄悄害怕起自己将要在神学院里学习的各种新东西，尤其是希伯来语。

他离开牧师家，沿着遍布落叶松的小路走到了森林里。对于学习的建议，他没什么不满，些许的不开心转瞬即逝，现在他越是仔细考虑此事，就越觉得可以接受，因为他心里清楚，如果打算跟在这里上学时一样，将神学院里的同学们统统甩到身后，他就必须更加努力，怀抱更远大的志向，加倍刻苦学习才行。而且，他其实已经下定决心要这样去做。可是，这样做究竟是为了什么呢？他无论怎么想也搞不清楚。三年来，大家的注意力一直集中在他身上，学校里的老师、小镇牧师、他的父亲以及那位校长先生，他们皆是如此，他们一直刺激着他，敦促他时刻保持警惕，在学习上不要有片刻松懈。长久以来，从一个班级到另一个班级，他都是毫无争议的第一名。久而久之，他已经逐渐将自己的全部骄傲都押在这个“第一名”上面，不允许身边任何人超过自己。以前面对考试时，他还多少有些愚蠢的考试焦虑，现在这种焦虑已成为过往。

当然，无论如何放假本身都是最美好的事情。在这样的清晨，除了他之外，再没有其他散步者在这森林里走动了。空无一人的森林简直美不胜收！高大的云杉矗立四处，如同一根根坚固的立柱，搭成一望无际的蓝绿色穹顶。树下的灌木极少，偶尔能见到一两处长得很密实的覆盆子，地面上到处都是表面如小动物般毛茸茸的柔软苔藓，连绵不断，一直延伸到很远的地方，苔藓中间或点缀着一些低矮的蓝莓与石楠。眼下露水干透了，笔直的树干之间，涌动着林间清晨特有的闷热气息。这种气息混合了太阳的热气、露水的雾气、苔藓的香气，以及树脂、松针和蘑菇的独特气味，给林中漫步者们的感官带来某种难以形容的轻微麻痹感，挥之不去。汉斯直接往苔藓里一躺，将身边一处颜色很深、长满了密密麻麻的果实的蓝莓树丛，当成自己的点心桌，美美地吃了起来，耳边时不时能听到啄木鸟在树干上不停敲打的声音，以及布谷鸟们争风吃醋的鸣叫声。抬头看看，冷杉乌黑的树冠间，天空是一尘不染的湛蓝色。遥望远方，成百上千棵大树的笔直树干挤在一起，构成了一堵褐色的墙壁，这是大自然的奇迹，远看起来颇显庄严。阳光透过树冠，支离破碎地洒下来，一块块黄色的光斑散落在苔藓之间，光斑闪耀，光线温暖。

事实上，汉斯今天本打算走很远的一段路，至少也要走到吕茨勒农场或者番红花草甸。可现在他却舒舒服服地躺在苔藓里，一边吃着蓝莓，一边慵懒闲适地仰望苍穹。他自己也觉得奇怪，为什么现在这么容易累。还记得以前，连续三四个小时的步行对他而言根本不算什么。于是，他决定打起精神来，好好走一段较远的路。主意已定，他从地上爬起来，继续往前走了几百步。哪承想，等他回过神来时，竟然又躺在苔藓里休息了，简直莫名其妙。他懒得再折腾，便静静躺在那里，目光在数不清的树干与树梢间徘徊，有时也看一眼一碧无际的地面。恐怕正是森林里的这种气息，令他感到如此疲乏！

中午回到家时，头又开始痛了，眼睛也很痛，走在林间小道上，阳光过于刺眼，伸出手来挡了挡也于事无补。吃过午饭后，他在家里坐了半个下午，唯独当他游泳之后，才再一次感到精神焕发，不过现在也到了约定的时间，该去找小镇牧师了。

走在去牧师家的路上时，鞋匠弗莱格碰巧看见了他——这位鞋匠师傅刚好坐在自家工坊窗边的三脚凳上——便喊他过去。

“赶着去哪里呢，我的好孩子？最近怎么都没碰见你？”

“现在我必须赶紧到牧师那里去。”

“还要去吗？考试都已经结束了。”

“是的，不过眼下是为了学习其他东西——《新约全书》。《新约全书》最开始是用希腊语写的，但跟我之前学过的希腊语完全不同。这就是我现在该学的东西。”

鞋匠将自己戴的那顶扁帽推到脑袋后面很靠后的位置上，眉头紧皱，额头上的皱纹层层叠叠，堆出厚厚的褶皱，同时重重地叹了口气，似乎对此感到很不开心。

“汉斯啊，”他小声说道，“我想跟你讲些事情。因为你之前必须专注考试，所以我一直保持沉默，但现在我必须得警告你了。你必须知道这样一项事实，镇上的这位牧师先生，他实际上是个完全不信教的人。他必然会在你面前大言不惭地宣称那些神圣的经文是虚假的、是带有欺骗性质的，并且用他那些理论来加以伪饰，将谎言说得跟真的一样。你选择跟他一起读《新约全书》，你自己也会失去信仰，甚至连怎么失去的都不知道。”

“可是，弗莱格先生，只不过是学习希腊语而已，不涉及别的。我到了神学院也必须学习同样的东西。”

“说是这样说。但是，等你到了神学院，是跟虔诚、博学的老师一起研习《圣经》；然而现在是在这里跟不再相信上帝的人一起学习，这完全是两码事。”

“是吧，但他是否真的不相信上帝，你其实根本无法确定。”

“不对，汉斯，不幸之处在于大家都知道。”

“可我又能怎么办呢？我已经跟他说好了，我一定会去的。”

“那么你必须去，木已成舟，也是没办法的事。不过话说回来，去归去，最好还是不要经常去。假如他在教希腊语时对《圣经》出言不逊，说它是凡人杜撰的作品，是谎言，不是由圣灵启发而来的，那你就赶紧来找我，我们具体谈谈，肃清这种谬误。你愿意吗？”

“当然愿意，弗莱格先生。但我相信，情况肯定不会这么糟。”

“到时候你就会见识到的。记住我说的话！”

小镇牧师还没有回家，汉斯不得不在书房里等他。当汉斯注视着书架上那些金灿灿的书名时，鞋匠师傅刚才的一番话，令他不由得若有所思。他其实经常从别人那里听到这样一类关于小镇牧师的言论，这类言论就跟人们对其他一些思想前卫、新潮的神职人员的看法类似，他一直都没怎么在意过。可是现在，汉斯第一次感到自己被这类言论中的细节吸引，对孰是孰非感到兴奋和好奇。在他眼中，信与不信的区别，并不像鞋匠眼中那么重要、那么可怖。对他而言，这个问题无非是个合适的着眼点，从这里出发进行探究，是有可能渗透到古老而宏大的奥秘背后，知晓其真相的。在汉斯刚刚入校成为学生时，关于上帝的无所不在，人类死后灵魂的去向，魔鬼和地狱等问题经常会令他感到兴奋不已，他也经常会对这些问题进行一些奇妙的思考，但这一切在过去几年苛刻而勤奋的苦学岁月里统统都进入了沉睡状态。他那些从学校里学来的正统基督教信仰，唯有在跟鞋匠交谈时，才偶尔会唤起一些与个人日常生活休戚相关的冥想。当汉斯将鞋匠跟小镇牧师作比较时，脸上不由自主地露出了微笑。鞋匠在长年累月的苦难煎熬中收获了朴素而坚定的信仰，然而这种信仰恰恰是男孩无法理解的。此外，弗莱格固然是个头脑很灵活的聪明人，但他的思想却很简单，思考问题时往往也很片面，他所抱持的虔敬主义被许多人嘲笑。在跟“祷时教友”[1]集会时，他总是以要求严格的教友仲裁者和狂热的《圣经》阐释者身份出现，他也经常会到大大小小的村落里讲经布道，可是除此之外，他只是个小工匠，几乎跟其他所有人一样，对神学的理解有限。反之，小镇牧师不仅是一位业务娴熟、能说会道的传教士，他还是一位勤奋又严谨的学者。汉斯怀着敬畏之心，抬头看了看那些藏书。

小镇牧师很快就回来了，他将身上穿的小礼服换成一件轻便的黑色家居外套，并且将一本希腊语版本的双语《路加福音》放到了这位学生手里，让他读。这与之前在此进行的拉丁语课有很大不同，他们只读其中几个句子，这几个句子的德语对照部分是通过格外严苛的方式翻译而来的，几乎每个词都跟原文保持了对应。随后，老师从貌似不起眼的例句中巧妙地、雄辩地阐释了这种语言的独特精神，谈到这本福音书的创作时间与方式，在短短的一节课里，他已经将一系列全新的学习与阅读观念教给男孩。汉斯粗略地了解到，每一节经文、每一个单词之中都隐藏着谜团与问题。与此同时，他也隐约意识到，自古以来，成千上万名学者、探索者和研究者是如何为这些问题殚精竭虑的。而且，在他看来，自己在上完这一节课之后，也被正式纳入了真理探索者们的圈子里。

他借了一本字典和一本语法书，回去之后，继续在家里努力学习了一整晚。现在，他知道通往真正研究的道路需要付出多少辛劳，需要翻越多少座知识的大山。他已经决定要继续拼搏，不落下任何该学的东西。于是，鞋匠之前讲的那番话，他也暂时抛诸脑后了。

连续几天，这项新事物完全占据了他生活的重心。每天傍晚，他都准时去找小镇牧师上课，在男孩看来，他们每天进行的这种真正

1　施瓦本地区虔敬派专有词汇，指一同参加《圣经》学习和祷告流程的教友。

的学术研究，似乎一天比一天更迷人、困难、令人神往。他早上去钓鱼，下午去那片草坪下河游泳，除此之外，他几乎没有离开过家。男孩心中的征服欲，之前长期淹没在对考试的恐惧当中，考试大获全胜之后，随之而来的悠闲假期生活也一度令它蛰伏。如今，在面对学术研究时，这种征服欲再一次被唤醒了，令他内心躁动，时刻不得安宁。相伴而来的还有某种潜藏在脑袋里的古怪感觉，过去几个月里，他经常会有这种感觉，考试结束后短暂消失了一阵子，现在又开始蠢蠢欲动了——不是头痛，而是一股突如其来的力量，一种渴求胜利的冲动，令他脉搏狂跳，感受到极为强烈的兴奋、激情。这种感觉的出现总是会让他焦虑无比，急于取得进步，之后当然又是头痛，但只要那股积极向上的热情能够持续下去，阅读和学习的进度就会如暴风骤雨般急速推进。比方说，他可以一鼓作气，轻松读完色诺芬作品中那些最难的句子，否则平时至少也要花上一刻钟。再比方说，他几乎可以在不需要动用字典的前提下，凭借自己敏锐的理解力，快速又快乐地翻阅那些艰深的外语文章，整页整页地读下去。神秘的、效率极高的学习热情，以及对知识的强烈渴求，总是会给男孩带来一种颇为自豪的自我认知，仿佛学校和老师已经彻底远去，仍将持续多年的学生生涯已成为遥远的过去；仿佛他已经凭借自己独一无二的力量，在学术研究的道路上成功抵达了知识与能力的高峰。

如今这种感觉再次出现在他的身上，同时出现的还有另外一种症状：每天晚上的睡眠都很浅，经常会突然惊醒，而且醒来后能够迅速回忆起来的梦境，全都格外清晰。夜深人静，当他因轻微头痛而醒来，无法再次入睡时，总是会被一种急于取得成功的情绪所支配，想要赶紧继续努力下去。每当他想到自己比身边的所有同学都优秀得多，老师和校长都以一种尊敬甚至钦佩的眼神来打量他时，一种高高在上的自豪感就会自他心中油然而生。

对校长而言，指导并观察他所唤醒的这股雄心壮志，亲眼看着这男孩逐渐成长，逐渐取得成功，无疑是件很开心的事情。千万不要觉得校长没有真心，是个思想僵化的老朽、没什么真本事的教书匠！哎，不是这样的，为人师表者，亲眼看着孩子长期未激发的天赋如何被开发出来；亲眼看着男孩如何收起他的木制军刀、弹弓、弓箭以及其他许多幼稚的小玩具，开始努力学习，争取进步；亲眼看着自己如何通过认真细致的引导，将一个矮胖笨拙、懵懂无知的男童，逐渐教化为一个心思缜密、态度严肃、几乎心甘情愿地崇尚苦修的少年；亲眼看着自己如何让他稚嫩的脸颊变得老成、变得更有精神，让他单纯的目光变得深邃、变得更加敏锐，让他多动的双手变得沉稳、更显白皙、更添静谧，如此一来，他的灵魂就会欢快地拍起手来，无比骄傲，开怀大笑。为人师表者，其自身的责任，也即国家委托给他的任务，是制衡并消除年轻男孩身上固有的原始力量，消除那些源于自然界的粗鄙欲望，在空出来的位置根植本分、温和、受到国家认可的个人理想。如果缺少学校所付出的这份努力，如今社会上有多少成年人会满足于当一名良善的公民，当一位勤勉的公务员？他们恐怕都会变成毫无节制力可言的粗暴改革家，或者不产出任何成果、不停做白日梦的梦想家！校长很清楚，这男孩身上藏着些东西，一些充满野性、无视规则、不服管教的东西，首先必须把这些东西破除掉，因为这些东西就像一缕缕危险的火苗，必须赶紧扑灭。人类哪——大自然所创造出来的人类，本性即是如此：无法预测、无法看透、天生敌对，这男孩是一条从不知名的神秘山脉间迸发出来的溪流，是一片没有道路和秩序可言的原始森林。正如原始丛林必须花大力气去开发、去整顿，并且加以严格管制，学校也必须瓦解、战胜并强行规训这些由大自然带来交给社会的人类。学校的任务是根据当局批准的教育规程，使学生最终成为社会上的有用一员，激发并唤醒学生们心中所藏的优良品质，并且运用形如军营中训练士兵的严苛培育模式，为这些品质在个人身上完全培育成形奠定基础。

小吉本拉特的成长过程是多么美妙啊！他几乎主动放弃了浪费时间的闲逛和玩耍，上课时偶尔发出的傻笑声早就没了，除此之外，他还放弃了园艺、养兔子和令人讨厌的钓鱼嗜好。

这天晚上，校长先生亲自出现在吉本拉特家门口。在礼貌地摆脱了受宠若惊的汉斯的父亲之后，他进入汉斯的房间，发现这个男孩正坐在那儿读《路加福音》。于是，他很亲切地跟他打了个招呼。

“真不错啊，汉斯，又开始忙了！考上之后，你为什么不在我那里露面儿了呢？我可每天都在期待着你的到来。”

“我早就应该去的，”汉斯向校长表达了歉意，“不过我心里想着，至少要给您带去一条上好的鲜鱼，所以一直没去成。”

“鱼？怎么想着要带一条鱼呢？”

“是啊，一条大鲤鱼，或者类似的也行。”

“哎呀，原来如此。所以说，你又开始钓鱼了吗？”

“没错，稍微钓一下。父亲允许我去。”

“嗯，是这样啊……你觉得钓鱼很有趣吗？”

“对，我挺喜欢的。”

“不错，真不错，你之前那么努力，放假好好玩儿也是理所应当的。不过，你大概不喜欢在放假的时候再努把力了吧？”

“噢，不是这样的，我当然知道要努力，校长先生。”

“可我实在不想强迫你做任何自己不想做的事情。”

“当然想，我挺有兴趣。”

听到这个回答之后，校长深吸了几口气，一边抚摩自己稀疏的胡须，一边在旁边的椅子上坐下了。

“你瞧，情况是这样的，汉斯，”他继续说了下去，“在这类事情上，我们总有些古老的经验可资借鉴：在州级考试里考出非常好的成绩之后，不少优秀学生便会在不知不觉间松懈下来，进入滑坡期，等到发现时，成绩突然就退步了许多，随后也将因此而遭遇相当大的挫折。大家都知道，进入神学院之后，必须面对好几门全新的课程。于是，总有些学生会趁着假期提前用功——通常是那些在考试中表现较差的学生——等到开学，他们的成绩突然大幅提高，如此一来，那些在放假期间安于现状的优秀学生就成了牺牲品。”

他又叹了口气。

“在我们这座小镇的学校里，你总是考第一名，这对你而言是件很容易的事情。但是，到了神学院里你就会发现，自己周围的其他同学，都是很有才华，或者至少也是非常勤奋的人，他们不会让自己那么轻易就被你超越。你明白吗？”

“明白的。”

“所以，我想建议你好好利用这段假期时间，提前做些准备工作。当然，用功要有节制！毕竟你现在有权利，也有义务好好休息放松。在我看来，每天学习一两个小时恐怕就差不多了。如果缺少这些准备，开学后你就很容易掉队，至少需要补好几周的课，才能勉强赶上大家的进度。你的想法如何？”

“我非常愿意提前准备，校长先生，如果您愿意帮……”

“很好，等你到了神学院，除了希伯来语之外，荷马也会为你开启一个全新的世界[1]。假如我们现在就提前打好坚实的基础，你以后读荷马时就能收获双倍乐趣，同时也能够加深理解。创作荷马时所用的语言——古伊俄尼亚方言[2]，还有荷马作品特有的音韵[3]，都是相当独特的学问，可以说是独一无二的。假如你想尽情享受这些诗歌，就必须勤奋刻苦，全力以赴。”

当然，汉斯是很愿意进入这个全新世界的，他马上向校长承诺，说自己将尽力而为。

麻烦的还在后面呢。校长清了清嗓子，和蔼可亲地讲了下去：“坦率地讲，如果你能再抽出几个小时来学习数学，我也会感到十分欣慰。你的数学当然不差，可是截至目前，它还称不上是你的强项。进入神学院之后，你必须开始学习代数与几何，现在最好先上几节预备课，以防万一。”

“没问题的，校长先生。”

“我这儿永远都欢迎你，你是知道的。你能够成为有本事的人，我自然也与有荣焉。不过，关于数学方面，你必须向你父亲提出请求，征得他的同意，让你到数学老师家里去上辅导课。一周大概三到四次就够了。”

“好的，校长先生。”

就这样，刻苦努力又变成汉斯生活的主旋律，假如他现在突然

---

1 在欧洲，讲述公元前十一世纪至公元前九世纪希腊历史的两部荷马作品《伊利亚特》和《奥德赛》也被称为“古希腊《圣经》”。因为这两部作品是这一时期留存下来的唯一文字史料，传统神学院课程安排中，在研习《新约全书》的同时也必然要学习荷马作品，故有此说。

2 古希腊语的重要方言之一。相传荷马是小亚细亚人，很可能是在伊俄尼亚出生的，两部荷马史诗基本都是用古伊俄尼亚方言写成，但其中也包含许多古埃俄利斯方言借词。在对荷马史诗的研究中，通常将使用的语言统一表述为“荷马方言”或“史诗希腊语”。

3 荷马史诗采用六音步扬抑格写成，虽然不用尾韵，但节奏感很强，明显是为了朗诵或歌吟而专门创造出来的诗体，集古希腊口述文学之大成，故有文中所说。

跑去钓一个小时鱼，或者散一个小时步，心里马上就会生出自己还不够用功的愧疚感。更糟糕的是，那位牺牲自己的假期来为汉斯补课的数学老师，选择了汉斯通常要去游泳的那段时间来给他上课，于是汉斯也不能每天去游泳了。

尽管汉斯主观上很勤奋，但上过几节课之后，他发现这些代数课上起来并不怎么让人开心。无比炎热的午后，不去河边那片草地游泳，反而要到数学老师闷热难挨的房间里去，在那里到处都是飞扬的灰尘，蚊子在四周持续不断地鸣叫，脑子晕晕沉沉，喉咙嘶哑难耐，在这种条件下背诵“a加b”和“a减b”的代数式，无疑是件很痛苦的事情。不仅如此，近乎凝滞的闷热空气中似乎还存在着某些令汉斯感到头皮发麻、极度压抑的怪东西，在少数几个情绪极度糟糕的日子里，这些怪东西甚至会转变成难以言喻的惆怅和绝望。每逢这种时候，他都觉得自己肯定无法再坚持下去了。与其他学科不同，汉斯对数学的认知颇为奇异。他当然不是那种没有数学天赋、完全无法理解数学规则的差生。实际上，在面对一些较难的题目时，他有时也能找到非常巧妙、精彩的解题方式，并且乐在其中。在所有已经接触过的学科当中，他其实非常喜欢数学，在他看来，喜欢数学的原因，首先是其中没有混乱因素的存在，没有那种令人晕眩、不着边际的含糊表达，不存在任何偏离主题、介入其他带有欺骗性的旁支的可能性。出于同样原因，他也非常喜欢拉丁语，因为这种语言清晰具体、表意明确，几乎不可能出现歧义。数学的真正问题在于，即使所有的计算结果都是正确的，最终也不会有什么拨云见日的结论出现。在汉斯眼中，用功学习数学，努力上数学课，就好比在平坦、笔直的大道上行走，你的确总是在前进，的确每天都能理解一些昨天尚且无法理解的东西，但绝对不可能突然抵达一座能够大幅开阔视野的高山，不可能享受到豁然开朗的感觉。

相比之下，到校长家上课时的气氛就轻松、活跃得多。诚然，小镇牧师还是技高一筹，知道如何运用《新约》中衍生出来的这门希腊语，创造出一些比校长传授的、新鲜的荷马史诗的语言更具吸引力、更显华美庄严的东西，但荷马毕竟是荷马，克服了最初的阅读困难之后，连绵不断的惊喜与快乐便开始自他身后涌现出来，令人无法抗拒，诱惑他继续读下去。汉斯经常被迫停留在那些听起来神秘华美、内容却难以理解的诗句前，心中充满的巨大的焦虑感和紧张感，仿佛在不停抽动着他，心急火燎地在字典里翻找，试图找到一把合适的钥匙，让荷马这座静谧、欢畅的花园再度向他敞开大门，但这把钥匙却无迹可寻。

如今，家庭作业又开始泛滥成灾，不知道多少个晚上，他必须在书桌前坐到很晚，苦思冥想，努力完成一些难度颇高的题目。吉本拉特家的这位父亲，看到儿子如此勤奋，感到十分自豪。在他迟钝的脑袋里，暗自驻扎着许多阅历有限、无足轻重之人的共同理想，即亲眼看到家族开枝散叶后的其中一个分支超越自己，成长到他不得不去无条件敬重的高度。

到了假期的最后一周，校长和小镇牧师突然不再严格，反倒表现得非常亲切，非常关心男孩的身体健康。他们停止上课，让男孩去散步，并强调他应该以饱满的姿态进入人生的新阶段，这一点非常重要。

于是，汉斯又去钓了几次鱼。眼下他头痛得厉害，心不在焉地坐在河岸边，完全没有留意到，现在河水倒映出来的其实已经是初秋的浅蓝色天空。他想不明白，为什么当初自己一直如此期待这个暑假的到来。无论如何，他现在感到相当开心，因为这一切总算都结束了，他即将进入神学院，在那里，与之前截然不同的生活和学习即将展开。他的心思完全没放在钓鱼上，所以，他再也没有钓到任何一条鱼。直到有一次，当父亲拿他空手而归这件事开玩笑时，他干脆不再去钓鱼了，将鱼线放回了阁楼的箱子里。

到了假期的最后几天，汉斯突然想起，自己已经有好几个星期没去找鞋匠弗莱格聊聊了。他实在是不想去，即使到了现在，出于礼貌而不得不去时，他也是心不甘情不愿的。这天晚上，鞋匠师傅坐在客厅的窗前，两侧膝盖上各放着一个小孩子。尽管窗户敞开着，但皮革和鞋油的味道还是弥漫在整个家里。汉斯忐忑不安地将自己的一只手伸出来，放在鞋匠师傅坚硬、宽大的右手上。

“嗯，最近情况如何？”他问道，“在牧师那里，学习很用功？”

“是的，我每天都去，学到了很多东西。”

“学了些什么呢？”

“主要是希腊语，但也有一些其他的东西。”

“所以，你就从来没有想过要到我这里来，跟我好好聊聊？”

“我是很想来的，弗莱格先生，可我之前实在是太忙了，无法真正成行——我每天都要到牧师那里去一个小时，在校长家学习两个小时，除此之外，每周还要找数学老师补四次课。”

“这样算是在放假吗？真是岂有此理！”

“我也不清楚。不过老师们都是这样要求的。话说回来，努力学习，对我而言毕竟不是什么坏事。”

“或许你是对的，”弗莱格一边说着，一边伸出手来，抓住了男孩的手臂，“学习是可以的，没有问题，可你这对细胳膊是什么情况？你的脸看起来也瘦骨嶙峋。你还在头痛吗？”

“时不时就会痛一下。”

“真是岂有此理，汉斯，你熬成这副模样，也是一桩罪孽。

在你这个年龄段，必须呼吸足量的新鲜空气，进行足量的运动，还要有足量的休息。他们为什么给你这个假期？就为了让你每天连续好几个小时蹲在房间里努力学习吗？你都快瘦得皮包骨头了。”

汉斯不由得笑出了声。

“好吧，无论如何，你总归还是能够克服困难，渡过这道难关的。但是，你一定要铭记过犹不及的道理。嗯，牧师上的那些课具体如何？他都讲了些什么？”

“他讲了很多，不过其中并没有什么坏话。他真的知道很多东西。”

“他从来没有讲过任何对《圣经》不敬的话吗？”

“没有的，一次也没有过。”

“这很好。尽管如此，我也必须告诉你：宁可让肉体被毁灭十次，也不允许让灵魂受到侵害！你以后是要做牧师的，牧师是一份既美妙又困难的职业，这份职业所需要的人，与你们大多数普通年轻人是不一样的。或许你就是符合要求的人。未来的某一天，你将成为灵魂的引导者，你将帮助他们，成为他们的老师。我衷心希望未来如此，并将为之虔诚地祈祷。”

说着说着，他已经站了起来，两只手紧紧摁在男孩的肩膀上。

“再见啦，汉斯，千万不要误入歧途！主会保佑你，主将庇护你，阿门。”

刻意营造出来的庄严肃穆的气氛，特意准备的祈祷，还要故意使用普通话来跟他交流[1]，这一切都令男孩感到尴尬又难堪。小镇牧

1　用所谓“标准德语”讲话，泛指德语的普通话。卡尔夫当地日常对话一般是使用施瓦本方言的，唯有在非常正式的场合才会使用标准德语。

师在同他道别时可没做过这样的事情。

就这样，在临行准备和一次又一次的道别中，最后几天很快就过去了，匆匆忙忙的，汉斯心里感到很不安稳。装有被褥、衣服、内衣和书籍的一只大箱子提前寄了出去，随身的行李也准备好了。在一个凉爽的清晨，父子俩启程前往毛尔布隆[1]，离开故乡，搬出从小长大的祖屋，迁往一处陌生的环境，这很奇怪，也很压抑。

1 毛尔布隆修道院始建于1147年，整座修道院群完全由封闭的城墙包围，学生在这里顺利结束四年艰苦的神学院预备班学习之后，即可正式进入大学神学院学习。

第三章

毛尔布隆的大型西多会[1]修道院位于本州西北部，坐落在树木繁茂的成片山丘与静谧可人的几处湖泊之间。美丽的古建筑群规模宏大，楼宇坚固，保存完好，从内到外都很华美壮观，几个世纪以来，这些建筑与周围宁静美丽的绿色环境一同成长，过程优雅而融洽。它们作为住所而言是很诱人的。任何想参观修道院的外人，都必须从一道景致如画的大门进入，这道大门在修道院连绵的高墙上开启了唯一的通路。过了大门之后，就来到一处开阔的、极为安静的广场。广场上有一座流水潺潺的喷泉，有古老肃穆的大树，广场两边排布着历史悠久的石砌房屋，一看就很坚固。广场的背景是巨大的修道院主堂的正立面，其间横贯着一条晚期罗马建筑风格的门廊，这条门廊也被称作“乐园”[2]，具有无与伦比的优雅和令人身心愉悦的美感。主堂高大的斜坡屋顶上，矗立着一座如针尖般挺立的、看起来略显滑稽的青铜小钟楼，谁也不知道里面那口漂亮的钟是怎么挂上去的。保存完好的门廊本身就是一件绝美的艺术品。门廊尽头有一间小礼拜堂，小礼拜堂内又有一座漂亮的喷泉，真可谓

1 1098年成立于法国的罗马天主教修会，主要目的是复兴严格的本笃会规范。

2 中世纪天主教堂建筑形制，为一条半开放门廊，尽头处带一个小礼拜堂，堂内建一座喷泉，后文中亦有描绘。

皇冠上的宝石。修士食堂中间一字排开数根巨大的承重柱，粗壮、高贵的哥特式十字拱从这些承重柱顶端如蛛网般散开，在拱顶处交会，最后没入墙壁上的交叉点，可真是一处无比奇妙的空间。除此之外，还有祈祷室、议事厅、平信徒食堂[1]、修道院院长寓所……各个部分都毗邻修道院的主堂和副堂。美如画作的高墙、飘窗、门洞、花园、磨坊和住屋，以一种舒适又欢快的方式环绕在核心位置的巨大古建筑群周围。开阔的广场安静而空旷，仿佛正在沉睡，只有大树投下的影子偶尔会随风摇曳几下。唯独在午餐时间过后的大约一小时里，这里才会短暂地活跃起来。每逢这个时候，总会有成群结队的年轻人从修道院里走出来，分散在这片面积广大的活动区域内，给此地仿佛凝滞的一切带来些许生气，些许嘈杂，些许说话声和笑声，偶尔还会组织起来，玩一场球。短短一个小时过去之后，大家又迅速消失在修道院那堵古老的墙后，之前的一切仿佛从未发生过。古往今来，许多人在这处广场上驻足，心中不由自主地发出感叹，这里是个极好的地方，唯有在这里才可能充分感受生命的真意，唯有在这里才能真正体会到幸福与快乐，那些活跃的、令人振奋的思想理应在这里茁壮成长，成熟和善良的人们理应在这里进行愉悦的思考，创造出明丽、隽永的作品。

政府本着关爱年青一代的打算，将这座远离尘世喧嚣、藏身于青山绿水间的宏伟修道院借给那些立志进入新教神学院学习的学生们使用，在这里创办了神学院预备班，以便让敏感的年轻心灵能够被此地的美丽平和所环绕。置身此地，年轻人们就可以从城市与家庭生活的纷扰中抽身出来，杜绝外界影响，避免庸常生活对他们的

1　平信徒指基督教会中没有教职的一般信徒，又被称为“教友”。在传统修道院内，教职人员与平信徒之间的区分是很明显的，平信徒不能在修士食堂吃饭。

精神发育造成破坏。如此一来，年轻人们就有充裕的时间来刻苦学习。他们在此学习的内容包括希伯来语和希腊语，以及其他一些与神学密切相关的科目。当然，更重要的是树立起严肃认真、持之以恒的人生目标，将年轻灵魂所独具的全部渴求投入纯粹的、理想化的学习与享受中去。此外，这里的寄宿学校式生活也是培养年轻人成材过程中不可或缺的重要因素，因为这种生活迫使他们摆脱对家人的依赖，凡事依靠自己的同时，同学之间互帮互助、互相信任，塑造了他们对集体的归属感。政府主动承担了神学院预备班学员们的生活费和学费，从而确保他们能够心无旁骛地学习，成为才智过人的杰出孩子。从今往后，无论在什么时间、什么地点，他们都是与众不同的存在，很容易就能够被人们认出来——对于神学院而言，这无疑是一种良好、可靠的品牌推广方式，作为自愿归属的象征也是颇富成效的。除了那些因为各种原因脱离这一体系的冥顽不灵的学生之外，每个施瓦本地区的神学院学生在其一生当中都可以被人们认出来。人与人之间的差别是多么巨大啊，他们的成长环境与自身条件又是多么不同！政府通过上述方式，给精心挑选出来的年轻人穿上了一套精神上统一的制服或者说军装，公正而彻底地对受到自己庇护的孩子们加以改造、修正，令他们朝着整齐划一的未来大步前进。

那些在进入修道院预备班时仍有母亲陪伴的孩子，恐怕一辈子都会心怀感激、面带微笑地回想起自己在毛尔布隆入学的这一天。但汉斯·吉本拉特却不属于这种情况，他不带任何情绪波动地经历了这一天。不过话说回来，虽然没有母亲陪伴，但他仍然可以观察其他人的母亲，在这一天里，他看到了许多母亲，并且对她们产生了一些特殊的印象。

在那条大走廊里，也即所谓的“学生宿舍”里，一侧墙壁上全部都是壁柜，眼下这里堆满了各种行李箱和篮子，男孩们在父母的陪同下，正忙着拆开之前打包好的行李，放好他们的必备物品。在这里，每个人都有属于自己的一方橱柜，上面写有自己独一无二的编号，在学习室里还有带自己编号的书柜。儿子跟父母一起跪在地上收拾行李，教师助手像个贵族一样走在他们中间，时不时地给出一些善意的建议。收拾出来的衣服，每一件都要先摊开，衬衫稍后必须仔细叠好，书籍被堆放在一起，皮靴和拖鞋被摆成一排。提前准备的各种什物，对所有人而言几乎都是一样的，必须携带的换洗衣物数量和其他一些生活用品的基本要求都有严格规定。刻有大家名字的白铁皮洗脸盆由修道院负责提供，已经放在了盥洗室里，旁边还有海绵、肥皂盘、梳子和牙刷。此外，每个人还有一盏煤油灯、一把煤油壶和一套在食堂吃饭时用的餐具。

每个男孩都非常忙碌，同时也无比兴奋。父亲们微笑着站在旁边，偶尔试图帮一下忙，但也帮不上什么，只好时不时地看一眼怀表，总体而言相当无聊，似乎随时都打算离开。相比之下，整理工作的灵魂人物显然是母亲们。她们将外衣和内衣分开收纳，每一件都要在手里过一道，仔细抚平布料上的皱褶，拉紧松掉的衣带。橱柜内的空间很有限，于是，她们小心谨慎地尝试，一遍又一遍地试错，尽可能整齐又实用地将收拾好的衣服和内衣条理分明地收进橱柜里。与此同时，训诫、忠告与抚慰的话语也如同连珠炮一般向着孩子袭来。

“这几件新衬衫，你必须特别爱惜才行，总共花费了三马克五十芬尼。”

“每隔四个礼拜，你就用火车托运一次内衣裤回来换洗——要是情况紧急，就直接邮寄。记住，黑帽子只有礼拜天才用得上。”

有个开心的胖女人，坐在一只高高的行李箱上，正在教她儿子如何缝扣子。

“一旦你想家了，”有个声音嘱咐道，不知具体是从哪里传来的，“就给我写信，每想一次就写一封信，坚持到圣诞节就可以回家了，时间不算长，没那么吓人。”

有位长得很漂亮、看起来还相当年轻的女士，她先是反复打量自己儿子塞得满满当当的橱柜，伸出一只手来，满怀爱意地抚摩里面放成一小堆的内衣，以及每一件外套、每一条裤子。摸完之后，她又开始抚摩起自己的孩子——一个肩膀很宽、面颊丰满红润的男孩。男孩对此感到很难为情，尴尬地笑了笑，故意将自己的两只手插进裤袋里，以免看起来太过亲昵，显得自己很懦弱。道别的时候，这位母亲似乎比她儿子还难过。

对其他孩子而言，情况则刚好相反。他们无助地看着自己忙碌的母亲，时不时地就显露出一副想要赶紧跟她们一起回家的可怜模样。尽管如此，这些孩子的心中仍然在进行艰苦的斗争：一方面是对离别的恐惧、委屈的感觉逐渐累积，对家人的依恋越来越浓；另一方面则是面对外人时的羞怯，以及刚刚开始萌芽的成年男人脾气中那种闹别扭的尊严感。有几个男孩明明难受得快哭了，却硬要装出一副什么都无所谓的强硬表情，仿佛自己什么都不关心似的。母亲们将这些都看在眼里，脸上露出了会心的微笑。

除了生活必需品之外，几乎所有男孩都从他们的行李箱中取出了一些“奢侈品”：一小袋苹果，一根烟熏香肠，一小篮糕点饼干，等等。许多人带了滑冰鞋过来。有个身材矮小、长相精明的男孩引起了轰动，因为他带来了一整条火腿，对此他感到十分骄傲，完全不打算掩饰。

在这里，很容易分辨出哪些男孩是直接从家里来的，哪些男孩有过在学院和寄宿学校生活的经验。不过话说回来，就算之前有过寄宿经验，也还是可以从他们身上看出兴奋和紧张。

与其他父亲不同，吉本拉特先生很认真地帮儿子收拾行李，他将所有东西都安排得井井有条，效率很高，实用优先。也正因此，在收拾行李这项任务上，他比大多数家长都结束得早。没有其他事情可做了，他只好跟汉斯一起，在宿舍里无聊地站着。这时他注意到，周围的父亲们都在给儿子上课，要么试图告诉孩子们一些人生经验，要么就是在不厌其烦地说教；母亲们则负责安抚，并且给出一些具体而实用的建议；再看儿子们，大多显得有些焦躁，但都在仔细聆听，因为这似乎是眼下必须要做的一件事，是整个过程中不可缺少的一部分。如此这般，吉本拉特先生觉得，现在也应该给自家的汉斯留下一两句箴言，让他在人生旅途中时刻铭记，从中获得一些帮助，至少也可以少走些弯路。于是，他一边苦思冥想，试图找到些许头绪，一边在沉默不语的儿子身旁来回踱步。这时，他灵光一闪，突然开口讲了起来，讲出口的却是出自名人格言录中的一小段高屋建瓴的废话。汉斯不无惊讶地聆听着这段话，继续保持着自己的沉默，直到他突然发现，不知从什么时候开始，身边已经站了一位修道会里的牧师，牧师显然被这段典型的父亲式说教逗乐了，脸上露出了笑意，这时汉斯才真的感到羞愧，赶紧将自家这位照本宣科的演说家拉到了一旁。

“所以说，事情不就是这样吗？要为自己的家族带来荣誉，要学会服从自己的领导。”

“对的，这是自然。”汉斯说。

父亲总算沉默了，同时松了一口气。这件事情也完成了，他又开始感到无聊，甚至显得有些凄惨。汉斯自己也感到相当失落，宿舍里已经没什么可看的了，于是便带着怯生生的好奇心转过身去，透过窗户往下望。宿舍窗户的下方恰好是那条安静的回廊，它带有老派隐士的庄严气质，与楼上嘈杂的年轻人生活形成奇妙而鲜明的对比。但外面其实也没什么可看的，而且现在就他一个人无所事事地望着外面，多少显得有些不妥当，所以，他就又将目光给转了回来，略有些不好意思地继续观察宿舍内忙碌的同学们——这些同学当中，连一个汉斯之前认识的人都没有。那个在斯图加特认识的考生，虽然他掌握了看似精妙的格平根式拉丁语，但这次似乎并没有考上，至少汉斯没有看到他在宿舍里。不过话说回来，宿舍里有没有认识的人，他其实并不怎么在意，无非就是观察观察自己未来的同学们罢了。无论从类型上看，还是从数量上看，男孩们带来的生活必需品都很相似，尽管如此，还是很容易区分城里人的孩子和农民家的孩子，谁穷谁富也是一望即知。当然，有钱人家的男孩很少上神学院预备班，这一部分要么是因为他们的父母对自己的有钱人身份感到无比骄傲，不愿意让孩子跟其他身份的人们混在一起，要么就是对这条人生道路有着更深层次的理解，经过仔细考虑之后，觉得还是不让孩子到这里来为妙；另一部分则是由于孩子天赋有限，根本没办法通过考试。不过，有些大学教授和政府高级官员还是选择将自家的孩子送到毛尔布隆读书，以这样一种方式来纪念自己曾经的修道院岁月。因此，从这四十名学生身上所穿的黑色小礼服上，可以看出布料和剪裁上的差异，而且这种差异并不算小。至于礼仪、方言和态度上的差异，那就更大了。其中有体形瘦削，四肢动作不太协调的黑森林地区男孩；有阿尔卑斯山地区的男孩，他们面色红润，有一头干稻草般的金发和一张大嘴巴；有活泼好动的低地人[1]，他们看起来大大咧咧、无拘无束，是一群乐天派；有穿着尖头皮靴，讲一口难懂或者美其名曰“高雅”的方言的斯图加特男

1　泛指德国北方人。

孩。在这群孩子们当中，大约有五分之一的人戴眼镜。然后，在这五分之一戴眼镜的男孩里，有个弱不禁风、举止几乎可以称得上高贵的斯图加特男孩，一看就知道，他是妈妈的乖宝宝，戴着一顶挺括的细毡帽，哪怕再小的一个动作，都能显露出受过良好礼仪教育的优雅。此时此刻，他完全没有想到，自己身上这一系列不同寻常的特征，已经让同学们当中暗藏的霸凌者对开学第一天即将实施的嘲讽和暴力行为产生欲望。

如上所述，在这里，任何一位观察力稍微出众的旁观者都可以很轻易地看出来，宿舍里这支表面上怯生生的新生队伍，是从全州的年轻人当中精挑细选出来的。除了那些隔着老远就能辨认出来的，通过“纽伦堡漏斗”[1]获得好成绩的勤奋普通人之外，也不乏天资聪颖、富有冒险精神的小伙子。在他们眼中，人生的台阶又朝上迈了一大步，光洁平整的额头后面，藏着无数关于美好未来的梦想。其中或许也有一两个处世圆滑又倔强的施瓦本人——像他们这种人，总有办法把握住时代的脉搏，无比敏锐地行动起来。世界虽广大，施瓦本人却总能将自己置于风口浪尖，将他们那套始终摆脱不了枯燥、固执的老派思想，运作成崭新、强大的核心体系。这是因为施瓦本地区不仅为自己和全世界提供受过良好教育的神学家，而且还自豪地掌握着某种基于自身悠久传统的哲学理论上的开宗立派能力，也正因此，在历史上本地涌现出了许多著名的先知，异端邪说的产出也不少。诚然，在这片硕果累累的大地上，政治上的伟大传统[2]，如今已被远远抛在脑

1 德国典故，指填鸭式教学。因为纽伦堡香肠很有名，而香肠是使用大漏斗来灌制的，故有此说。

2 此处指中世纪与十五、十六世纪施瓦本王国在政治方面强而有力的一段时期。

后——如今的施瓦本就像一只无害的小鸡，依偎在北方雄鹰[1]的尖喙和利爪下。可是，至少在神学和哲学所统辖的精神领域内，这里仍对全世界发挥着至关重要的影响。此外，这里的居民自古以来就以创作出优美的格律和充满幻想的诗歌为乐，所以，这里时不时就会出现一些诗人和作家，而且水准绝对不低。当然，到了后来，上述独到之处逐渐失去了价值，因为在诗歌创作方面，我们住在更北边的同胞们也开始着手创作了，他们发现南方的语言不够精练，略显烦冗，于是他们就用相比之下更硬朗的口音定下了德语的基调[2]。这种口音本身也有其矛盾之处，时而指向泥土的芬芳，时而指向柏林的优雅，但其本质始终都是果决的、精神抖擞的，这就远远胜过我们南方的老派里拉琴[3]了。不幸的是，无论在这里，还是在这个国家的其他地方，都不可能反抗这一趋势，也不可能要求那些骄傲的柏林人放弃他们相比之下仍显得非常稚嫩的贵族气质。更何况我们也乐于让大家各得其所：我们施瓦本人拥有古老的施陶芬[4]，那里有少数几处辉煌的遗迹，在寂静的森林中长久沉睡，诉说着未竟的梦想；那些人则拥有他们的索伦[5]，那里有平坦光滑、一尘不染的大马路，闪闪发亮的大炮，一门接

1 指普鲁士。

2 此处指普鲁士将北方低地德语中的汉诺威方言定为了标准德语，因为汉诺威是普鲁士的文化中心。统一德意志后，普鲁士订立的标准德语规范也延续了下来，以1880年杜登出版德语全正体书写字典为标志，建立了如今的标准德语体系基础。

3 古希腊传说中一种类似小竖琴的乐器，是西方最早的拨弦乐器，又称诗琴，因为欧洲古代诗人在吟唱时都会弹这种琴。此处是在比喻南德人的老派口音，亦暗指当地历史悠久的文学传统。

4 施瓦本地区一处古地名，亦指代发源自此地的世袭统治家族——霍亨斯陶芬家族。该家族与皇室联姻，跻身最高统治阶层，在中世纪德意志政治舞台上占据了长达百余年的统治地位。

5 即霍亨索伦家族，此处指当时执掌德意志第二帝国大权的霍亨索伦家族皇帝威廉二世的所在地柏林。该家族是统治普鲁士和第二帝国的家族，兴起自十五世纪，1918年德皇退位后结束统治。

一门地从上面经过。两者都有值得一说的地方。

表面上看，毛尔布隆神学院预备班的设施与习俗没有任何施瓦本地区特色可言，除了修道院时期留下的各种拉丁语名称之外，还额外增添了许多古风古韵的拉丁语名字。比方说，分配给学生们居住的寝室名称包括：浮勒姆[1]、荷拉斯[2]、雅典、斯巴达、阿克波利斯[3]。最小的、最后面的一间房则被命名为日耳曼尼亚[4]，这项事实几乎表明，有理由将我们当下这些日耳曼人作为古罗马古希腊的一切幻梦在现实世界中的延续。但这一切说到底也只是表面现象，实话实说，取一些希伯来语名字恐怕更适合些，因为名为"雅典"的寝室里住的并非心胸最宽广、口才最好的学生，而是几个无聊又死板的家伙；名为"斯巴达"的寝室里住的也不是战士和苦修者，而是一小帮性格开朗、慷慨好客的男孩——这类矛盾之处或许纯属偶然。总之，汉斯·吉本拉特跟其他九名同学一起被分配进了"荷拉斯"寝室。

当天傍晚时分，汉斯第一次跟其他九人一起来到这间凉飕飕的寝室里，屋内几乎空无一物，当他躺在自己那张狭窄的学生床上时，心里的感觉颇为怪异。天花板上挂着一盏大油灯，他们在油灯的红光下脱衣服。十点一刻，教师助手进来熄灭了油灯。男孩们一个挨一个躺着，两张学生床之间只隔了一把小椅子，上面放着脱下来的衣服，柱子上挂着一根长绳子，这根绳子一直延伸到晨钟上。有两三个男孩彼此之间已经混熟，熄灯之后，仍在小声聊着悄悄

1 古罗马城中位于帕拉丁山和卡匹托尔山之间的一处广场，这里是古罗马人公共生活的中心，常用来指代罗马。

2 希腊。

3 雅典卫城。

4 "日耳曼"的拉丁语称法，古代欧洲地名，德意志人的祖地。

话，不过聊着聊着就没了下文；除了这几个男孩之外，其他人之间都还挺陌生，大家都一言不发，挺尸般地躺在床上，一动也不动，每个人心里都有一点儿沮丧。一段时间过后，那些睡熟的男孩开始发出沉重的呼吸声；有个孩子睡得很不安稳，手臂伸到外面，来来回回摩挲个不停，身上盖的亚麻布毯子发出窸窸窣窣的轻响；至于那些仍旧醒着的男孩，他们依然保持着极为安静的状态，坚持不发出哪怕一丁点儿的声音。汉斯很长时间都无法入睡。他能够清楚听见来自两侧邻床的呼吸声，又过了一会儿，他突然听到从其中一侧邻床传来的一阵古怪的轻响——躺在那里的那个男孩哭了，毯子被他拉到了头上，蒙住脑袋，尽量避免被其他同学听见，微弱的啜泣声，断断续续的，仿佛来自远方，令汉斯感到些许困惑。他自己并不想家，但还是为失去了家里那间专为自己准备的安静小房间感到遗憾。除了这一点点遗憾之外，还有少许恐惧——对各种不确定的新事物和必须跟这么多同学一起生活的恐惧。午夜尚未降临，房间里已经没有谁还醒着了。年轻人们并排躺着，睡得很熟，他们的脸颊贴在带有条纹装饰的枕头上，无论之前是悲伤还是执拗，孤傲抑或胆怯，此刻都被同样甜蜜、同样坚定的安眠与遗忘所征服。一轮朦胧的半月，自古老的坡顶、塔楼、飘窗、哥特式尖顶、高墙墙垛和布满了尖拱门的回廊之间缓缓升起。它的光芒洒落在古建筑的檐口和门槛上，流淌在哥特式窗户与罗马式的大门上，照映在回廊尽头那座喷泉的巨大而高贵的石池里，勾勒出一道道微微颤动的淡淡的金光。透过三扇古老的窗户，高悬的半月也将几缕光带、几块光斑带入这间名为“荷拉斯”的寝室里，任它们在沉睡男孩们的梦境中落脚。多年以前，同样的光带和光斑，也曾在同一间寝室里居住过的僧侣们的梦境中落脚。

隔天一早，庄严的入院仪式在祈祷室内举行。教师们穿着礼服站成一排，院长[1]发表演讲，学生们弯着腰，坐在椅子上，认真聆听演讲，表情若有所思，有时还试图以不怎么引人注意的姿势向后看一眼坐在更后面的父母。母亲们虽然思绪烦乱，怀着许多不舍，但脸上还是始终挂着微笑，目光望向自己的儿子。父亲们个个挺直身体，仔细听院长讲话，表情严肃而坚定，骄傲的、值得夸耀的感情与美好的憧憬在他们心中膨胀，没有谁真正想清楚了这样一项事实，即他今天其实是为了金钱利益，将自己的孩子卖给了国家。仪式到了最后，学生们一个接一个地被叫到名字，一个接一个地走到一排排学生面前，由院长正式接纳入学，与院长郑重握手，然后庄严起誓，正式成为这个大集体中的一员。从此以后，只要他们一直表现良好，就能够一直得到国家供养，享受收入稳定的终身职位，余生得到完全的保障。他们当然不可能白白拥有这一切，但眼下没人仔细考虑这个问题，他们对自己未来的了解就跟他们的父亲一样少。

仪式结束之后，告别的时刻来临了，男孩们不得不向自己的父亲和母亲辞行。相比之前的仪式，眼下的气氛显得更加庄重，也更为感人。有的父母直接步行离开，有的搭乘邮车，有的乘坐各种匆忙赶来的车辆。就这样，父母们陆续远去，陆续从不得不留下的儿子们的视野中消失了。虽然已经看不见人，但母亲手中挥别用的小手帕，仍在九月温和的空气中挥舞了很久，最后也消失不见了。大片大片的森林，接纳了所有离去的父母，儿子们则安静地、各怀心思地回到了修道院里。

“好了，大家的父母亲现在都已离开。”教师助手开口说道。

是时候了，住同一间寝室的男孩们开始彼此打量，想要找一

1 原意为古希腊历史学家埃福罗斯，代指神学院预备班负责人。

个开口问候、了解各自情况的机会。大家往自己的墨水瓶里灌满墨水，往灯里装煤油，整理带来的书籍和笔记本，努力适应全新的环境。好奇的观望和打量陆续结束，大家终于正式开始交谈，开始互相询问对方的家乡、对方以前就读的学校，然后又开始回忆起他们一起参加的那次州级考试——过程多么艰辛、天气多么炎热，这里的每个男孩，当时都曾挥汗如雨。就这样，大家三三两两地围着各自的桌子聊起天来，时不时地就会响起一阵男孩特有的开朗笑声。到了这天晚上，寝室里的室友们已经比海上航行结束时同舱房的乘客更熟悉彼此了。

与汉斯一起住在这间“荷拉斯”寝室里的九位同学当中，有四位水准远超一般的高手，其余几位至多也不过是平均线之上的水准，完全称不上出众。这四位高手里面，首屈一指的就是奥托·哈特纳，他是斯图加特的一位教授的儿子，很有才华，性格沉稳，极度自信，行为举止上也无可挑剔。从外表上看，他的身材高大魁梧，气质优雅，衣着得体。此外，他做起事来可靠又麻利，给寝室所有人留下了深刻印象。

然后就是卡尔·哈梅尔，他来自阿尔卑斯山地区的某座小村庄，是村长的儿子。想要真正了解他，尚且需要一些时间，因为这个男孩身上充满了矛盾，而且他很少主动显露出什么。他看似热情洋溢，爱开玩笑，做起事来雷厉风行。但这一切都是表象，并不能持续太久，转眼之间，他外放的情绪又纷纷爬回自己的身体里。目前还没办法对他的情况加以简单的判断，不知道他究竟是位安静的观察者呢，还是个胆小怕事的家伙。

赫尔曼·海尔纳，他是个拥有良好家庭出身的黑森林地区男孩，在进入神学院预备班的所有男孩们之中，他可以说是一位明星般的人物，尤为引人注目，尽管其中的原因其实并不复杂：大家打从第一天起就知道，他是个诗人，还是一名美学家，据说他在州级考试上的那篇作文是用六音步诗行[1]写成的。他话很多，很活泼，拥有一把漂亮的小提琴。乍一看去，他似乎将自己的天性完全表露在外了，这种天性中主要包括年轻人所特有的、不成熟的多愁善感与轻浮放纵的混合物。可是，不那么显而易见的事实是，他的心中还带有某些相比之下更为深刻的东西。实际上，他的身体和灵魂都比同龄人更成熟，而且已经初步决定要开始试着走自己的路。

不过，“荷拉斯”寝室里最奇怪的住客始终还是埃米尔·卢修斯，这是个性格阴郁的男孩，一头颜色很淡的金发，乍一看去，会让人误以为他是位满头白发的老者。他非常有主见，从不随波逐流，一旦认定目标就一定会坚持下去，十分勤奋，无论做什么事情都跟老农一样干练。尽管他的身材和五官还没有完全长开，很容易看出他并不是成年人，可是与此同时，他也不会给人留下男孩的印象，在他身上处处都有成年人的影子，仿佛他彻底定了型，不可能再有什么改变了似的。入学第一天，当其他同学还在百无聊赖地闲聊，试图安顿下来，适应这里的生活时，他早已安安静静、心态平和地读起语法书了。为了避免周围的声音干扰到自己，他伸出大拇指来堵住耳朵，学得津津有味，仿佛要把浪费掉的时间统统补回来。

刚开始时，大家都很忙，没怎么留意这个沉默寡言的家伙。他身上的与众不同之处是逐渐被周围的人们发现的。不仅如此，经过对他各种恶习的总结，大家终于意识到，这家伙本质上是个手段高超的守财奴，而且还是个极端利己主义者。他在这些恶习中的完美表现甚至为他赢得了某种尊重，即使没到尊重的程度，至少也称得上宽容。

1 传统诗歌体例，由六个韵律音步组成一行韵文，因而得名。

他凭着自己的本事，建立起了一整套狡猾无比的储蓄与获利系统，这套系统极为巧妙，其中的每个部分都令大家啧啧称奇，个别细微之处甚至过了很长时间才暴露出来。每天清晨起床时，这套系统已经开始运作：一旦卢修斯没办法做到第一个进盥洗室，那他就一定要拖到最后一个进去，目的是偷偷使用别人的毛巾，以及很可能会遗落在那里的肥皂，如此一来，他自己的东西就可以省下来不用。这种手段没有失败的理由，因此，他的毛巾总是能够持续用上两个礼拜，甚至坚持更久。按照规定，毛巾必须每八天更换一次新的，每周一早上由教师助手们的头儿过来检查。于是，卢修斯每周一都会起得很早，提前在有自己编号的挂钩上挂一块新毛巾，以此来应付检查，到了午休时间，他又会将这块新毛巾拿走，叠得整整齐齐，放回到行李箱里，然后再挂上那块幸免于难的旧毛巾。他的肥皂很硬，用起来几乎不怎么起泡，但却特别耐用，能够一连用上好几个月。尽管有着上述种种行为，埃米尔·卢修斯却绝对不会在外表上疏忽大意，他看起来总是很整洁，总是会小心翼翼地梳理自己那头稀疏的金发，梳出来的分头纹丝不乱。他也总是尽可能地爱护自己的内衣和衣物，好让自己对外显得格外体面。

从盥洗室里出来，紧接着就是早餐。每人都会分到一杯咖啡、一块方糖和一份面包。大多数人都不会觉得这些东西够吃，因为通常而言，年轻人在睡了八个小时之后，早上都会有很好的胃口。但是，卢修斯却对早餐的安排感到十分满意，他每天都会将属于自己的那块方糖留下来，而且总是能找到买家，两块方糖换一芬尼，或者二十五块方糖换一册笔记本。到了晚上，他总是喜欢在别人的油灯下学习，以节省昂贵的煤油费用，对他而言，这种行为简直是顺理成章、不言而喻的。虽然他如此节约，但却并非贫穷父母所生的孩子，而是来自相当富裕的家庭。至于其中的道理，想想倒也自然，赤贫家庭的孩子往往只懂节流，不知开源，也没有长远的储蓄计划，总是有多少就用多少，多年以后依旧一无所有。

相比之下，埃米尔·卢修斯不仅成功地将自己的这套系统引入与物质财富和有形商品相关的方方面面，甚至还试图扩展到精神领域中，在任何有机可乘的地方获得无形的好处。在这样做的时候，他总是保持着足够的智慧，永远不会忘记所有的精神领域财产都只具有相对价值。因此，他只会精心挑选那些能够在以后考试中取得实际成果的科目，只在这些科目上付出真正的努力，至于其他一些“无用”的科目，能够混到及格，成绩比及格稍好一些，他就已经心满意足了。至于他所学到的知识和取得的成绩，他也总是只以自己身边同学们的对应表现来衡量，不会定任何毫无意义的目标，只要在同侪竞争中取得领先即可。他宁愿只学一半该学的知识来拿成绩上的第一名，也不愿获得两倍的知识却只能成为第二。因此，每天晚上，当同学们都在进行各种消遣和游戏，或者随意读读闲书时，他反而安安静静地坐在自己位置上努力。其他人的喧闹根本不可能打扰到他，他甚至偶尔还会向正在玩乐的同学们投去幸灾乐祸的目光，仿佛他们自愿踏入了他所布下的圈套似的。因为如果其他人也跟他一样选择这个时候用功，那他额外付出的努力就不会有太大收益了。

无论如何，卢修斯确实勤奋过人，这是无可辩驳的事实，所以，没有谁会因为他所使用的这些狡猾伎俩而专门针对他。但就像所有毫无节制，不明白“过犹不及”道理的贪心鬼们一样，他很快也迈向了愚蠢的境地，开始做起了傻事。由于修道院内提供的所有课程都是免费的，他马上就有了利用这一点来免费学习小提琴的想法。要知道，他以前可从来没有接受过任何乐器训练，零基础，无乐感，没天赋，不仅如此，他甚至对音乐本身没有任何兴趣！换句话说，他只是因为能够得到免费学习的机会，才决定要学小提琴的。条件如此不利，他却认为一个人只要愿意去学，就可以像学习拉丁语或者算术一样，学会拉小提琴。至于在各种免费课程中选择小提琴的原因，是他不知道从哪里听说，音乐在以后的人生中很有用，会音乐的男人无论到哪里都很受欢迎，很容易被大家接纳。当然，更重要的一点是，神学院预备班会免费提供一把学习用的小提琴，这可捡了大便宜。

当卢修斯主动来找音乐老师哈斯，提出上小提琴课的要求时，音乐老师吓得头发都竖起来了，因为他早在之前的歌唱课上就已经牢牢记住卢修斯的大名。之前上课时，卢修斯唱歌时的风采令在场的所有同学都很开心，但却让这位老师感到绝望。无奈之下，他只好尝试劝阻，请卢修斯考虑清楚，放弃报名，不要选择这门课程。可是，好心好意的劝阻完全没能见效。卢修斯耐心听完了老师的规劝，脸上反而露出了胸有成竹的笑容，他开始声称自己在此拥有的正当权利，即能够自由选择任何一门课程来参与，只要学生有心学习，老师就只能接纳。与此同时，他还赌咒发誓，说自己对音乐的渴望是不屈不挠的，无论过程多么艰难，有志者事竟成。于是，他得到了最差的一把练习用的小提琴，每周上两节课，每天练习半小时。然而，在第一次练习时间结束后，寝室里的其他成员们一致表示，这是他第一次在寝室里练琴，也是最后一次，他们以后绝对不会再容忍这种琴声，听起来简直就像持续不断的绝望呻吟。自那时起，每逢练习时间，卢修斯就会像个幽灵一样，带着他那把小提琴在修道院里不安地游荡，寻找安静的角落拉琴，演奏出难听又怪异的弦乐声，时而像猛兽在用利爪挠墙，时而像耗子在吱吱乱叫，时而又像怨灵在呜呜哀鸣，吓坏了周围所有的人。诚如诗人海尔纳所言，这种琴声，就仿佛受尽折磨的老琴通过自己身上所有的蛀虫洞来发声，拼命向卢修斯求饶一样。由于课程没有取得任何进展，音乐老师压力巨大，心情变得越来越焦灼，态度自然也越来越差。相对应的，卢修斯的练习也每况愈下，不仅没有进步，反而越拉越糟。久而久之，他那张迄今为止一直都挺扬扬自得的生意人脸上开始显露出痛苦的表情，他的额头上逐渐浮现出了忧心忡忡的细密皱纹。此事最后终于演变为一场纯粹的悲剧，音乐老师公开宣布，卢修斯完全不具备学习小提琴的条件，并拒绝继续为他上课。哪承想，这位经历了一系列心力交瘁的折腾之后，已然进入痴迷状态的音乐爱好者，居然又选择了钢琴，并在漫长的、没有结果的几个月里持续用钢琴练习来折磨自己，直到他身心俱疲，彻底认清自己在天资上的匮乏，悄悄放弃了对音乐的执着，这场闹剧才最终告一段落。尽管如此，在后来的日子里，每逢人们聊起音乐时，卢修斯都要强调一番，说自己也曾努力学习过钢琴和小提琴，只是由于某些不可抗拒的因素，他才不得不逐渐疏远了这些美妙的艺术。

总之，在“荷拉斯”这间寝室里，经常有机会通过观察这些滑稽怪异的居住者们来寻开心，甚至连美学家海尔纳也在此上演了许多可笑的戏码。卡尔·哈梅尔扮演的是嘲讽者和机敏观察者的角色。他比其他人大一岁，这种年龄上的优势使他产生了某种优越感，但却并没有使他在室友们当中成为一个受尊敬的人物。他性格不好，喜怒无常，大约每隔八天就觉得有必要在斗殴中测试一下自己的体能，每次斗殴时，他都表现得很狂野，打起人来毫不留情，几乎称得上残忍。

汉斯·吉本拉特不无惊讶地目睹了这里所发生的一切。他本人在这里扮演的则是一位表现良好，但不太合群、喜欢安静独处的同学，自顾自地走他该走的路。他学习很勤奋，几乎跟卢修斯一样勤奋，并因此赢得了室友们的尊重，但海尔纳除外，因为他自视甚高，认为光凭勤奋是不可能有好前途的。在跟汉斯打交道时，海尔纳的脸上总是写满了礼貌的轻蔑，偶尔还会嘲笑他是个苦命的劳碌鬼。总体而言，住在“荷拉斯”里的所有男孩都处于快速成长期，彼此之间基本上相安无事，尽管如此，晚上在寝室里发生混战的情况也并不少见。因为他们心中都存有一股渴望，总感觉自己长大了，渴望运用科学的严肃性和自身良好的行为举止来证明老师仍然不太习惯的“您”这一敬称在他们身上其实是实至名归。他们回顾起自己刚刚毕业离开的拉丁语学校[1]时，就像未来的大学生回顾自己的高级文理中学时代一样傲慢，充满了装腔作势的怜悯。但这种伪装的结果却总是相似：苦撑出来的成年人的体面很快消逝，不加掩饰的孩子气随即爆发出来，迫切想要彰显自己反复强调的权利。如此这般，寝室里便此起彼伏地响起了淘气的吐舌头声，以及只有男孩才会使用的肮脏又粗俗的骂人话语。

对身在这样一处教学机构里的院长或者教师们而言，观察这群男孩在头几周共同生活发生的种种变化，应该是极具启发性同时也十分有趣的一件妙事：他们彼此之间的反应，犹如不同化学物质混合到一起之后产生了沉淀一般，其中既有乍看起来如云团般飘忽不定的絮状沉淀，也有形如晶体的薄片状沉淀，这些沉淀先是彼此纠缠在一起，形成某种混乱不堪的结构，随后再度溶解，转而形成不同的结构，反复组合、尝试，直到有一些稳定的固体结构出现，才最终凝固

1 欧洲的传统中学，起源于文艺复兴时期，提倡效仿古罗马、古希腊，以学习拉丁语和希腊语为目标，因而得名。拉丁语学校毕业后的学生要么通过州级考试进入神学院预备班，要么找师傅当学徒，开始职业生涯。如前文所述，第二帝国成立后的高级文理中学属于新兴的选择。

下来。相对应的，对“荷拉斯”寝室里的这群男孩而言，在克服了最初的羞涩之后，在每个人都充分了解其他室友们的情况之后，他们彼此间的关系终于起了反应，开始泛起波澜，暂时进入混乱状态，小团体浮现出雏形，友好与敌对的关系也逐渐明晰。同乡跟以前的同学，这种看似稳固的关系，现实中却很少联合起来，他们当中的大多数人都转去结交新人，城镇男孩跟农民家的儿子做朋友，山中来客情愿去找低地人，这一过程遵循人性当中存在着的某种神秘冲动，尽可能实现小团体内部的多样化与个性互补。年轻的生命，忐忑不安地摸索着前行的道路，探寻人与人之间交往的可能性，追求平等的同时，也萌生出了独立自主的欲望。其中一些男孩的身上，“个性”首次自漫长的童年的沉睡中苏醒，“人格”的萌芽亦逐渐生根、茁壮成长。在此过程中，发生了各种难以用言语来描述的、掺杂了复杂情愫与深切忌妒的小片段，从它们之中发展出了坚定的友谊，同时也催生出公开的、挑衅味儿十足的敌意，并依照具体情况，以温柔的关怀和与朋友相伴的悠闲散步，或者以冲突十足的摔跤和赤手空拳的搏斗来告一段落。

至少从表面上看，汉斯并没有参与这些小片段，他既没有跟谁成为好友，也没有树敌。卡尔·哈梅尔明确而急切地向汉斯抛出了橄榄枝，希望能够跟他做朋友，但汉斯却被哈梅尔的热情吓得退避三舍，没有给出回应。于是，哈梅尔转眼就跟“斯巴达”寝室的一员成为朋友，不再理会汉斯。如此一来，在很容易就能交到朋友的最初阶段，汉斯便被抛下了，之后很长一段时间汉斯只能孤身一人。尽管如此，在友谊国度的地平线上，强烈的情绪已被唤醒，这股情绪充满了渴望的缤纷色彩，以无比幸福的姿态呈现在他眼前，并以一种暗流涌动的冲动将他吸引了过去。可是与此同时，挥之不去的羞怯感却令他裹足不前。经历过漫长而严厉的、没有母亲的童年时代之后，他失去了亲近他人的才能，对任何外来的热情都感到恐惧。除此之外，阻碍他的还有男孩们特有的自尊心，后来又加上了令人生厌的争强好胜心态。汉斯不像卢修斯，他是真的对知识感兴趣，但至少有一点跟卢修斯一样，即试图远离一切可能使他没办法努力学习的东西。不过话又说回来，尽管汉斯一直勤奋刻苦地坐在书桌前学习，可是，当他看到其他人正在尽情享受友谊之花的芬芳时，心中难免还是会感到忌妒和渴望。卡尔·哈梅尔的确不太合适，可是，假如现在再有其他人出现，其他人以同样的方式来拉拢他，明确表示自己愿意跟他交朋友，他是会欣然允诺，跟随对方而去的。眼下的汉斯就像个害羞的女孩，安静地坐在那里，耐心等待，想看看是否会有哪个男孩主动过来找他，一个比他内心更强大、更有勇气的男孩，将他从这缺乏友谊的困境中猛地一下拽出来，将他强行带入友谊之花盛开的幸福花园。

除了与友谊相关的事情之外，课程方面，尤其是希伯来语这部分，有很多地方必须抓紧用功，因此，在这些新来的年轻男孩们眼中，入学后的这段时间过得特别快。转眼之间，毛尔布隆周围众多的小湖泊和池塘，已经开始倒映出苍白褪色的深秋长空，倒映出枯萎的白蜡树、白桦树、橡树以及无比漫长的黄昏暮色。寒冬将至，萧瑟的秋风掠过，在美丽的森林里肆虐，呻吟着，欢呼着。至于薄霜也落过好几次了。

擅于伤春悲秋的诗人赫尔曼·海尔纳，一直想找一个意气相投、爱好相似的好友，但始终徒劳无功。最近这段日子，在每天规定的外出时间里，他总是一个人孤独地在林间漫步，尤其喜欢前往瓦尔德湖，这是一处气质忧郁的褐色池塘，周围遍布芦苇，上方覆盖着古树枯萎的叶冠。森林中这个令人悲伤的美丽角落，深深吸引了这位幻想家。在这里，他可以用幻想出来的鞭子在静止的水面上随心所欲地画圈，阅读莱瑙[1]的《芦苇之歌》，躺在湖边低矮的芦苇丛中，思考与死亡和消逝相关的秋日主题。与此同时，纷飞落叶发出的轻响，以及光秃秃树梢被秋风吹动时的沙沙声，也为此刻的寂寥气氛增添了一重忧伤的和弦。他时不时地就会从口袋里掏出一册黑色的小笔记本，用铅笔写下一两行诗。

十月下旬，某个流云浮动的中午，在大家休息时，汉斯·吉本拉特独自外出散步，刚好踏入了同一处地方。汉斯看到年轻的诗人坐在小水堰的木板路一侧，笔记本放在腿上，削好的铅笔被他咬在嘴里，表情若有所思。在他身旁，放着一本摊开来的书。于是，他慢慢地走近他。

“你好，海尔纳，你在忙什么呢？”

“读荷马。你呢，小吉本拉特[2]？”

“我可不这么认为，我其实已经知道你在做什么。”

“是吗？”

“当然啦。你正在写诗。”

“你觉得真是这样吗？”

“显而易见。”

“坐到这儿来吧！”

于是，汉斯坐到了海尔纳旁边的木板路上，双腿悬在水面上，望着眼前的湖面。时不时地就会有一片褐色的叶子从这棵树或者那棵树上打着旋儿落下，飘过安静、凉爽的空气，不声不响地落到褐色的水面上。

---

1 尼古劳斯·莱瑙（1802—1850），奥地利现代抒情诗人，德语文学中悲观主义的代表人物之一，代表作有《芦苇之歌》《秋日悲诉》等。

2 此处海尔纳使用了对方的昵称。在不算太熟的同学之间这样称呼，略带些居高临下感，但又不算太过分，是符合前文中所描述的海尔纳对汉斯所持的态度的。

“这景致可真凄凉。”汉斯感慨道。

“是啊，是啊。”

他们两个并排躺下了，沿着木板路的方向，面朝天空。此时此刻，在他们眼中看来，秋日风景几乎消失不见，只能瞧见树梢位置的那几根悬空的树枝，除此之外，就只剩下浅蓝色的天空，还有天空中安静飘浮着的云朵。

“多美的云！”汉斯说，感觉十分惬意。

“没错，小吉本拉特，”海尔纳叹了口气，“要是能成为这样的一朵云就好了！”

“然后呢？”

“然后，我们就会在天空中乘帆远航，驶过森林和村庄，驶过一整片地区，前往远方的国度，我们就如同两艘美丽的帆船。你还从来没有见过一艘真正的帆船，对吗？”

“没见过，海尔纳。那你呢？”

“噢，我当然见过。我的天哪，可真是难以想象，你竟然对这些常识性的东西一无所知。你这个人，长到这么大，就只会学习、努力、补习！”

“照你这么说，你是把我当成一只除了埋头苦干之外，什么都不会的骆驼了？”

“我没这么说。”

“别小看我，我可不像你想的那么蠢。不过你具体怎么想，我倒也无所谓，还是继续聊聊帆船吧。”

海尔纳翻了个身，差点儿掉进水里。他现在趴在木板路上，下巴被托在两只手里，用手肘支撑着上半身的重量。

“在莱茵河上，”他继续说了下去，“我曾见过真正的帆船，那还是在之前度假的时候了。有一天，我记得是在星期天，船上演奏着音乐，傍晚时分，五彩缤纷的灯笼亮了起来，灯笼的光线映入水中，我们在音乐的陪伴下，朝着下游航行。喝的是莱茵河流域的特产葡萄酒，女孩们身上穿的全是白色的裙子。”

汉斯静静聆听着这如诗一般的表达，没有说什么话来回应，但他此刻已闭上眼睛，眼前仿佛看到了那艘船，看到它在夏夜里航行，有音乐，有灯笼泛起的红光，还有穿一袭白裙的女孩。旁边那位见汉斯不言语，便自顾自地继续讲了下去：“是啊，那时候与现在不同。此时此地，还有谁会知道这些事情呢？尽是些无聊的人，尽是些懦夫！他们丧失了自我意识，只知道努力用功，除了希伯来语字母之外，什么都不知道。就连你也不例外。”

汉斯沉默不语。这个海尔纳，他可真是个奇怪的家伙，一位幻想家，一位诗人。汉斯其实经常想要好好了解一下关于他的具体情况。众所周知，海尔纳很少有努力用功的时候，但他知道的东西真的很多。他知道如何漂漂亮亮地给出一个正确答案，可他同时也很鄙视这些现成的知识。

“此时此地，我们每个人都是这样阅读荷马作品的，”他继续嘲讽道，“就仿佛他所创作出来的《奥德赛》是一本食谱，我们把它当作食谱来读，一小时才读两小节，然后一个字一个字地反刍、研究，折腾到让你感觉恶心想吐了才停下来。明明是如此糟糕的事情，等到这节课结束时，他们却总是说：瞧瞧，荷马这位大诗人，写得多么精妙，在座诸位显然已经从这寥寥数字之间，窥探到诗歌创作的奥妙！在他们眼中看来，不变词和不定过去时才是这份食谱的精华，上这门课的目的，就是在这些喧宾夺主的玩意儿周围打转，给它们搭配酱料、精心调味，如此一来，你在食用荷马作品时，就不会感到难以下咽，不会被这些所谓的难点给噎住。如此一来，他们就将真正的荷马从我这儿给偷走了。难道不是这样吗？古希腊的那些东西跟我们又有什么关系呢？假如我们当中真的有人打算按照古希腊人的方式去过自己的生活，哪怕只是稍微试一下，恐怕马上就会被他们从修道院里给赶出去。都这样了，我们住的房间居然还被称为‘荷拉斯’！这是多么大的嘲讽哪！为什么不干脆叫‘废纸篓’或者‘奴隶笼’？要么就叫‘饰品箱’[1]？这一整套古典的把戏，其实都是货真价实的骗局。”

他朝空中啐了一口。

“你啊，你刚才写了诗，对吗？”现在汉斯终于开口发问了。

“是的。”

“关于什么的诗？”

“关于这里的，这里的湖泊，这里的秋日风景。”

“快给我看看！”

“不要，还没写完呢。”

“写完之后呢？可以给我看吧？”

“好吧，我不介意给你读读看。”

两人站起身来，慢慢走回修道院。

“瞧那儿，你仔细看过它有多美吗？”当他们经过“乐园”时，海尔纳感慨道，“大厅、拱窗、回廊、食堂、哥特式和罗马风，细节如此之丰富，充满了艺术感，全是能工巧匠的杰作。建造这一切如梦似幻般的建筑，又是为了什么？为了三十几个未来想当牧师的可怜男孩？国家可真慷慨。”

这天的整个下午，汉斯都在思考关于海尔纳的各种问题。准确点说，是不得不去思考关于他的各种问题：他究竟是个怎样的人？汉

---

1 指日常庆典使用的小饰品集合，比如圣诞树上的挂球、顶星、彩灯，蛋糕上的祝语牌、花式蜡烛，等等。比喻华而不实、没有任何实际用处的人或物。

斯眼下所面对的各种忧虑、各种对未来的期许，在海尔纳眼中似乎都不存在。海尔纳有属于他自己的一套思想，有属于他自己的话语体系，相比较于这里的其他人而言，他生活得更加温馨，也更自由。可是与此同时，他似乎也在经受某种与众不同的苦难，似乎时刻鄙视着周遭的一切。他能够理解古老廊柱与斑驳墙壁之美，甚至还亲身实践了一种神秘而奇特的艺术，即用诗歌来反映自己的灵魂，用想象力来构建出自己绝无仅有的鲜活生命。他才思敏捷、无拘无束，每天脱口而出的笑话，恨不得比汉斯一年讲的还多。他天生忧郁、伤春悲秋，甚至还很享受自己表现出来的忧郁和哀愁，仿佛在享用某种难得一见的异域美食似的。

恰恰也是在这天晚上，海尔纳向整间寝室的男孩们展示了自己桀骜而张扬的个性。来自其他寝室的一名同学，一个名叫奥托·温格尔的家伙——一个热衷于逞口舌之快的小气鬼——与海尔纳发生了争吵。有那么一阵子，海尔纳始终保持着冷静、机智和优越感，高高在上地蔑视对手，口若悬河地嘲讽对手，奥托·温格尔又气又窘，难于招架。哪承想，没多久，海尔纳就被自己所掌握的巨大优势冲昏了头脑，突然伸手送上了一记耳光。以此为契机，两个本来就已经剑拔弩张的对手立即气势汹汹地扭打在一起，谁来劝架都拉不开，像一艘没了舵的帆船一样，随着一阵颠簸抖动，在围观的人群中歪歪扭扭地画出几道半圆形的弧线，扭曲的身体因为激动而抽搐不止，横穿“荷拉斯”的学习室，撞向墙壁，从几把椅子上翻了过去，最后倒在了地板上。两人互相拉扯着、僵持着，一言不发，大口喘着气，咬牙切齿地死死盯住对方，嘴角恶狠狠地渗出泡沫来。同学们满脸鄙夷地站在一旁观看，带着批判的态度，保持着一定的距离，尽量躲开纠缠着的两人，避免伤及自己的腿脚、书桌和灯具，欢欣鼓舞地等待着这场恶斗迎来最终的结局。几分钟后，海尔纳艰难地站了起来，松开自己的双手，站在那里大口喘气。他看起来伤痕累累，两眼通红，衬衫领子被扯破了，裤子的膝盖处有一个洞。他的对手趁机爬了起来，还想继续展开攻击，但海尔纳却站在那里，双臂交叉摆在胸前，高傲地宣称：“我不会继续打下去了——如果你还想打，干脆直接打我好了。”奥托·温格尔骂骂咧咧地离开了。精疲力竭的海尔纳倚靠在书桌上，将灯光转向自己，双手插在口袋里，似乎努力想要去思考些什么。突然之间，他的眼睛湿润了，泪水夺眶而出，一滴接一滴流出来，而且还越流越多。在此之前，这样的事情是大家闻所未闻的，因为在大家的想象中，作为一名神学院预备班学生，哭泣是最羞耻的事，哪怕实在控制不住，也不能在大家面前哭，至少也应该躲起来哭。海尔纳眼下不只痛哭流涕，还是当众大哭，没有做任何事情来掩饰它。他没有离开房间，只是静静地站着，没有望向任何人，苍白的脸庞转向煤油灯。他没有擦拭眼泪，甚至都没有将手从口袋里伸出来。其他人围在他身边，好奇地打量着他，心中多少怀着些许恶意。最后，哈特纳站到了他的面前，对他说道：“你这个人哪，海尔纳，你难道不觉得羞耻吗？”

哭泣的海尔纳，此刻逐渐回过神来，慢慢环视自己四周，仿佛一个刚从沉睡中醒来的人似的。

“我羞耻？——在你们这帮人面前？”他接着大声而轻蔑地说道，“完全不会，我的挚友们。”

他擦了擦脸，露出一抹愤怒的轻笑，吹灭那盏灯，走出了房间。

在上演这整场戏码的过程中，汉斯·吉本拉特一直坐在自己的座位上，没有像其他人那样围拢过去，只是表情惊讶、面带惊恐地眯起眼睛，远远地注视着海尔纳。一刻钟过后，他才敢去寻找那个失踪者。出了学习室，他发现海尔纳原来就待在旁边那间漆黑冰冷的寝室里，坐在其中一个很深的窗台上，一动不动地凝望着下面的回廊。从后面望去，可以看到他耸起的肩膀，窄而尖的脑袋，看起来特别严肃，完全不像这个年纪的男孩该有的样子。当汉斯走到他身边，并在窗前停下时，他也没有动，过了好一会儿，才用嘶哑的声音问道："怎么了？"

"是我。"汉斯羞怯地回应道。

"你想怎么样？"

"不想怎么样。"

"这样吗？那你可以走了。"

听到这个回答，汉斯觉得很伤心，真的想掉头离开。海尔纳见状，又把他给拽了回来。

"还是别走了吧，"他用一种故意开玩笑的语气说道，"我不是这个意思。"

此时此刻，他们同时望向了对方的脸，第一次认真地注视、打量了对方，同时试图想象：在这张脸庞背后，暗藏着怎样一段特殊的人生和独一无二的灵魂。这灵魂以自身独有的方式寻找着同类，显露出光芒。

赫尔曼·海尔纳慢慢抬起一侧手臂，伸手抓住了汉斯的肩膀，将他拉近自己，直到他们两个的脸几乎挨在一起时才停下来。然后，汉斯突然有了一阵古怪的触感，顿时感到莫名惊诧。

他的心脏在异常的惶恐中不安地狂跳。像现在这样，在一片漆黑的寝室里，两个人单独待在一起，这一切都是在冒险，是某种全新的体验，或许十分危险。他马上想到，如果被其他人发现了，将会是件多么可怕的事情。因为脑海中某种不言自明的预感令他确信，这种亲密接触在其他男孩们眼中看来，显然比海尔纳之前的哭泣更可笑、更可耻。此时此刻，他连一个字都说不出来，但全身的血液持续往上涌，一下子全涌到了头上。他很想转身逃跑，赶紧逃离这里。

如果一个成年人看到这一幕，可能会从中感受到某种恬静的愉悦，沉浸在两个男孩之间这尴尬而羞怯的友情宣言当中。一眼望去，两个严肃认真的男孩，两张狭窄瘦长的小脸。这是两张英俊的脸，有着无比辉煌的前途、无限璀璨的未来，其中一半还带有孩子般的天真，稚气未脱，另一半却早已被青春的羞涩、美丽的叛逆所浸染。

渐渐地，这些年轻人已经找到并确认了他们共同生活的方式。他们互相之间熟识了，每个人都对其他人有了一定的了解，产生了不少想法，还建立了稳固的友谊。交上了好朋友的男孩们，有些选择结伴学习希伯来语词汇，有些则一起画画、散步，或者阅读席勒。有些男孩的拉丁语学得很好，但数学水平一般，他们便选择跟那些拉丁语学得一般，数学却很棒的男孩联合起来，组成了互帮互助的学习小组，享受到了合作学习、互补长短的妙处。还有一类友谊，其基础是依靠另外一种互惠互利的社会契约，即以物质交换作为条件来组成小团体。通过这样一种方式，之前提到过的那位备受大家羡慕的火腿主人，跟一位来自斯塔姆海姆[1]的园丁儿子成为好朋友，在对方身上找到了可以跟自己互补的地方，这位斯塔姆海姆男孩的行李箱里面堆满了漂亮的苹果。事情是这样发生的：有一次，火腿主人在吃火腿时口渴了，就向苹果主人要了一个苹果；作为回报，火腿主人也分了些火腿给他。于是，他们两个人顺理成章地坐到了一起，一边吃东西，一边谨慎地交换了一些与火腿和苹

1 位于斯图加特北部的一个小镇，现隶属于斯图加特都市圈。当地有很多传统果园，以盛产优质苹果出名。

果相关的讯息。谈话结束之后，事情变得明朗了起来：目前一旦吃完这一整根火腿，火腿将立即被替换，家人会继续送来新的火腿；相对应的，苹果主人也可以随意动用他父亲仓库里储存的物资，直到明年春天之前，苹果想要多少就有多少。如此这般，两人之间坚实可靠的同盟关系就这样建立了起来。这份完全建立在物质交换基础上的关系，甚至比许多更加理想主义、更有激情的联盟维持得更久。

只有少数人依旧保持形单影只的状态，没有交任何朋友，其中包括卢修斯。在那个时期，他对音乐的贪婪爱意仍然如鲜花般盛放。

在两两结伴的朋友们当中，也有几对看起来挺不搭的，其中被大家公认为最不搭的一对，当数赫尔曼·海尔纳和汉斯·吉本拉特了。前者率性妄为，后者谨小慎微；前者是大诗人，后者却是书呆子。两个男孩都很聪明，都很有天赋，这是大家公认的，但海尔纳享有的天才声誉其实并不算实至名归，大家口口声声称他为"天才"，其中也有一半嘲讽的意味藏在里面，相比之下，另一位反而获得了"模范男孩"的名声，这倒是实至名归的。不过话说回来，他们之间的友谊基本上没有受到什么外界伤害，因为相比较于外界看法，每个人都更专注于友谊本身，两两相处，反而更显逍遥自在。

当然，在这些基于个人的兴趣和经历之上，学校的存在也没有被忽视。不仅没有被忽视，学校反而才是大家生活的主旋律。当这主旋律奏响的同时，旁边伴奏的是卢修斯的音乐、海尔纳的诗歌，以及男孩们结成的各种联盟，完成的各种交换，甚至包括偶尔为之的争执和混战，这一切作为无足轻重的小小变奏、单打独斗的余兴节目，围绕在主旋律周围，发出隐约可辨的轻响。主旋律当中最重要的是希伯来语，这是一种奇怪而古老的耶和华语言，是一棵枯萎又脆弱，仿佛一碰就会粉碎，但依然凭借着某种神秘力量顽强存活下去的大树。这棵大树在少年们眼前不断生长，树枝上逐渐结出了奇形怪状、参差不齐、神秘难辨的怪东西，树枝本身也长成了异想天开的诡异形状，格外突兀，格外显眼，不仅如此，那些怪东西上甚至还开出了颜色和香味难以形容的花朵，无论谁看了都会感到惊讶不已。在这棵大树的枝杈上、树洞中和树根里，居住着面容或阴郁或慈祥的千年精灵，盘踞着富于奇幻色彩的恐怖巨龙，记录了天真浪漫的童话，有表情严肃、身体干瘪、脸上写满了皱纹的老人，身旁站着的有漂亮的男孩、文静的女孩，要么就是敢于跟人吵架的妇女。路德翻译的《圣经》[1]，语言平和舒缓，里面听起来遥远而梦幻、渺茫又模糊的那些内容，被原版《旧约》的迷雾层层包裹起来的那些内容，现在在粗糙、真实的语言中重获了血肉，发出了真正的声响，让大家得以窥见已然陈旧过时，但就当时条件而言，始终还是经过了刻苦思考与探寻的、艰难且不可思议的古代人生活。至少在海尔纳的眼中看来是这样的。海尔纳尽管每天，甚至每小时都在咒骂《摩西五经》[2]，但却在其中发掘出了更多鲜活之处以及更纯粹的精神，比许多熟知《摩西五经》所有词汇、不再犯任何阅读错误的刻苦学习者汲取得更多。

主旋律中居于次席的则是《新约全书》，相比之下，它显得更柔和、更轻盈、更内敛，使用的语言虽然没有那么古老、深刻、丰富，但却更细致、更精密，满怀着青春激情，同时也饱含了梦想。

---

1 宗教改革运动中由马丁·路德主笔翻译出的德语《圣经》，由于面向的读者文化层次较低，选用了极为通俗、简单的语言风格，很多地方是意译，虽然在面向大众的普及化上意义重大，但与原文差异较大，故有此说。

2 《摩西五经》是指希伯来圣经最初的五部经典：《创世记》《出埃及记》《利未记》《民数记》《申命记》。

除了《新约全书》，还有《奥德赛》。从《奥德赛》这些铿锵有力、悠扬绵长、情感强烈、格式规整的诗句中，水妖扬起一条雪白浑圆的手臂[1]，早已被历史湮没的久远往事逐渐浮现，画面无比清晰：幸福的生活、各种各样的故事，有时会通过磅礴大气的笔触，竭尽全力地勾勒出来，呈现在眼前的一切都是坚实而有形的；有时又会想方设法地藏匿，在大段诗文的字里行间隐隐约约地闪烁，仅仅作为一个关于幻想和美的预言而存在。

面对这一切时，历史学家色诺芬和李维[2]完全消失了。或许他们实际上还在，只是黯然失色，无声无息地躲藏到了角落里。今时今日，关于他们的一切几乎可以称得上乏味无聊了。

汉斯惊讶地注意到，不管什么东西，在他朋友眼中看来，都跟他自己眼中看到的截然不同。对海尔纳而言，世间万事万物，没有哪一样是抽象的，没有哪一样是他无法想象的，也没有哪一样是他无法用幻想的色彩来加以描绘的。一旦遇到自己应付不来的情况，他马上就会不情不愿地退避三舍。比方说，数学在海尔纳眼中就是一尊充斥着阴险谜团的狮身人面像，它那冷酷、邪恶的目光，不停地吸引着无辜的受害者们过来受其戕害。因此，海尔纳根本不打算跟数学多纠缠，他直接拐了个大弯，远远地避开了这头怪物。

两人之间的友谊是一种很特殊的关系。对海尔纳而言，它是一份快乐和奢侈品，是一种便利，甚至是一种心血来潮。可是对汉斯而言，它时而是自己无比骄傲地守护着的财富，时而是不得不去背负的巨大负担。在跟海尔纳成为朋友之前，汉斯本来一直都在利用晚上的空闲时间刻苦学习。可是现在呢，几乎每天都会发生这样的事情：海

1 在奥德赛故事中，主角奥德修斯曾经多次抵御水妖蛊惑，故有此说。

2 提图斯·李维（公元前59—公元17），古罗马历史学家，著有《罗马自建城以来的历史》。

尔纳在自己受够了死记硬背的补习时，就会来到他身边，将他正在学习的书强行拿走，并且还要将他也一起带走。如此这般，到了最后，虽然汉斯喜欢这位朋友的程度不逊于这位朋友对他的喜爱，但他却对这位朋友的行为感到提心吊胆，每天晚上，在好朋友过来找他之前，他每分每秒都过得战战兢兢。因为晚上的空闲时间再也无法得到充分利用，汉斯只好在规定的学习时间内加倍努力，始终保持勤奋状态，以免错过些什么。可是，他的这种勤奋反而更加刺激到海尔纳，于是，海尔纳开始从理论上抨击他的用功行为，令他的勤奋陷入恶性循环，令他本人感到更加痛苦不堪。

“简直像个日结薪水的苦工，”海尔纳说，“你不是心甘情愿地学习，不是自觉自愿地努力，只是出于对老师或者家中家长的恐惧，才勉强自己这样做。排名第一或者第二，你能得到什么？我排名二十，也不比你们这些书呆子笨啊。”

当汉斯第一次看到海尔纳如何对待自己的教科书时，也感到非常震惊。那一次，汉斯将自己的书忘在了教室里，所以就顺手借了海尔纳的地图册来准备下一堂地理课。翻开地图册之后，他惊恐地看到，海尔纳用铅笔涂满了这本书的每一页纸。比利牛斯半岛[1]的西海岸被描画成一个怪异的脸部轮廓；其中的鼻子部分从波尔图一直延伸到里斯本[2]；菲尼斯特雷角[3]及其周围地区被塑造成了鬈发；圣文森特

1 又称伊比利亚半岛，位于欧洲西南角。

2 比利牛斯半岛确实很像脸庞侧影。波尔图和里斯本都是位于半岛西海岸的葡萄牙港口城市，里斯本一带向西凸出，很像鼻子，故有此说。

3 位于西班牙加利西亚大区西海岸，比利牛斯半岛“脸庞侧影”的头顶部分，在拉丁语中是“大地尽头”的意思。古罗马人统治伊比利亚半岛时期，认为菲尼斯特雷角是欧洲大陆最西端。

角[1]则构成了一段完整胡须的漂亮尖端。一页一页翻下去，这本书的每一页都是这样任意妄为，甚至连地图背面的空白部分都画了漫画，写满了厚脸皮的笑话，随处可见乌七八糟的墨迹。汉斯早已习惯于将自己的藏书视作圣殿和珠宝，他觉得朋友对待书本的放肆行为，其中一半无疑应归结为对圣殿的亵渎，可是另一半虽然亦可称作犯罪，但仍然算得上英雄式的大胆探索，是他从来不曾想过的莽撞冒险。

乍看起来，善良的汉斯只是他这位朋友手边的一件有趣玩具，比方说，我们可以认为他是海尔纳养的一只家猫，甚至汉斯本人有时也发现情况是这样的。可实际上海尔纳对他抱有很深的感情，因为他真的需要他。海尔纳需要一个可以倾诉的对象，愿意耐心听他讲话，愿意欣赏他。海尔纳需要一个在他振振有词地发表关于学校和人生的革命性演讲时能够安静、热心地聆听的人。不仅如此，他还需要一个能够真正安慰到他的人，当他被忧郁侵扰时，可以获得些许慰藉。就跟所有拥有相似天性的人们一样，这位年轻的诗人时常受到莫名其妙的、在旁人看来颇有些矫情的忧郁情绪的侵扰，其中部分原因，是他已经跟自己作为男孩的那部分灵魂悄无声息地分道扬镳了，一部分则是因为他身上始终存在着毫无目的性可言的、需要被消耗掉的过剩力量、情感和欲望，还有一部分则是误认为自己已经是成熟男人，并因此催生出的黑暗冲动。每逢忧郁侵扰时，他都会产生一种几近病态的需求，渴望被人可怜，渴望受人呵护。

总之，他经常在晚上来找汉斯，整个人一副身心俱疲、死气沉沉的模样，将汉斯从学习室的勤奋努力中绑架出来，要他跟自己一起到寝室去。在那里，要么就是在寒冷的大厅里，要么就是空间极大、

1 位于葡萄牙西南端阿尔加维省西南角海岸拐弯处，欧洲大陆的最南端，是一处尖尖的、向西南方刺出的海角，形如比利牛斯半岛“脸庞侧影”下巴位置的胡须尖，故有文中所说。

光线昏暗的祈祷室里，他们总是彼此相伴，绕着圈子来回踱步，或者坐在窗前瑟瑟发抖。每逢这种时候，海尔纳总是会以读海涅诗集的年轻人所独有的那种抒情方式，倾诉各种可悲哀叹，在倾诉的过程中，他不知不觉就会被一种颇有些孩子气的忧伤情绪所包围。对于这一切，汉斯并不能完全理解，但还是留下了深刻印象，有时甚至也会被感染。这位敏感的美学家，在阴郁的天气里，特别容易受到忧伤情绪的影响，尤其在深秋季节，积雨云遮蔽天空的傍晚时分，透过云层间的缝隙，以及空气中沉闷的水汽，多愁善感的月亮若隐若现地描绘出自身运行的轨迹，悲叹和呻吟也同时达到了顶峰。在此之后，他便沉湎于莪相式[1]的感怀中，将自身融化为缥缈的忧郁，通过叹息、演讲和诗句，倾泻在无辜的汉斯身上。

汉斯受到这些凄惨可悲场景的压迫和折磨，在所剩不多的时间里，只好以加倍的热情投入学习中，可是，他发现学习也变得越来越困难了。头痛的复发并不令汉斯感到吃惊，真正令他感到非常吃惊乃至于非常恐惧的事情是——他拿来忙里偷闲的时间越来越多，因为感到太过疲惫而无所事事的时间也越来越多，甚至不得不强迫自己去做一些原本理所应当的事情。尽管他已经隐隐约约地察觉到，跟这个怪人结下的友谊正在消耗他自己，并且还使他内心深处某些迄今尚未被触及的部分感染了心理上的疾病，但他越是阴沉，越是流泪，汉斯就越觉得他可怜，越是为自己是这位朋友不可或缺的伙伴这件事感到自豪，并因此而付出更多的体贴与呵护。

此外，汉斯自认为有一种状况是不言自明的，即海尔纳这种病态的忧郁只不过是多余的、不健康的冲动时不时地释放所导致的，它并不属于海尔纳的本性，而作为朋友，他真诚钦佩且真正愿意献出自

---

1 莪相是凯尔特神话中古爱尔兰著名的英雄人物，传说他是一位优秀的诗人。

身忠诚的，唯有他的本性。当这位朋友读出他所创作出来的诗句，或者谈及他的诗歌理想，或者就是以无与伦比的激情朗诵席勒和莎士比亚的独白，同时搭配浮夸的动作和手势时，汉斯就仿佛也能够依靠朋友的力量，获得他自身所缺乏的某种魔法天赋，能够在空中行走，在神圣的自由与火热的激情之间游荡，如同荷马史诗中所描绘的天使们那样，脚底长出了翅膀，突然腾空而起，从他那帮庸庸碌碌的同类身边飞走似的。在此之前，诗人的世界对他而言其实是颇为陌生的，也不甚重要；可是现在呢，生平第一次，他毫无抵抗力地感受到了那些流光溢彩的美丽文字、栩栩如生的虚构形象以及动人的韵律所具有的欺骗性力量，他对这个最近才向他敞开大门的世界的崇敬之情，已经与对他朋友的钦佩之心融合了起来，两者之间交相辉映，发展到了密不可分的地步。

在这一切发生的同时，狂野粗暴、晦暗无光的十一月也悄然来临。如今日照时间变得很短，大家只能在没有灯的情况下学习几个小时。到了漆黑无比的夜晚，暴风驱赶巨大的云山，穿过黑暗的高地，在古老坚固的修道院建筑群四周不停哀号、不断争吵。眼下树木的叶子已经完全落光，唯有那些高大的、枝干虬结的橡树，也即这片茂密森林中的树木国王，仍在用自己枯萎的叶冠发出沙沙的声响，这声音比其他所有树木都更响亮，也更低沉。最近这段时间里，海尔纳的情绪相当低落，他不常跟汉斯待在一起，反而喜欢独自一人在位置偏僻的音乐练习室里拼命拉小提琴，要么就是跟同学们一道，开始练习亨德尔[1]的作品。

---

1 乔治・弗里德里希・亨德尔（1685—1759），巴洛克时期德国作曲家。亨德尔创作了很多清唱剧，其中许多都是《圣经》中的故事。清唱剧的特点是演员除了唱歌之外，既不化妆，也不表演，无须任何舞台布景、灯光和道具，可以酌情减少甚至不使用器乐，因此练习起来非常方便灵活，故有文中所说。

一天晚上，当海尔纳去那个房间时，发现雄心勃勃的卢修斯正站在一个乐谱架前，忙于练习他的小提琴技法。他感到恼怒万分，当即离开了，过了半小时后再回来，卢修斯仍在练习。

“你现在总该可以停下来了，”海尔纳斥责道，“还有很多想练习的人在后面等着呢！你这种抓抓挠挠式的演奏，听起来简直就像农村田地里的大面积灾害。”

卢修斯不肯让步，于是，海尔纳的态度逐渐变得粗暴起来，当看到对方旁若无人地继续练习时，他干脆一脚踢翻了乐谱架，卢修斯的宝贝乐谱散落得到处都是，乐谱架直接打在了这位小提琴手的脸上。卢修斯弯下腰去，一张一张地捡乐谱。

“我会将这件事告诉院长先生的。”他态度坚定地说道。

“好啊，”海尔纳愤怒地喊道，“赶紧去告诉他，顺便再多说一句，说我还免费送了你一脚。”话声未落，海尔纳又抬起了脚，看起来马上就要付诸行动了。

卢修斯见状，迅速逃窜到一边，跑到了练习室门口。海尔纳当然也不肯善罢甘休，立即开始追打他，就这样，一场激烈而嘈杂的追逐大战开始了。他们两个一路跑过回廊和大厅，跑过楼梯和过道，来到修道院最远的一处侧翼，院长的住所恰恰坐落在这里，四周极为安静，呈现出某种静谧的高贵感。海尔纳还在追，一直追到院长书房的门口，才终于赶上了这个畏畏缩缩的逃跑者，后者已经在拼命敲门，喊院长救命了。终于，当卢修斯站在敞开的门口时，在这最后一刻，他收到了先前约定的那免费一脚。情势危急，他已经没办法再转身去关上身后的门了，只能硬着头皮，像一颗炸弹似的，轰进了修道院统治者神圣的藏书殿。

这是一桩前所未有的案例。第二天一大早，院长便以“青年的堕落”为题，当着神学院预备班全体师生的面，发表了一场精彩的演讲。卢修斯表情严肃地聆听着，心中却在暗自叫好；海尔纳站在台上，受到了极为严厉的叱责，即将被处以关禁闭的重罚。

“多年以来，”院长毫不留情地怒斥道，“像这样的惩罚，还从来没有对学生使用过。我将确保十年后您还能记住这次的教训。至于其余的人，请将海尔纳的下场作为一种警告。”

神学院预备班的全体成员，此刻都在偷瞄海尔纳，只见他脸色苍白地站在那里，并不避讳院长凌厉的目光。一片沉默中，许多人暗自钦佩他的勇气。然而，训诫演讲结束之后，当大家嘈杂地涌向走廊时，刚才还很钦佩他的人们并没有多看他一眼，他仍然是独自一人，大家甚至像躲避麻风病人一样避开他。此时此刻还敢站到他身边，显然需要莫大的勇气。

汉斯·吉本拉特也不敢这样做。尽管他觉得这是作为朋友该尽的责任，但他却因为自身怯懦而裹足不前，并因此感到极度痛苦。眼下他心里实在太难受，而且很羞愧，只好畏畏缩缩地趴在窗台上，根本不敢抬头看海尔纳。可是，虽然他什么也没看，什么也不打算听，一股强烈的冲动却在逼迫他，命令他赶紧去寻找这位好朋友，赶紧到他身边去。实话实说，如果能在不被任何人注意到的情况下去看海尔纳，他愿意付出任何代价。可是，一旦哪个学生受到了这种严厉的关禁闭惩罚，就等同于在修道院里打上了长期的烙印。众所周知，从现在开始，海尔纳将会受到特别关注，继续跟他交往无疑是危险的，会给自己带来很不好的名声。国家给予学生的种种好处，必须与严格的纪律相匹配，这一点在入学仪式上的那次大型演讲中就已经明确提到过了，汉斯也很清楚这点。此刻，作为朋友所必须担负的责任，与他对未来所抱持的雄心之间，正在进行一场天人交战，前者显然已经凄惨地落败了。他的理想是出人头地，通过考试取得好成绩，成为声名远扬的大人物，但绝对不能是那种因为崇尚浪漫和危险的生活而声名远扬的“大人物”。出于以上考虑，他仍然焦急又顽固地据守在自己那个小角落里。现在时间还来得及，他仍然可以挺身而出，义无反顾地朝着朋友迎上去，可是，随着时间的流逝，挺身而出也变得越来越困难。最后，在他本人确认自己的背叛之前，一切已经变得无法挽回了。对于眼下发生的事情，海尔纳可谓是洞若观火。这个充满激情的男孩很清楚地意识到，大家正在想方设法地避开自己，可他始终还是抱有一线希望，始终信赖着汉斯。直到此时，他才终于发现，与现在感受到的这种痛苦与愤慨相比，自己以前那种无休无止的忧郁、无病呻吟的哀叹，原来是如此空洞、可笑。他故意在汉斯身边停下来，站了一小会儿，脸色苍白，神情傲慢，轻声对他说道：“你这卑鄙的懦夫！汉斯！——呸，该死！”说完他就走了，低声吹着口哨，双手插在裤兜里。

总而言之，这确实是一起让所有人震惊的事件，好在其他的各种想法、各种要忙的事情又迅速占据了年轻人的心。海尔纳事件结束才几天，修道院突然迎来了初雪，紧接着就是冬天特有的霜冻天气，大家可以外出打雪仗和滑冰了。于是，大家突然意识到，圣诞节和假期近在眼前，这也顺理成章地成为每个人谈论的话题。结束禁闭后的海尔纳，如今较少受到大家关注。他经常昂首挺胸、傲慢无比地走来走去，不跟任何人交谈，而且总是在一本黑色油布包裹的笔记本上写诗，封面上的题目是“僧侣之歌”。

冰霜与冻雪挂在橡树上，挂在桤木间，挂在山毛榉和柳树枝上，奇形怪状，精致又美妙。天气实在太冷，就连池塘表面那一层透明的冰块也被冻得噼啪作响。回廊的庭院看起来就像一座静寂无声的大理石花园。修道院里所有的房间都充满了欢乐的、庆典般的兴奋感，对圣诞节的期待甚至让两位平日里冷漠又死板的教授脸上也增添了少许温和的、亲切的、兴奋的光彩。老师和学生们当中，没有哪个人能够真正做到对圣诞节完全无动于衷，连海尔纳的脸色也开始变得不那么阴沉、悲戚了，卢修斯开始思考在假期中要带哪本书和哪双鞋回去。从家里寄来的信笺中，写满了各种美好又幸福的内容：询问圣诞节最想得到的礼物，分享社区烘焙日活动的预告，暗示即将到来的惊喜，倾诉即将再次见到对方的喜悦。

在正式放假学生们返程回家之前，大家——尤其是“荷拉斯”寝室里居住的男孩们——又经历了一段小小的快乐时光：他们决定邀请全体教职员工一道参加学生们组织的圣诞晚会，晚会就定在“荷拉斯”寝室举行，因为这里的会客厅是最大的。一篇节庆演讲，两段朗诵，一段长笛独奏和一段小提琴二重奏都已准备妥当。可是，眼下节目表中还缺少一个幽默节目的环节。男孩们对此进行了深入探讨，提出各种设想，又逐个加以否决，花费了很多时间，最终也没能达成一致。这时候，卡尔·哈梅尔顺口一提，说世界上最有意思的表演，莫过于埃米尔·卢修斯的小提琴独奏。大家一致通过。经过一连串的恳求、许诺与胁迫，这位不幸的音乐家总算被劝服了，同意在晚会上表演。如此这般，在发给老师们的那份措辞很有礼貌的邀请函中，附带的节目表上额外增添了一个特别节目，上面写着：“《平安夜》[1]，小提琴独奏，由室内乐大师埃米尔·卢修斯演奏。”这个大师称号完全归功于他在那间僻静的音乐室里勤奋努力的练习，显然只有表面上的意思。

院长、教授、助教、音乐老师，还有教师助手负责人都收到了邀请，也都准时出现在圣诞晚会的现场。当卢修斯穿着从哈特纳那里借来的带翻领的黑色礼服，头发梳得整整齐齐，脸上带着他所特有的那种温和、谦卑的微笑上台时，音乐老师的额头上不由自主地开始往

1 广为传唱的德语圣诞颂歌，创作于1816年。

外冒冷汗。节目实在是太成功了，甚至连他的鞠躬似乎也是在邀请大家放声欢笑。一曲喜悦祥和的《平安夜》，在他那几根手指的操弄下，硬生生地被拉成了一首凄惨的哀乐，一首呻吟连连、痛苦万分的苦难之歌。光是起头部分，他就重复了两次，琴弓撕扯来又撕扯去，好好的旋律被他拉得支离破碎，用脚踩着一点儿都不准的节拍，简直就像个在冰冷天气里奋力砍柴的樵夫。

在男孩们接连不断的欢呼声中，只有音乐老师的脸因为气愤而变得惨白，不过这时，院长先生却冲他点了点头，面带微笑，表情和善，示意他少安毋躁。

卢修斯又找不着调了，只好第三次从头开始演奏，结果这次也卡住了。无奈之下，他放下了手中的小提琴，转身面向观众，向大家道歉："对不起，我做不到。不过，我是从去年秋天才开始学习拉小提琴的。"

"没事的，卢修斯，"院长喊道，"我们很感谢您所付出的努力。请您保持这样的热情，继续好好学下去吧！循此苦旅，以达天际！[1]"

十二月二十四日，自凌晨三点起，所有宿舍都变得热闹起来。玻璃窗上绽放出厚厚的细叶冰花，洗脸水也被冻住了，裹挟着薄霜的刺骨寒风掠过修道院的广场，但却没有谁在意。食堂里，装咖啡的大桶冒着热气。不久，学生们穿好大衣，裹紧围巾，黑压压的一大片人，穿过白茫茫的、光线昏暗的草地，穿过寂静无声的树林，朝着远处的火车站走去。所有人都在闲聊，开着这样那样的玩笑，大笑大闹。却又各自怀抱着不打算告诉其他人的愿望、喜悦和期待。他们知道，在全州各地，在城镇和村庄，在偏远的农场，父

1　原文为拉丁语格言，意为"成功的道路上总是要历经坎坷"。

母和兄弟姐妹们正在温暖的、布置得很有节日气氛的家里等待着他们。他们当中的大多数人是第一次从远方回家过圣诞节，可他们却清楚地知道：家人们心中满怀着爱与自豪，正在热切盼望着他们的归来。

白雪皑皑的林间深处，毛尔布隆那座小小的火车站里，他们在严寒中等待着火车。在此之前，这些男孩们的行动还从来没有如此整齐划一、如此配合、如此快乐过。唯独海尔纳不与任何人结伴，形单影只，保持着沉默。当火车到站时，他耐心地等待自己的同学们先上车，等到所有人都上去之后，他才独自进入另外一节车厢，不打算跟任何人同行。等到了下一站转车时，汉斯又看见了他，但那瞬间涌起的羞愧与悔恨之情，转眼就消失在回家的兴奋和喜悦之中。

到家之后，他发现父亲面带微笑，一副心满意足的模样，早就准备好了一大桌礼物在等着他。然而，吉本拉特家没有真正的圣诞节，因为没有歌声，没有过节的热情，没有母亲，没有圣诞树。吉本拉特先生对庆祝节日的艺术缺乏了解，但他打心底里为自己的儿子感到骄傲，所以今年没有在礼物方面吝啬。相对应的，汉斯其实也不习惯其他过节方式，因此他同样不觉得缺少了些什么东西。

大家都觉得汉斯这次回来之后的脸色看起来很不好，整个人都瘦了，肤色太苍白了，于是大家问他，修道院里的伙食是不是太过清淡。他连连否认，并向他们保证他很好，唯一的问题就是会经常头痛。对此，小镇牧师表示，他年轻时也曾患过这种头痛病，并且安慰他说以后自然而然就会好的。如此这般，一切就算是皆大欢喜了。

河流被冻出了厚厚的冰盖，上面满是趁着放假出来玩的滑冰者。汉斯一天中的大部分时间都在外面，穿着新衣服，头上戴一顶绿色的神学院修士帽[1]。他彻底超越了他以前的同学们，进入了一个令所有人艳羡的、层次更高的新世界。

1 神学院内的这种无檐小圆帽是以颜色来区分等级的，学生的为绿色。

第四章

根据既往经验，在为期四年的神学院预备班学习过程中，每一届学生里面往往都会有一个甚至更多个男孩一去不返。有时候，他们当中的某一个死掉了，会在齐声高唱的哀歌声中下葬，或者由朋友负责护送遗体回家乡。有时候，他们当中的某一个会用相当激进的方式逃离这里，或者因为犯下难以宽恕的罪行，而被修道院直接开除。偶尔还会出现这样一种情况——尽管这种情况发生得很少，而且只会在高年级发生——部分彻底绝望的男孩，他们会选择结束生命，以这类便捷、黑暗的手段，来获得一劳永逸地逃离自己青春烦恼的机会。

汉斯·吉本拉特这一届，同样有几位同学一去不返，不过这一届的失踪者们身上却存在着一个奇怪的巧合：他们都来自“荷拉斯”寝室。

在“荷拉斯”的住客当中，有个为人处世一直都很低调的金发矮个男孩，名叫兴丁格，大家又叫他“印度人”[1]，他是阿尔高地区[2]某处散居的裁缝师傅的儿子，平时总是很安静，可以说是默默无闻，

1 截取了名字的前半部分，发音亦相近。

2 阿尔卑斯山附近区域，有很多高山牧场，以秀丽风景和高品质奶制品闻名。

唯独在他彻底离开这里时，才闹出了些许动静——即便如此，动静也不会太大。依照学习室里的编号，他是极度节俭的室内乐大师卢修斯的邻桌，也正因此，他跟卢修斯接触得算是比较多的，相比较于其他同学，他也只有跟卢修斯一起时，才表现出稍微多一点儿的友好与满足，除此之外，他就再没有任何朋友了。当他彻底离开之后，“荷拉斯”的住客们才意识到，他们其实挺喜欢这个安静又低调的好邻居，喜欢他在经常发生大大小小的骚动的寝室生活中扮演一处安稳的停靠站，当他们所有人的定心丸。

一月里的某一天，他加入了前往罗斯维赫[1]的滑冰者队伍。他没有滑冰鞋，只是想来看看热闹，但到了罗斯维赫的大湖边之后，他很快就觉得太冷，开始在岸边拼命跺脚，试图让自己暖和起来，但没有起到任何效果。无奈之下，他开始跑起步来，结果很快就在荒野中迷失了方向，跑到了另外一处小湖的岸边。这边的湖水较为暖和，而且还有几处水流涌动的泉眼，所以湖面上只是稍微结了层薄冰。可他完全不知道，还以为这边的冰也一样厚，于是就穿过岸边的芦苇丛，走到了冰面上。尽管他体形很小，体重颇轻，冰面还是承受不住他，他只走了几步，在很靠近岸边的地方，冰面裂开了，他掉进了水里。但他也没有立即沉下去，而是持续挣扎、尖叫了好一会儿，最后才神不知鬼不觉地沉到了漆黑无比的冰水之中。

直到下午两点钟，第一节课正式开始时，大家才注意到他的缺席。

“兴丁格在哪里？”助教问道。

没有人回答。

“赶紧到‘荷拉斯’去找找看！”

1 毛尔布隆附近的一处湿地，现为生态保留地。

那里也没有他的踪影。

“他显然已经迟到了，但我们不能不上课。我们算他缺席，直接开始讲课吧。现在翻到书本的第七十四页，第七节。不过，我希望这种情况以后不要再发生。你们以后一定要注意守时。”

钟声敲响三点时，兴丁格仍然不见踪影，老师开始感到担心，便派人去找院长报告情况。院长一听说有学生不见了，立即来到教室里，问了许多问题，然后又派了十个学生出去寻找兴丁格，由老师本人跟一名教师助手负责陪同，并且向留下的学生们口述了一份书面练习作业，自己亲自在教室里等候消息。

四点钟时，助教没有敲门，直接冲进教室里，小声地向院长报告了搜索结果。

“安静！”院长命令道，学生们一动不动地坐在长凳上，满怀期待地注视着他，想知道兴丁格究竟出了什么事。

“你们的同学兴丁格，”他继续低声说道，“照目前情况看来，他似乎在某个池塘里淹死了。你们现在必须帮忙寻找他的尸体。梅耶教授将会负责指导大家行动，大家必须完全听从他的指挥，在此过程中，千万不要私自采取任何没有经过教授允许的行动。”

大家对这个消息感到无比震惊，一边交头接耳，低声议论这件事，一边跟在教授身后出发了。镇上派了几个男人过来，带着绳索、板条和长杆，匆匆忙忙地加入了搜寻队伍。外面是数九寒天，不知不觉之间，太阳早已落至森林的边缘。

当男孩那具僵硬的小小尸体终于被人找到，由那几个男人小心翼翼地从湖里打捞上来，放置在雪地芦苇中的担架上时，四周暮色已深。神学院预备班的学生们像一群怯生生的小鸟，焦急地守候在周围，远远地盯着那具尸体，不停搓揉他们已经冻得发紫泛蓝、几乎快要失去知觉的手指。唯有当溺水身亡的同学被人抬在他们前面，他们默默地跟着他，默默地走过雪地时，这些孩子们的灵魂才突然被某种无可比拟的战栗感所俘获，他们真真切切地嗅到了严峻又残酷的死亡气息，就仿佛小鹿闻到了天敌所散发出来的气味。

在这支凄凄惨惨、全身上下冻得冰冷的送葬人群中，汉斯·吉本拉特恰好走在他以前的朋友海尔纳旁边。他们在凹凸不平的荒野雪地中艰难无比地蹒跚前行，两人都在同一时刻注意到了身边的同行者是谁。或许是因为眼前的死亡图景太具有压迫性，汉斯在一瞬间领悟到，人世间一切自私行为都是徒劳的，是没有任何意义的。无论如何，当汉斯意外看到自己曾经的朋友，看到他苍白的脸庞如此接近自己时，他的心中突然感到某种难以言表的深切痛苦，于是，他不知不觉地伸出一只手来，想要握紧对方的手。海尔纳见状，很不情愿地收回了自己的手，仿佛被冒犯了似的，将目光挪开，马上找了另外一个位置，消失在了队伍的后排。

此时此刻，模范少年汉斯感到自己的心脏正因为痛苦和羞愧而怦怦直跳，一滴又一滴的泪水从他冰冷的脸颊上滑落，他根本无法阻止，只能任由眼泪落在冰天雪地的荒原上，自己独自一人，蹒跚前行。他明白，有些罪过和失败是无法忘却的，再多的悔恨也无法弥补。在汉斯眼中看来，躺在前面高高的担架上的人，似乎并不是那位裁缝的小儿子，而是他的朋友海尔纳，他带着对自己那些不忠行为的痛苦与愤恨，远远地去往了另一个世界，那里不在乎成绩、考试和成功，只在乎人的良心是否难安，是否存在着污点。

想着想着，他们来到了大马路上，很快便抵达了修道院，以院长为首的全体教师正守候在那里，庄严肃穆地迎接死去的兴丁格归来。如果他还活着，一想到自己将会获得这种殊荣，恐怕马上就会逃之夭夭。老师们总是用完全不同的眼光来看待死去的学生，态度跟面对活着的学生时截然不同，他们总是会选择在这样的一瞬间相信，每一个生命、每一个青年都具有独一无二的价值，在他们身上犯下的任何错误都是不可挽回的。然而，当他们还活着时，老师们就没有这种想法了，反而会毫不在乎地伤害他们。

在这天晚上以及第二天一整天，这具不起眼的尸体的存在，就像是一个魔咒，软化、抑制、挟持了大家所有的行动和言论，因此，在这段相当短暂的时间里，纷争、愤怒、噪声和笑声都被掩盖住了，简直就像突然从水面上消失了的水妖一样，水面毫无波澜，一动不动，仿佛不存在任何生命的迹象。现在，当大家聊起这位溺水身亡者时，总是会说出他的全名，因为在他们看来，“印度人”这个绰号显然不适合拿来用在死者身上。那个安安静静、毫不起眼的“印度人”，当他还活着时，根本没人在意他，而现在呢，整座修道院里都是他的名字，还有他已死去的消息。

第二天，兴丁格的父亲来到了这里，在他儿子躺着的小房间里独自待了好几个小时，然后，校长邀请他去喝茶，并在赫斯臣旅社[1]过夜。

接下来就是葬礼了。棺材被安放在寝室里，来自阿尔高地区的小裁缝站在那里，看着眼前的一切。他的裁缝形象非常典型，瘦得可怕，尖嘴猴腮，身穿一件黑到发绿的工装外套，一条紧紧贴住身体的、用料很差的长裤，手里拿着一顶旧得不能再旧的老式礼帽。瘦骨嶙峋的脸庞看起来极度哀伤，整个人弱不禁风，仿佛风一吹就会倒下，像风中落叶一样轻飘飘的。他永远处于一种怯生生的状态，在尊敬的校长和教授先生们面前表现得唯唯诺诺，生怕自己做错了什么。

最后一刻，抬棺人抬起棺材之前，悲伤的小个子男人再一次迎

1 南德黑森林地区常见的传统旅社名称，大多创立于十七世纪至十九世纪，为“牡鹿”之意。

上前去，用一种谨小慎微的温柔姿态抚摩着棺材盖。棺材被抬起来了，他无助地站在那里，与泪水做斗争。在这偌大房间的正中央，四周静默无声，这位父亲站在那里，就像冰天雪地里的一棵羸弱的小树，如此惆怅、无望，被整个世界所遗弃。无论是谁，看到这一幕恐怕都会很难过。负责葬礼仪式的牧师拉着他的手，陪伴着他，他戴上手里拿着的那顶皱皱巴巴、奇形怪状的老式礼帽，和最前面的人们一道，跟在棺材后面向前走，下了楼梯，穿过修道院的广场，穿过那道古老的大门，穿过白雪皑皑的大地，朝着教堂矮墙下的那片墓地走去。当神学院预备班的学生们在墓前齐声唱起哀悼的歌曲时，他们中的大多数人都没有去看正在指挥大家合唱的音乐老师那双灵巧的双手，而是默默注视着老裁缝那孤独无助、风中残烛般的身影，他无比悲恸地站在雪地里，低着头聆听神职人员、院长和学生代表的讲话，麻木地朝着唱歌的学生们点头，偶尔伸出左手去碰一下放在上衣口袋里的那块手帕，但却没有将手帕给取出来。

“我无法不去想象这样的一幕场景，如果是我自己的父亲，像这样站在他那个位置上，情况会怎么样。”奥托·哈特纳事后感叹道。大家纷纷对他的这种说法表示赞同：“是啊，我也是这么想的。”

葬礼结束后，院长跟兴丁格的父亲一起来到了“荷拉斯”寝室。“你们当中，哪位跟死者的关系比较要好？”院长询问寝室里的男孩们。刚开始时，没有一个人上前，“印度人”的父亲焦急而哀伤地看着这些年轻的脸庞，不知如何是好。这时，卢修斯站了出来，兴丁格的父亲拉过他的手，握了一小会儿，却又不知道该说什么。兴丁格的父亲很快就退出去了，十分客气，谦卑地向大家点头致意。他终于离开了毛尔布隆，用整整一天的时间坐车穿过风光明媚的冬季乡村，然后他才能回到家，可以告诉他的妻子，他们家的兴丁格现在躺在什么样的地方。

施加在修道院里的那道死亡魔咒转眼便烟消云散。教师们重新开始忙着上课，一道道大门再次被关紧，大家几乎没有时间再去想“荷拉斯”寝室里消失的那个男孩。有几个学生因为在那处悲伤的池塘边站了太久，感冒了，躺在医务室里；要么就是脚上穿着厚厚的毡布拖鞋，脖子上缠着绷带走来走去。汉斯·吉本拉特的脖子和双脚倒是没有受到什么伤害，可是，自事故发生的那天起，他的脸色就已经显得更加阴沉，整个人看起来也沧桑了许多。他的身上发生了某种变化，从一个男孩变成了一个青年，他的灵魂就像被运送到了另一个国度，在那里恐惧而阴森地飘荡，永不停歇，不知道该去哪里才能休息。这种变化既不是出于对死亡的恐惧，也不是因为对善良的“印度人”的遭遇感到痛惜，只不过是对海尔纳的愧疚意识突然觉醒。

后者眼下正跟另外两个男孩一起躺在病房里，不得不遵照医生的嘱咐，大口饮下防治感冒用的热茶，也正因此，他得以腾出时间来梳理兴丁格之死给自己带来的各种印象，为以后的诗歌创作做准备。可是，他似乎对做这件事也提不起什么真正的兴趣。此时此刻，他的模样看起来相当凄惨，饱受病痛折磨，几乎没有同他身边的病友们交流过一句话。自从被罚关禁闭以来，他就被迫过上了长期与世隔绝的日子，这使他敏感的、需要经常与人交流的心灵受到了严重的摧残，造成了不可挽回的巨大伤害。老师们将他视作一个时时处处都想要发泄不满的反叛分子头目，态度严厉，毫不留情地监视着他；学生们想方设法地避开他，尽可能避免跟他打交道；教师助手们以基于嘲讽的伪善来应付他；至于他自认为的心灵之友——莎士比亚、席勒和莱瑙——则向他展示了另外一个更加强韧、更显宏大的世界。那个世界完全不会像眼前的世界这样，从各个方面拼命地压迫他，用各种带有羞辱性的现实来围剿他。他所创作的那本《僧侣之歌》，起初写下的不过是些独居隐士风格的伤春悲秋，后来逐渐演变为表达自己对修道院、老师和同学们所持的唾弃、憎恶态度的诗句集。他在自身所处的长期孤独状态中发掘出了某种饱含酸楚的殉道者式喜悦，对没有任何人理解的自己感到心满意足，他持续不断、冷酷无情地写下嘲讽、谩骂周围人群的僧侣诗歌，觉得自己简直就像一个小号的尤维纳利斯[1]。

葬礼过后第八天，同住病房里的另外两位病友身体皆已康复，唯独海尔纳仍然守在那里，这天，汉斯前去探望他。汉斯害羞地跟他打了招呼，将一把椅子搬到床边，坐下来，伸手去拉病人的手，病人很不情愿地转过身去，面朝墙壁，似乎打算拒人于千里之外。但汉斯显然不打算轻易放弃，他用力握住海尔纳已经被他拉住的那只手，强迫他以前的朋友转过脸来看他。后者眼见挣脱不开，恼怒地抿了抿嘴唇，说道：

"你到底想干什么？"

汉斯始终没有放开手。

"你必须听我讲这些话，"他开口道，"我承认，那时我确实退缩了，是个懦夫，让你感到极度失望。但你知道我是什么样的人：我的态度很坚定，一定要将自己的成绩保持在预备班的第一梯队，如果有可能的话，要拿下第一名。你说我是书呆子，好吧，在我看来，你这种说法恐怕并没有错。成为一个书呆子，这就是我的理想，我实在想不出有什么更好的路可走了。"

海尔纳根本不想听，他已经闭上了眼睛，但汉斯仍然自顾自地低声说了下去："你瞧，情况就是这样，对不起。我不知道你是否愿意再试一次，继续做我的朋友，不管怎样，你必须得原谅我。"

1　尤维纳利斯（约60—127），古罗马讽刺诗人，作品以讽刺罗马上层社会的腐化和普通人的愚蠢而出名，因写诗得罪权贵，遭到流放。海尔纳认为自己的遭遇跟尤维纳利斯相似，故有文中所说。

海尔纳保持着沉默，没有睁开眼睛。实话实说，他心中一切美好与快乐的东西已经行动了起来，向他这位朋友露出了微笑，可他本人现在早已习惯扮演苦闷又孤单的角色了。因此，他暗自决定，就算无法坚持太久，至少也要暂时守住这副冷漠的假面具。哪承想，不管他怎么不理不睬，汉斯依旧没有松口。

“你必须这样做，海尔纳！我宁愿考试考最后一名，也不想再像个陌生人那样在你身边辗转徘徊了。只要你愿意，我们就可以再次成为朋友，还可以向其他所有人证明，我们根本就不需要他们。”

海尔纳被抓住的那只手现在开始用力了，他用这种方式回应了汉斯，并且睁开了一直紧闭着的眼睛。

几天过后，海尔纳也离开了病床和病房。修道院里的人们对这段新建立起来的友谊产生了不小的兴趣，甚至引发了一阵骚动。暂且抛开其他人不谈，单就他们两人而言，之后的几周时间过得实在太不可思议了，似乎没有任何值得一提的经历，但却充满了奇妙又欢乐的团聚感，两人之间仿佛存在着某种无须多言的神秘默契。这是跟以前截然不同的东西，长达数周的分离，他们两个都发生了变化。汉斯变得更温柔、更暖心也更热情；海尔纳的身上则呈现出某种更强有力、更阳刚的特质。在这段分开的日子里，他们其实都非常想念对方，因此，重归于好这件事本身，在他们眼中看来，已经是一次很了不起的经历，是一份极为珍贵的礼物。

两个早熟的男孩，在他们的友谊中提前尝到了青涩滋味。除此之外，他们所组成的联盟也具有成熟的男性魅力，他们两个对全体同学的蔑视，作为一种苦涩的调味剂，为他们的友谊增添了一分魅力。在同学们眼中看来，海尔纳仍旧是完全不可亲近的，汉斯则是完全不可理解的。相较于他们，其他同学之间在同一时期结成的众多朋友关系，不过是些无足轻重的男孩游戏罢了。

汉斯越是愉快地依附于这份友谊，学校对他而言就越显得遥远而疏离。全新的幸福感如同新酿的葡萄酒一般流淌在汉斯的血液与思想里，于是，荷马也开始跟之前的李维一样，丧失了重要性，丧失了他在男孩心中原本夺目的光彩。与此同时，老师们无比惊恐地发现，迄今在任何方面都无可挑剔的好学生汉斯，慢慢变成了一个有问题的男孩，受到了那个可疑分子海尔纳的可怕影响。在这个世界上，再没有什么能够像早熟男孩在本来就已经很危险的青春期里突然冒出来的奇怪行为那样令老师们感到害怕了。在此之前，海尔纳所拥有的天才特质就一直令他们害怕——天才与教师，这两个群体之间本来就互相抵触，存在着一道深深的鸿沟。像海尔纳这样的天才人物，他们在学校里所表现出来的一切，从开始就令教授们感到无比厌恶。在他们眼中看来，天才等于那些不尊重他们的坏孩子，十四岁开始抽烟，十五岁谈恋爱，十六岁去酒吧，没日没夜地读禁书，写些厚脸皮的流氓文章，有时还会故意用蔑视的眼光上下打量自己的老师，总是在教务日志中充当给好学生煽风点火的狂徒或者关禁闭候选人的角色。一位教师宁可自己班上有十头愚不可及的驴子，也不希望来一个天才。严格来讲，教师的这种愿望是中肯的，因为他在学校里所肩负的任务，并不是努力教出一批离经叛道的艺术家，而是要培养出懂拉丁语的人，培养出会算数的人，培养出一群循规蹈矩的凡夫俗子。可是，细想想看，究竟谁从谁那里受到的伤害更多、更严重呢？是老师从男孩那里受到的伤害更恐怖，还是反过来呢？两者之中，哪个更像暴君？更像施以折磨的加害者？无法挽回地破坏并玷污了对方灵魂和生命的，究竟是谁？答案不言自明。而且，当初发生的一切无法不令人感到痛苦，无法不令大家在回忆往事时，对自己逝去已久的青春产生掺杂了愤怒与羞耻的悔恨之情。不过话说回来，这些也并非我们眼下打算讨论的问题。无论如何，令我们大家颇感欣慰的一项事实是，在真正杰出的人们身上，伤口几乎总是能愈合得很好。到了最后，他们终于成长为能够完全无视学校的人物，创造出属于他们自己的好作品。再后来，当他们死了，被距离感塑造出来的美好光环所包围时，他们曾经就读过的那些学校的校长，就会将他们作为象征辉煌思想与高贵精神的榜样搬出来，呈现给后面好几代的学生们。正是由于存在着上述过程，严苛规则与自由精神之间的斗争场面才会一次又一次地在不同学校里反复上演。我们一次又一次地看到国家和学校不遗余力地出手，将每年都会露头的少数几个拥有更深刻思想、更有高尚灵魂的天才人物打得落荒而逃；我们同样一次又一次地看到，那些最受校长和教师们讨厌的学生、经常接受惩罚的学生、因为无法忍受而逃之夭夭的学生、被开除出学校的学生，多年以后，反而丰富了我们民族的文化。但也有一些学生——谁知道具体有多少人？——在无声的反抗中徒劳地消耗掉了自己，最终走向毁灭。

根据修道院内延续多年的优良传统，教师们一旦在这两个年轻的特立独行者身上察觉到不太对劲的苗头，能够给予他们的就不再是亲切的爱意，而是加倍的严厉。唯有院长还在试图用他那套笨拙的方式来拯救汉斯。在院长眼中，汉斯是他所知范围内最勤奋的希伯来语修习者，他一直都是以他为荣的。院长挑了个合适的时间，将汉斯叫到自己的办公室。这间办公室曾经是老修道院院长的住所，拥有一扇美丽如画的天窗。根据传说，住在附近克尼特林根[1]小镇上的那位浮士德博士[2]，曾经在这个房间里喝过好几杯艾尔芬格[3]酒庄酿造的葡萄酒。院长并不是个甘于平凡的庸人，他并不缺乏洞

1 位于毛尔布隆西北方的一座小镇。

2 浮士德博士是十六世纪德国民间传说中的神秘人物。据记载，他于1480年出生于克尼特林根，在海德堡读的博士，曾经钻研过魔法，留下了许多传说故事。

3 毛尔布隆附近著名的葡萄酒庄之一，拥有悠久的历史。

察力和身体力行的智慧，甚至对自己的学生们怀抱着某种善意的仁慈，喜欢用敬语来称呼这些学生。他的主要缺点还是虚荣心过强，这导致他经常在讲台上夸夸其谈，不允许看到自己所拥有的权力和权威受到丝毫怀疑。他不能容忍任何异议，不愿承认任何错误。因此，他跟那些没有主见的学生，甚至不诚实的学生都能相处得很好，反而跟那些独立自主、正直善良的学生不对付，因为对方哪怕提出一点点反对意见，都会令他变得歇斯底里，不再能够继续秉持公正客观的态度。他与学生交流时总是会用上打动人心的诚挚语气，配合鼓励的眼神，熟练掌握了“亦父亦友的长辈”这样一个角色的扮演方式，简直就像一名表演艺术家。此时此刻，他也正在表演这个亦父亦友的长辈角色。

“您请坐，汉斯。”院长用力握了握这个怯生生男孩的手，十分亲切地说道，“我想跟您谈一谈。不过我要先问一下，我可以改用‘你’来称呼吗？[1]”

“请随意，院长先生。”

“你自己大概也感觉到了，亲爱的汉斯，你近来在学习上有些松懈，至少在希伯来语方面的情况如此。目前，你或许是我们所有学生当中希伯来语掌握得最好的，因此，当我注意到你的成绩突然变差时，真的感到非常难过。或许你已经不再那么喜欢希伯来语了？”

“哦，不是这样的，院长先生。”

“你还是仔细想清楚再回答吧！类似这样的事情时有发生。或许你在无意之间，已经将注意力转移到了另一门自己更加喜欢的功课上，是这样吗？”

1　在德国，不使用敬称是表达关系亲密的一种方式。

“不是的，院长先生。”

“真的吗？好吧，既然如此，那我们必须在别的方面找原因了。你能给我提供点儿有用的线索吗？”

“我也不知道……我的作业一直都是按时完成的……”

“显然如此，我亲爱的孩子，这是理所当然的。可是相同之中亦有不同之处[1]。你当然要按时完成自己的作业，这是你作为学生的职责。可是相比之下，过去的你在这方面完成得更多。或许过去的你比现在更勤奋，效率也更高，先不管具体是怎么做的，总之，过去的你对自己所学的东西更感兴趣。我现在想知道的是，为什么你的学习热情会陡然下降。你的身体没有生病，对吗？”

“没有。”

“那就是因为你有长期头痛的问题？你的气色看起来显然不怎么好。”

“对的，我有时会头痛。”

“每天需要完成的作业量，对你而言是不是太多了？”

“哦，不会，一点儿也不多。”

“既然如此，想必你私下里读了很多跟学习无关的书？请说实话！”

“没有，我几乎什么杂书也不读，院长先生。”

“那我就不太明白了，亲爱的年轻人哪，这究竟是怎么回事呢？肯定有什么地方出了问题。你能答应我，从现在开始好好加油，做出适当努力，让自己的成绩重新回到正轨，可以吗？”

这位统治者将右手伸了出来，汉斯赶紧将自己的手也伸出来，放到对方手中。此刻，对方的表情十分严肃，但态度却十分温和，目

1 原文为拉丁语“differendum est inter et inter”。

不转睛地注视着他。

“这样就好了，这样就对了，我亲爱的孩子。千万别懈怠，否则就会被碾死在轮下。”

他握了握汉斯的手，汉斯走到门口，松了一口气。哪承想，他又被院长叫了回去。

“还有一件事，汉斯。你跟海尔纳来往甚密，对吗？”

“对的，来往挺多。”

“照我看来，恐怕比其他任何人都多。难道不是这样吗？”

“没错，就是这样。因为他是我的朋友。”

“你们怎么会交上朋友的？你们两个的性格其实很不一样。”

“我也不太清楚，反正他现在是我的朋友。”

“你知道，我不是很喜欢你的这位朋友。他精神上不安于现状，灵魂永远躁动不安，可能有些天赋，但又好高骛远。跟他交朋友，对你不会有任何好的影响。我非常希望看到你能够醒悟过来，自觉自愿地远离他。你怎么想？”

“我做不到，院长先生。”

“你做不到？好吧，不过为什么呢？”

“因为他是我的朋友。我不能就这样抛下他。”

“嗯……或许你确实不应该抛下他，但你可以试着对别人多付出一些感情，试着跟其他人交朋友，不是吗？在所有学生当中，你是唯一一个如此屈从于海尔纳所带来坏影响的孩子，而且我们现在也见识到了这种行为的后果。究竟出于什么原因，让你现在特别愿意跟他纠缠在一起？”

“我自己也不清楚。但我们都很喜欢对方，如果我因为这些原因而离开他，那就是懦弱的表现。”

“原来如此。好吧，我也不会强迫你。但我还是希望你能够逐步疏远他。我希望看到事情如此发展，我很希望你能照做。”

在最后几句话里，院长温和亲切的态度已经荡然无存。汉斯现在终于可以离开了。

自那时起，汉斯又重新开始努力用功了。然而，再也没办法像以前那样，以飞快的速度取得进步了，至多也只能勉强赶上大家，不至于落后得太远。他知道，这部分是他与海尔纳之间所结下的友谊导致的，但他并不认为这是一种损失或者阻碍，反而将之视作一笔巨大的财富，远远超出他所错失的一切，他所获得的是一种更为崇高、更加温暖的生活，是过去必须时刻保持警惕、坚持履行义务的苦闷日子所不可比拟的。他就跟那些充满活力的年轻人一样，觉得自己拥有无穷神力，能够完成一切伟大的英雄壮举，但却无法投入日常的无聊且琐碎的学习中去。就这样，他接连不断地将自己套在一层又一层的枷锁上，环环相扣，越掉越远，不由得发出绝望的叹息。他不知道如何像海尔纳那样，以粗略而草率的方式来学习，迅速地、几近粗暴地获取最必要的知识，点到为止。由于他的朋友几乎每天晚上都要占用他的空闲时间，为了不掉队，他强迫自己每天早上比所有人早起一个小时，像对抗仇敌一样与希伯来语语法进行拉锯战。他真正喜欢的只有荷马和历史。借由暗中摸索出来的感觉，他逐渐接近了对荷马史诗世界的本质理解。在那些历史故事中，英雄们不再是一堆名字和年份，独一无二的形象慢慢浮现出来，英雄们拥有了闪闪发光的眼眸，目光凝重而专注，拥有了鲜活生动的红色嘴唇，还有各自的脸庞和双手——其中一位英雄的双手是红彤彤的，看上去厚实又粗糙；还有一位的双手是柔弱的，冰冰凉的，宛如石头一般；还有一位的双手是很窄小的，手心滚烫，手背上遍布着细细的血管。

即便是在阅读希腊语的福音书时，他有时也会因为发现书中人物如此清晰、亲近而讶异，有时甚至会被丰富的细节所淹没。尤其是有一次，当他读到《马可福音》第六章，耶稣与门徒一起离开船[1]的那一段时，原文为："他们立刻认出他来，并且向他跑去。"读到这里，他仿佛也看到耶稣离开了船，而且也是一眼就认出了他，既不看外形也不看脸，而是看他那双硕大的、闪闪发光的深邃眼眸，那双眼眸里充满了慈爱，还有他那双纤细的、漂亮的、褐色的手，正在轻轻地摇动，或者说正在摆出邀请、欢迎的姿势。唯有美好而强大的灵魂才会长出这样的一双手，才会在拥有这样一双手的身体里栖居。那一瞬间，躁动的波浪拍打着岸边，一艘平底船的船头逐渐显形，与这双手一起，在汉斯的眼前停留了一小会儿，然后，整幅画面就仿佛冬天里的一缕烟云似的，转瞬之间，便已烟消云散。

每隔一段时间，这样的情况都会再次出现，某些历史人物或者历史片段会贪婪地从书本里逃逸出来，渴望重演，渴望将当时的一切映射到活生生的眼眸里。汉斯接受了这一切，对这一切感到惊叹。快速消逝的历史幻影对他产生了深远的影响，使他对这个世界的认知发生了奇怪的转变。这些幻影周而复始地重现过去的历史，他注视着这些历史，仿佛自己能够像看透玻璃一样，看透这片漆黑大地，仿佛上帝正在注视着他。这些美妙的时刻总是不请自来，就像朝圣者和亲密的客人那样，他们转眼间又消失得无影无踪，因为在他们周围总环绕着一些神秘且神圣的东西，召唤出它们的人们既不敢跟它们对话，也不敢强迫它们留下来。

汉斯将这些美好的经历留给了自己，没有告诉海尔纳。另一方面，单就海尔纳本人而言，先前的忧郁已经蜕变为躁动难安、尖酸刻薄的批评精神，他批评修道院、教师与同学，批评天气、人生和上帝的存在。这些激进的批评偶尔会导致他与其他学生之间发生冲突，或

---

1 出自《马可福音》第六章第五十四节。

者招致突如其来的愚蠢恶作剧。由于他曾经被孤立，曾经站在几乎所有人的对立面，所以他轻率地想把这种对立强化为一种挑衅、敌对的长期关系。汉斯并不打算阻止他去建立这种关系，因此也一并卷入了这种关系之中。于是，这两个好朋友就像一座不受欢迎的小岛一样，跟大家渐行渐远。汉斯慢慢觉得这样其实也没什么不好，但心里唯独过不了院长那一关，因为他现在对院长怀有一种难以描述的恐惧感。不久之前，他还是院长最喜爱的学生，现在却被他冷淡对待，院长的态度很明确，就是在故意疏远他。另一方面，恰恰也是对希伯来语，即在院长主讲的这门特殊科目上，汉斯已经逐渐失去了所有的兴趣。

令人开心的事情是，在短短几个月时间内，除了少数几个停滞不前的家伙之外，这四十名神学院预备班学生的身体和心灵都发生了显著的变化。很多人的身高大大增加，相比之下，宽度却大打折扣，他们正努力借助手腕和脚踝的力量，将自己的手臂和腿脚尽可能拉长，试图摆脱那些没有随他们的身体一同成长的衣服，整个过程充满了蓬勃向上的希望。他们脸上残存的稚气已经不多，目前尚且羞于展示的男子气概开始茁壮成长，其中每一个阶段的细微变化，都在他们脸上巨细无遗地呈现了出来。唯独他们的身体，仍然没有出现青春期的征兆，没有像真正的成年男性那样变得有棱有角。不过话说回来，对《摩西五经》的钻研，至少使他们光滑的额头上暂时浮现出了独属于成年人的严肃感。今时今日，在这群男孩们中间，胖胖的脸颊成为彻头彻尾的稀罕物。

汉斯也发生了变化。在身高和瘦削程度这方面，他跟海尔纳差不多一样了，可他现在看起来几乎比海尔纳还要成熟。他额头上原本模糊不清的轮廓，如今已变得分明，他的双眼陷进眼窝里，眼神显得更加深邃，他的脸色很不健康，四肢和肩膀骨瘦如柴，整体看来相当憔悴。

在海尔纳的影响下，汉斯对自己在学校里的表现越不满意，就越是倾向于跟自己的同学们划清界限，这种恶性循环令他感到无比痛苦，因为他如今已经不再有任何理由看不起他们这些模范学生和未来的第一名，可他却仍旧保持着过去的傲慢态度。汉斯打心底里讨厌自己这种毫无根据的傲慢，可是与此同时，一旦被人注意到这点，他也不能原谅，他甚至不能原谅自己，因为他自己也无比痛苦地感受到了这一切。自然，汉斯现在跟大家的关系处得很糟糕，尤其是在面对无可挑剔的模范生哈特纳，还有厚脸皮的奥托·温格尔时，更是如此，汉斯跟他们之间有过好几次争吵。某一天，当后者再一次没来由地嘲笑他，并且故意刁难他时，汉斯终于按捺不住，直接用拳头给了他一个回应。之后发生的是一场恶战。温格尔无疑是个懦夫，但面对眼前这个弱小的对手时，他开始无情地出击。海尔纳不在场，其他人统统袖手旁观，无所顾忌地纵容温格尔，让汉斯受到他们认为理所应当的处罚。结果很糟糕，汉斯真的被彻底打趴下了，鼻孔流血，每一根肋骨都在痛。羞愧、痛苦、愤怒使他辗转反侧，整夜无眠。他对朋友隐瞒了这一经历，不过自那时起，他就将自己完全封闭了起来，跟室友们几乎连一句话都不讲了。

临近春天，在多雨的下午、周日和漫长的黄昏的影响下，修道院生活中出现了各种新的小团体，开展了各种新活动。在“阿克波利斯”寝室的住客们当中，囊括了一名优秀的钢琴演奏家和两名长笛演奏者，于是他们便联合起来，创办了两个定期举行的晚间音乐会活动。“日耳曼尼亚”寝室组建了剧本阅读协会。一群年轻的虔信主义者们组织了一个《圣经》研修会，每天晚上都会聚在一起阅读《圣经》章节，探讨卡尔夫版《圣经》[1]的相关注释。

1 德语《圣经》中的一个权威版本，以注释繁多、堪比百科全书而出名。

海尔纳申请加入“日耳曼尼亚”寝室组建的那个阅读协会，但却没有被他们接纳。他怒火中烧，为了报复，他去了研修会，可他们也不希望他加入，尽管如此，他还是强行参与了他们的阅读活动，他给出放肆大胆的主张，引用不敬的典故，给这个原本以谦逊、克制为纲领的小型研修会的虔诚谈话带来了持续不断的争吵与事端。他很快就厌倦了自己的这种行为，继续这样下去，也不会给他带来更多的乐趣，但他仍然在对话中保持着讽刺《圣经》的立场，持续了很长时间，只是为了跟大家赌气。可是，眼下几乎没有人再去关心他的这种行为了，因为升到高年级的学生有很多事情要忙，他们已经完全沉浸在探寻各种新领域、创建各种新组织的快乐之中。

在这些探索者们当中，最引人注目的当数一位既有天赋，又不缺乏才智的“斯巴达”寝室住客。除了追求个人名声之外，他唯一关心的事情就是要让修道院里的一切变得趣味盎然，各种诙谐幽默之举让大家在单调而枯燥的学习生活中时不时地得到喘息之机。他的绰号是“惹事蛋”，他想出了一种具有独创性的方式，在学生们当中制造轰动，并借此收获了不少名气。

这天早上，当学生们陆陆续续地从寝室里出来时，发现盥洗室的门上钉着一张传单，这张传单以《来自斯巴达的六首打油诗》为题，针对几位比较显眼的同学，对他们平日里的蠢事、朋友关系进行了诙谐且无情的嘲讽。汉斯和海尔纳这对好朋友也受到了他的抨击。这个“小国家”里开始出现巨大的骚动，大家纷纷挤到盥洗室门前，就像挤在大剧院的门口一样，人群中议论纷纷，推推搡搡，仿佛一大群雄蜂挤在声称自己马上就要起飞的蜂后旁边[1]。

第二天一大早，盥洗室的整扇门板已经进入遍布着打油诗和格

1　蜂后唯有在需要跟雄蜂交配时才会飞出蜂巢，故有文中所说。

言警句的状态，其中有反驳，有赞美，也有新的攻讦。不过，这件骇人听闻之事的始作俑者并没有如此不理智地继续参与其中，因为他已经达到目的，成功地将燃烧的煤球扔进了谷仓里。眼下他正躲在一旁，得意扬扬地欣赏这一派热闹、混乱的景象，他可不愿意再弄脏自己的双手。几乎所有学生都参加了这场为期数天之久的打油诗大战，每个人花很长时间苦思冥想，各自踱来踱去，专心致志地做着同一件事，即写出让每个人都拍案叫绝的歪诗。对这一切感到不以为然，像往常一样努力用功的学生，恐怕只有卢修斯一个人。最后，终于有一位老师注意到了异状，马上禁止了这个激动人心的游戏，不让它持续进行下去了。

狡猾的“惹事蛋”并没有安于现状，反而趁此机会悄悄准备好了他的总攻。转眼之间，他已经正式推出一份报纸的创刊号，这份报纸是在草稿纸上用胶版誊写印刷的，只有一小张，是一份货真价实的“小报”。为了出版这份报纸，他提前收集了好几周的材料。报纸名为《豪猪》[1]，内容主要是一些嘲讽性质的豆腐块文章。《约书亚记》的作者[2]与一位来自毛尔布隆的神学院预备班学生之间的欢快对话，是创刊号里的最大亮点。创刊号免费分发给每间寝室两份，此后每周出版两次，每份费用为五芬尼。卖报收入被指定为消遣娱乐专用资金，供大家未来合理使用。

“惹事蛋”的点子一炮而红，取得了巨大的成功。如今的他公务繁忙，身上一点儿也不缺大编辑和出版商的风度和气质，他在修道

1 豪猪全身是刺，暗示了报纸内容以讽刺为主。

2 通常认为《约书亚记》的作者即约书亚本人，但也可能是与约书亚同时期的其他以色列人。此处不直接说是“约书亚”与学生对话，表明了神学院预备班学生对创作内容所持的严谨态度。

院里所享有的声誉，与著名的阿雷蒂诺[1]在威尼斯共和国时所享有的声誉一样微妙[2]。

赫尔曼·海尔纳热情地参与了这份报纸的编辑工作，现在他竟然跟“惹事蛋”混到了一起，毫不留情地行使讽刺文章的刊登审查权，这件事引起了大家普遍的惊讶。不过话说回来，海尔纳既不缺乏智慧也不吝惜毒辣，所以这份工作对他而言，确实颇为合适。在前后大约四个星期的时间里，这份小报令整座修道院内每个人都屏住了呼吸，时刻关注它的动向。

汉斯任由他的朋友随心所欲地去折腾，他自己既没有欲望也没有天赋加入其中。刚开始时，汉斯甚至都没有注意到，海尔纳竟然在“斯巴达”寝室度过了那么多个夜晚，不再来找他了。因为汉斯最近正被一些其他的麻烦困扰着，无暇顾及这位朋友。白天，他懒洋洋地晃来晃去，注意力一点儿也不集中，学习进度缓慢，对任何事情都提不起兴趣。有一次，在讲李维的课上，发生了一件怪事。

教授喊他上讲台翻译句子。可他仍旧坐在那儿，一动不动，像是没听见似的。

“您是什么意思？为什么不站起来？”教授愤怒地喊道。

汉斯依然没有动。他直挺挺地坐着，稍稍低下了头，半闭着眼睛。教授的喊声将他从沉思中唤醒了一部分，但醒过来的他，其实也只能听到一点点声音，仿佛来自很远的地方。除此之外，他还朦胧地意识到，长凳上的同桌正在用力推他。推就推吧，这也不关他的事。此时此刻，他被一群无关的人包围着，无关的手正在抚摩他，无关的

---

1 阿雷蒂诺（1492—1556）意大利文学家，剧作家，诗人。

2 1527年，阿雷蒂诺定居于威尼斯，在那里专写讽刺、诽谤的文章，谁出钱多，就为谁攻击对手，揭露各种难辨真伪的丑闻，结果大受欢迎，并借此过上了奢靡的生活。西方一般认为他是欧洲最早的小报记者，故有文中所说。

声音正在同他讲话。这些声音距离很近，但却格外静谧、深沉，这些声音并非话语，只是如喷泉般喷涌而出的、深沉又温和的响声而已。许多双眼睛注视着他——陌生、不祥、大而闪亮的眼睛。或许是他刚刚在李维作品中读到的罗马群众的眼睛，也许是他梦到的或是在画像中看到的未知人物的眼睛。

“汉斯！”教授喊道，“您睡着了吗？”

这位学生慢慢睁开眼睛，表情变得极为讶异，他的目光定格在老师身上，摇了摇头。

“您刚才就是在睡觉！如果没睡的话，那么您能告诉我，我们现在正讲到哪个句子吗？可以吗？”

汉斯用手指了指书，他很清楚现在讲到了哪个句子。

“既然如此，您现在总算愿意站起来了？”教授嘲讽道。汉斯听到后，居然真的马上站了起来。

“您到底在搞什么鬼？看着我！”

他顺从地看着教授。但教授并不喜欢他此刻的表情，因为他疑惑地摇了摇头。

“您不舒服吗，汉斯？”

“我没事，教授。”

“先坐下来，下课后到我房间来。”

汉斯坐了下来，弯下腰去，继续读他的李维。他刚才其实完全清醒，完全知道身边发生了什么，但与此同时，他的幻视正跟随许多奇怪的身影，慢慢移向很远的地方。那群人始终用自己闪亮的眼眸盯着他，直到他们完全沉入远方的迷雾之中，才不再看他了。在这整个过程中，老师的声音，正在讲台上翻译的那位同学的声音以及教室里大大小小的各种声音又开始变得越来越近，到了最后，又跟往常一样，变成了日常的、真实的存在。长凳、讲台和黑板，也跟往常一样，好端端地在那里，墙上挂着木质的大圆规，还有绘图尺，他的所有同学，依旧坐在他的周围，其中许多人正在好奇地、无所顾忌地打量他。接下来，汉斯突然被吓了一跳。

“下课后到我房间来。”他听到的正是这句话。上帝啊，究竟发生了什么？

这堂课结束后，教授向他招手，领着他穿过目不转睛盯着他看的同学们。

“现在可以告诉我真话了，您身上究竟发生了什么？也就是说，刚才您其实没有睡着？”

“没有。”

“既然如此，那我叫您的时候，您为什么不站起来？”

“我不知道。”

“要么就是您没有听见我讲的话？您的听力是不是出了问题？”

“不是的。我听到了。”

“但您却没有马上站起来？而且，回过神来之后，您的眼神也很奇怪。您到底在想些什么？”

“没想什么。当时我正准备起身来着。”

“既然如此，您为什么没有马上起身？所以，您其实是身体不太舒服吗？”

“我不这么认为。我也不知道那究竟是什么情况。”

“您又头痛了吗？”

“并没有。”

“好吧。您请回吧！”

吃晚饭之前，又有人过来叫他，这次他直接被带到了寝室里，院长和毛尔布隆地区的首席医生正在那里等他。他们对他进行了仔细的检查和询问，但没有发现任何显而易见的问题。医生的脸上露出了善意的微笑，他认为课堂上发生的事情不算什么大问题。

“无非是些神经系统方面的小毛病，院长先生。”他态度温和地笑了两声，“这是暂时的虚弱状态——属于症状轻微的眩晕症。要确保这个年轻人每天都能呼吸到新鲜空气。为了抑制头痛，我可以给他开些药剂来服用。”

自那时起，汉斯每天晚饭后都要到外面去散步一个小时。他对这项强制要求并不反感。糟糕之处在于，院长明令禁止海尔纳陪他一起散步。海尔纳对此感到愤怒，痛骂院长不公，但也不得不屈服。如此这般，汉斯总是独自散步，并从中发现了某种奇妙的乐趣。当时正是早春时节，律动的新绿如一道轻巧的波浪，从一座座美丽、浑圆的拱状山丘表层拂过。树木已摆脱冬季特有的姿态，远远望去的那张褐色巨网、那些尖锐而干枯的轮廓突然消失了，取而代之的是漫山遍野的嫩叶，汇集成一望无际、缓缓流动的绿色浪潮。

更早些的时候，拉丁语学校时期，汉斯观察春天的方式跟如今是不一样的：当时的他更有激情、更具好奇心，因此也能观察到更多的细节。他仔细观察那些归来的候鸟，用心鉴别不同的种类，耐心等待树木依次开花。再然后，五月一到，马上就可以开始钓鱼。可是现在呢，他不仅懒得去区分候鸟的种类，也懒得根据灌木结出的花蕾来判断它们所属的科目。在野外散步时，他只能大略看见万物都在生长，到处都是植物冒新芽的颜色，他可以大口呼吸嫩叶特有的气味，感受无比柔和的、仿佛正在蒸腾发酵的空气，走在荒原里的每一步，都能给他带来新的惊喜。他很快就觉得有些疲累了，总有一种躺下就能马上睡着的感觉。与此同时，他的眼前几乎不间断地看到各种各样的东西，不是那些真正围绕在他周围的东西。那究竟是什么，他自己也不知道，而且他也没有细想过这个问题。那是一些明媚的、细节繁复的、不同寻常的梦，像一大堆画像，或者像是长有稀奇古怪大树的林荫道，从四面八方包围着他。不过话说回来，虽然被它们所包围，置身其中，却也并没有发生什么值得一提的事情。就是些图像而已，纯粹为了观看而存在，但观看本身也是一种体验。不知不觉间，汉斯被带到其他地方、带到其他人那里去了。他走在异国的土地上，走在柔软的地面上，那地面走起来很舒服，他呼吸着异国的空气，空气中充满了轻盈而细腻的、宛如梦幻般的香料气味。有时他见不到这些，取而代之的是某种异样的触感，四周漆黑一片，但能感受到温暖，皮肤不断受到触碰，仿佛有一只轻巧的手，悄然滑过他的身体，用最柔软的力道，来完成对他的刺激。

如今，汉斯在阅读和学习时很难集中注意力了。不感兴趣的东西在他这里就像影子一样，转眼之间就会从手边溜走。假如他想要在上课时知道希伯来语词汇的意思，就必须提前半小时预习，提前记住这些词汇。然而，通过身体内部暗藏的幻视力来感知某个非现实世界的情况出现得越来越频繁，往往在阅读的时候，他突然就能看到书中所描绘的一切出现在自己面前，活生生地在动，比周围的真实环境更有实体感和存在感。他几近绝望地发现，自己的记忆仓库不打算再吸收任何新内容了，不仅如此，已经储存进去的一切，几乎每天都在变得更加模糊、更不确定。可是，旧的记忆有时又会以一种不可思议的清晰程度涌向他，这种状况让他感到颇为怪异，也很恐怖。在上课或者阅读的时候，他的父亲，或者老安娜，要么就是他以前的某位老师或者同学，会突如其来地现身，清晰无比地站在他面前，一下子就吸引了他全部的注意力，还会持续相当长的一段时间。除了见到记忆中的某个人物之外，他还会重温自己在斯图加特逗留时的场景，以及州级考试过程中的场景，还有考试结束之后在那个假期中的场景。除了这些之外，他还能看到自己拿着鱼竿坐在河岸边的模样，甚至能够嗅到阳光下的水面泛起的一阵阵雾气。在他看来，自己在白日幻梦中所见到的这一切，似乎都是发生在很久以前的事情了。

在一个湿热难耐的晦暗傍晚，他跟海尔纳一起在寝室里来回踱步，他说起了自己的家，说起了自己的父亲，说起了钓鱼和以前学校里的事情。他的朋友非常安静。让汉斯随便说，他只管聆听，时不时地点一下头，或者拿他的小尺子在空中比画几下——他很喜欢这把小尺子，整天都在玩它。讲着讲着，汉斯也逐渐沉默了下来。夜幕已经降临，他们坐到了窗台上。

“汉斯，你知道吗？”海尔纳开口说道，他的声音听起来很激动，似乎有些犹疑不决。

“知道什么？”

“噢，其实也没什么。”

“别这样，快说！”

“我只是在想——因为你刚刚说了各种各样的事情，所以——”

“所以什么？”

“告诉我，汉斯，你难道从来没有追过哪个女孩吗？”

汉斯没有回话，两人之间突然陷入了尴尬的沉默。在此之前，他们从来没有讨论过这个话题。汉斯感到惶恐，不过此刻，这个神秘的话题却像一座童话花园般吸引着他。他感觉到自己的脸红了，手指颤抖不停。

“只有一次，”他小声回答道，“那时候，我还是个懵懵懂懂的小男孩。”

又是一段漫长的沉默。

“你呢，海尔纳？”

海尔纳叹了口气。

“哎呀呀，还是别了！——你懂的，咱们根本就不应该聊这些事情，毫无价值可言。”

“不啊，不会。”

“我有个小女朋友。”

“你吗？真的？”

“在家乡。是我的邻居。就在这个冬天，我还给了她一个吻。”

“一个吻？”

“没错。——你知道吗，当时天已经黑了。傍晚，在冰面上，她让我帮她脱掉滑冰鞋。于是，我就趁势给了她一个吻。”

“她没有说什么吗？”

“没说什么。她转眼就跑开了。”

“然后呢？”

“然后！——没了。”

他又叹了口气，汉斯注视着他，就如同仰望一位从禁忌花园中走出来的英雄一样。

钟响了，该睡觉了。这天晚上，在大灯熄灭，一切归于寂静之后，汉斯在床上躺了一个多小时，保持着清醒，心里反复想着海尔纳给他的小女朋友送上的那个吻。

到了第二天，他还想再追问这件事，但又觉得不太好意思。反观海尔纳这边，因为汉斯没有主动问他，所以他自己也不敢再主动提了。

在学校，汉斯的处境越来越不妙了。老师们开始对他显露出愤怒的表情，向他投去不怀好意的眼神。院长总是阴沉着脸，一副怒气冲冲的模样。同学们当然早就注意到，汉斯已经从高处跌落下来，不再瞄准第一名的宝座了。唯独海尔纳没有注意到任何变化，因为他自己本来就不太关心学校里发生的事情。汉斯本人也目睹了这一切的发生，他知道自己变了，但却选择听之任之。

在这段时间里，海尔纳已经厌倦小报编辑这份差事，重新回到了好朋友的身边。尽管院长下达了禁令，他还是经常陪汉斯度过每天的散步时间，跟他一起躺在阳光下做白日梦、读诗或者开一些关于院长的玩笑。汉斯每天都怀抱着同一个愿望，即希望海尔纳能够多透露一些他在家乡跟那位小女朋友所进行的爱情冒险的秘密，可是时间过得越久，他就越没办法再去开口询问相关的问题。他们两个依旧不受同学们的待见，而且情况比以前还要糟糕得多，因为海尔纳在《豪猪》这份小报上说了太多骗人的话，现在没办法赢得任何人的信任了。

不管怎么说，在眼下这个时间点，小报早就倒闭了。修道院里本来就没有那么多事情可写，在发行过创刊号之后，它其实就失去了继续存在下去的意义。归根结底，这份小报也只在冬春交替之际，那些极度无聊的几周时间里勉强发行过几期罢了。现在，美丽动人的春天正式拉开了序幕，植物考察、露天散步和户外游戏为大家提供了足量的娱乐消遣。每天中午，都会有一大群体操高手、摔跤好手、赛跑健将、击球能手涌现，修道院广场随之充满了此起彼伏的呼喊声以及蓬勃向上的活力。

更何况眼下又发生了一起新事件，在修道院里造成了巨大的轰动。这一事件的导火索和中心人物，依然是大家共同的眼中钉——赫尔曼·海尔纳。

院长通过几个经常向他汇报各种情况的同学了解到，海尔纳对他之前颁下的禁令置若罔闻，几乎每天都会陪汉斯散步。于是，院长立即采取了行动，但这一次他没有管汉斯，只把那位主要的罪人，也即他的老对手海尔纳，叫到了自己的办公室。刚开始时，他同样表现得很亲切，以“你”来称呼海尔纳，但海尔纳立刻拒绝了他，不允许他继续用“你”来称呼自己。接下来，院长开始责备他，说他违抗了自己的禁令。对此，海尔纳进行了辩解，说自己是汉斯的朋友，任何人都无权禁止他们之间的交往。随后发生了一场剧烈的争吵，其结果是海尔纳被关了几个小时禁闭，并被严格禁止继续与汉斯交往。

第二天，汉斯又独自外出去散步，这自然是允许的。他在两点钟准时回来，跟其他人一起去了教室。开始上课之后，大家突然发现海尔纳失踪了。一切都跟“印度人”消失那次一模一样，只不过这次再没有谁认为海尔纳是迟到了。三点钟，搜索队已经组织起来了，其中包括三位领队老师。就这样，大家一起出发，前去寻找这名失踪者。他们分散开来，在森林中四处奔跑，呼唤海尔纳的名字。其中有一部分人，包括两位老师在内，都认为海尔纳很可能已经死了。

五点钟，电报已发送至毛尔布隆地区的所有警察局，傍晚时分，一封加急信件已经正式寄给海尔纳的父亲[1]。直到夜深时，还没有发现与海尔纳相关的任何线索，男生们在寝室里一直窃窃私语到了半夜。在学生们所进行的相关讨论中，海尔纳跳入水中的假设赢得了最多的赞同。那些持反对意见的人们则认为他只是私自跑回家了。无论如何，有一项事实已经被认定，即这个逃亡者身上几乎不可能带钱[2]。

每个人都在盯着汉斯，仿佛他一定清楚这件事背后的真相。但情况却并非如此，实际上，他反而才是那个最害怕，也是最担心的人。晚上在寝室里，当他听到其他同学们之间相互询问、无端猜测、编造谣言、乱开玩笑时，汉斯只好将自己深深埋进毯子里，为他的朋

1 在当时的南德，电报通常只用于政府部门之间紧急事项的联络，因此发给海尔纳的父亲的是加急信件。

2 从后文中买面包的叙述来看，海尔纳实际上随身带了钱。

友感到悲伤，同时也感到极度恐惧。他保持着这样的姿势，无比清醒地躺了很久，整个人非常痛苦，一种海尔纳绝对不会再回来了的预感紧紧攫住了他焦虑的心脏，令他心中充斥着可怕的悲痛情绪，最后他终于昏昏沉沉地睡着了。

大约同一时间，海尔纳正躺在几英里外的一处小树丛里。他很冷，无法入睡，不过与此同时，他也大大地松了口气，尽情舒展四肢，仿佛刚从一只极为狭窄的笼子里逃出来了似的。他从中午开始就一直在走路，在克尼特林根买了面包，现在时不时地咬上一口，透过头顶那些尽管一片叶子都没长齐，但依旧显得春意盎然的枝杈，遥望漆黑的夜空、闪亮的星星，还有飞速远去的流云。对他而言，自己的结局早已注定；无论如何，至少他现在成功地从讨厌的修道院里逃了出来。成功地向院长表明了这样一项事实——他的意志力比规则和禁令更强大。

第二天一整天，他们继续找他，可惜毫无进展。他躲在一座村庄附近的田地里，在成捆的稻草中度过了第二夜。到了第三天早上，他又回到了森林里，一直在那里待到傍晚时分，当他打算前往另一座村庄时，才终于落到了一位乡村猎人的手中。他以亲切友好的、开玩笑的态度收容了他，将他带到附近村庄的市政厅[1]。在那里，海尔纳以自己的机智和奉承赢得村长的心。村长带他回家过夜，并在他睡觉前给他吃了很多火腿和鸡蛋。隔天，接到加急信件的父亲赶过来将他接走了。

这位逃亡者终于被带回修道院时，立即引起了巨大的轰动。但海尔纳始终昂首挺胸，看上去似乎并不为自己的这趟短途旅行感到后

---

1 德国无论大城市、小市镇还是村庄，供政府管理机构办公与市民活动使用的公共建筑名称统一为市政厅。

悔。他们要求他当众道歉，可他拒绝了，而且在由教师们组成的修道院法庭上一点儿也不显得胆怯，不打算讨好任何人。他们始终还是想留住他，但现在能做的事情都已经做完了，没有任何理由留他了。于是，海尔纳被耻辱地开除了，这天傍晚就跟父亲一起离开，永远不会再回修道院了。他也只好跟他的朋友汉斯握手告别了。

院长先生就这一反叛和堕落的特殊案例所进行的伟大演讲无疑是华美而生动的。至于他向位于斯图加特的上级主管部门提交的报告，内容则温和得多，没什么大道理，更多的还是摆事实。神学院预备班学生与被开除的怪物进行书信交流是被严令禁止的，对于这条禁令，汉斯·吉本拉特选择一笑置之。连续好几个星期，再没有什么能够像海尔纳和他的大逃亡那样被人们反复议论了。遥远的距离和飞逝的时间改变了过去已成定论的普遍判断，多年以后，有些人就像关注挣脱牢笼的老鹰一样，关注着这个当初被所有人恐惧、回避的逃亡者。

“荷拉斯”寝室里现在有两张空桌子，后走的那个人并没有像之前那个人那样，很快就被人们所遗忘。也正因此，院长希望第二个离开的家伙能够彻底保持安静，不要再跟这里有任何瓜葛，让这里的一切可以重归宁静。不过，海尔纳也确实没有再做任何事情来扰乱修道院里的宁静。他的好朋友等了又等，却始终没有等到他寄来的信。他真的走了，永远消失了，他的身影和他的逃亡故事逐渐成为历史，历史最后变成了传说。许多年过去了，在经历了更多放浪不羁的天才之举之后，生活的苦难严格控制住了这个曾经无比热情的男孩，他最终没能成为一位英雄，但至少也成为一名作风正直、性格沉稳的男子汉了。

留下来的汉斯受到了所有人的怀疑，大家怀疑他早就知道了海尔纳的逃跑计划，这份怀疑完全剥夺了老师们对他余下的最后一点儿好感。其中一位老师，当汉斯一连回答不上好几个问题时，干脆直接嘲讽他道：“您为什么不跟您那位美丽的朋友海尔纳一起远走高飞呢？”

院长把他晾在那里，远远地注视着他，眼神中带着轻蔑的怜悯，恰如法利赛人看税吏时的眼神[1]。这个汉斯已经不再算是学生了，他已被归于麻风病人之列。

1 《圣经》中的一个经典比喻，出自《路加福音》第十八章第九至十四节。在耶稣提出的这个比喻中，法利赛人看税吏时是极端蔑视、极为瞧不起的，故有文中所说。

第五章

如今的汉斯就像一只贮藏了不少食物的仓鼠，运用自己以前获得的博学知识，使自己勉强苟活了一段时间。然后，他就开始无可避免地陷入匮乏期，即使偶尔努力尝试着去贮藏一些新的知识，最后也是徒劳无功。这种毫无办法的感觉令他极为绝望，绝望到连他自己都觉得有点儿好笑。无论如何，他现在不打算再做无用功了，将《摩西五经》扔给荷马，将代数扔给色诺芬，内心毫无波澜地看着自己在老师那里的良好声誉逐渐下降，从优秀到良好，从良好到平庸，最后彻底归零。当他没有头痛时——现在头痛又成了常态——他就会想起赫尔曼·海尔纳，同时开始做他那些轻飘飘的、睁着大眼睛的幻梦，在半梦半醒之间，维持一种看起来像是在发呆的恍然状态。他用充满善意的谦卑微笑来回答老师们越来越频繁的责备。助教韦德里奇是一位友好的年轻教师，他也是唯一一位对汉斯这种无助微笑感到痛心的人，因此，他总是以富含同情心的温和态度来对待这个脱离正轨的男孩。相比之下，其他老师对待汉斯的方式总是很粗暴，他们总是轻蔑地让他直接坐下，偶尔还要以冷嘲热讽的手段来刺激他，试图唤起他沉睡已久的雄心壮志。

“假如您现在没有睡着，或许可以请您将这句话读一下？”

要说谁最为他的状况感到愤慨，那始终还是院长。这个爱慕虚荣的男人对自己目光所具有的力量向来都极度自信，因此，当汉斯不断地用自己谦卑、恭敬的微笑来反击他那具有强大震慑性的威严目光时，他终于无法忍受，开始紧张起来了。

“别笑得那么没有底线，您这样还不如号啕大哭。”

更令汉斯印象深刻的是一封来自父亲的信，希望他能改过自新，这封信的出现令他感到惊恐万分。在此之前，院长为了说明情况，专门写了一封信，寄给汉斯的父亲。他的父亲读过院长寄来的信之后，完完全全被吓坏了。他在写给汉斯的那封信里，认真收集了他这个正直男人所掌握的全部鼓励话语，以及道义上最义愤填膺的说教，尽管全是些陈词滥调，可是在无意间，一种伤心欲泣的平实和真诚还是时不时地闪现出来，这让儿子感到很受伤。

所有这些自诩为青少年导师的成年人，从院长到汉斯的爸爸，还有那些教授和助教们，他们每个人都如此尽忠职守，在汉斯身上窥探到了误入歧途的危险，窥探到了阻拦他们达成既定期望的障碍，窥探到了一些顽固和懒惰的东西，因此，他们必须运用强制性的力量，迫使汉斯回到正确的道路上来。没有任何人——或许那位富有同情心的助教韦德里奇可以排除在外——注意到，在这张又窄又瘦的男孩脸庞上，在这无助的笑容背后，藏着一个逐渐沉沦的灵魂，在即将溺水身亡的恐惧与绝望中，四处寻找自救的手段。没有任何人注意到，实际上是学校，是一位父亲和一群老师那无所顾忌的虚荣心，一步一步地将这个脆弱的、容易受伤的生灵，逼到了这种地步。稚嫩无辜的男孩，他纯洁无瑕的灵魂毫无防备地展露在他们面前，他们却对这个灵魂肆意妄为地加以戕害。在他的少年时代，在最敏感也最危险的年纪里，为什么他就必须每天努力到深夜呢？为什么他养的小兔子随随便便就会被夺走？为什么他不得不听从教导，故意疏远拉丁语学校里的同学们？为什么他被禁止钓鱼和散步？为什么他会被灌输空洞、卑劣的理想，不得不树立陈腐、艰苦的志向？为什么他在考试结束后也不被允许拥有一个受之无愧的假期？

现在，这匹劳累过度的小马驹终于倒在了大路上，再也跑不动了。

临近初夏时，首席医生再次解释说，这些不过是神经衰弱的症状，主要是生长发育带来的影响。汉斯需要在即将到来的假期里好好照顾自己，吃饱饭，多到森林里走走，然后情况就会好转。

不幸的是，事情的发展并没有走到首席医生预计的这一步。离正式放假还有三个星期，汉斯在某天下午的课堂上被教授狠狠骂了一顿。哪承想，老师还在继续责骂他时，汉斯却已自顾自地坐回长凳上，浑身上下因为恐惧而颤抖不停，同时痛哭流涕，哭的时间很长，谁劝也不听，打断了整堂课。情况缓解之后，他在床上躺了半天。

隔天的数学课上，汉斯被要求在黑板上画出一个几何图形，并给出相关证明。于是，汉斯从座位上走了出来，情况似乎还好，可是一走到黑板前，他就开始头晕目眩。他一手拿着粉笔，一手拿着直尺，在黑板上毫无意义地胡乱画了几笔，画着画着，手里的两样东西都掉了，当他弯下腰去捡的时候，却一直跪在地上，没办法再站起来了。

首席医生对他这位病人身上发生的意外感到相当恼火。他郑重其事地重申了自己的观点，命令他立即开始静养，并建议他赶紧去看专门的神经科医生。

“之后恐怕还会患上舞蹈病[1]的。”他低声对院长说道。院长点

---

1 一种神经系统失调症，临床特征主要为不自主的舞蹈样动作，多见于儿童和青少年。早期症状是患者比平时不安宁，注意力不集中，学业退步，肢体动作笨拙等。

了点头，认为自己现在应该立即将脸上毫无怜悯心可言的愤恨表情，换成如慈父般充满惋惜之情的面容，这很容易，也很适合他。

于是，院长和医生分别给汉斯的父亲写了一封信，放到男孩口袋里，把他送回家去了。到了这个时候，院长的愤恨已彻底转变为严重的担忧。不久之前才被海尔纳事件惊动过一次的上级主管部门，对这次新发生的不幸事件将会抱持什么看法？令大家感到惊讶的是，院长这次甚至没有发表与事件相关的演讲，最后连一个字都没有多说。不仅如此，在汉斯留在修道院的最后几个小时里，院长对汉斯所抱有的已经是一种不可思议的释怀态度了。因为他很清楚，病假结束后，汉斯肯定不会归来。哪怕身体恢复了健康，已经远远落后的学生也不可能弥补他所错过的好几个月的课程，甚至连几个星期的课程也是不可能的。尽管他最后还是用带有鼓励性的亲切“再见”向他道了别，可是，在接下来的几天里，每当他进入“荷拉斯”寝室，看到三张空桌子时，仍旧觉得心里堵得慌，难以抑制住自己恐怕应该为两名天才学生的失踪担负一部分责任的念头。然而，作为一个能够充分进行自我调节、道德观上很固执的男人，他很快就设法将这些无用又负面的疑心从自己的灵魂中驱逐出去了。

就这样，这位神学院预备班学生带着他的小旅行袋启程了。在他身后，拥有教堂、大门、山墙和塔楼的修道院消失了，森林和山丘消失了，取而代之的是巴登州边境地区肥沃的果园，接下来就是普福尔茨海姆[1]，过了这座小镇，黑森林那遍布蓝黑色冷杉的群山开始出现，其间有无数溪谷彼此交错。在夏季炙热阳光的笼罩下，黑森林反而比平时更显苍蓝、更清爽，也更荫翳。一路上，男孩都在观察窗外不断变化的、越来越像家乡的风景，心中不无欣喜。可是，等到火车

1 位于黑森林北部边缘的古镇，德国著名的首饰之城。

真的已经接近家乡时，父亲的面容开始出现在脑海中，害怕跟父亲见面的恐惧感随之而来，令他感到惶恐难安，彻底破坏了他旅程中的小小乐趣。当初到斯图加特考试的那趟旅程以及到毛尔布隆入学的旅程，它们所特有的紧张与焦虑感，如今又辗转回到了他身边。所有这一切究竟是为了什么？说实话，他心里其实跟院长一样清楚，自己永远都不会再回去了，预备班、神学院，所有关于未来的雄心壮志，如今皆已宣告终结。但这并没有令此刻的他感到悲伤，心中唯一存在的情绪，是对感到失望的父亲的恐惧。父亲的期冀被他给毁掉了，这项事实令他备感沉重。眼下他没有别的愿望，只想好好休息，睡个够、哭个够、梦个够，想在受过所有这些折磨之后，实实在在地独处一段时间。尽管如此，他却对此感到担忧，因为父亲在家里，这个愿意其实是没办法实现的。在这趟火车旅程临近结束时，他开始感到剧烈的头痛，而且也不再看窗外了，尽管他现在正在穿越自己最喜爱的地区——以前，他曾满怀热情地在这一带的高地与森林里漫步。顺带一提，虽然他很害怕坐过站，但他还是差点儿错过了家乡那个无比熟悉的火车站。

现在他就站在那里，手里拿着雨伞和旅行袋，爸爸正在打量他。他原本对自己这个没教育好的儿子充满了失望与愤慨，可是，当院长的最后一份报告寄过来之后，他的失望与愤慨已经转变为一种难以言喻的惊恐。他曾经想象过汉斯归来时的模样，在想象中，儿子的整个身体已经垮掉了，骨瘦如柴，看起来就像病入膏肓的重症患者一样吓人，结果现在发现他虽然憔悴又虚弱，但至少身体还没什么大变化，还能靠自己的双脚走路，不需要别人搀扶，这倒让他稍感安慰。眼下最糟糕的反而是他内心深处暗藏着的恐惧，即对医生和院长所描述的神经系统疾病的恐慌。截至目前，他的家族里还没有人得过要去看神经科医生的怪病。大家总是会对患上这类怪病的病人议论纷纷，对他们加以不理解的嘲笑，以及轻蔑的怜悯，仿佛他们是疯子似的。此时此刻，他的汉斯居然带着这样的怪病回到了他身边。

回来之后的第一天，男孩觉得很高兴，因为他并没有受到任何责备。可是这天过后，他慢慢注意到，父亲对待他的态度跟过去完全不同，那是一种怯生生的、颇感焦虑的和气，而且，他显然是以逼不得已的态度，强迫自己表现出这种和气来的。除此之外，他偶尔也会察觉到父亲在用奇怪的、带有审视意味的目光端详他，怀着不可思议的好奇心偷偷打量他，假装若无其事地观察他，还要用一种语调很柔和的，但暴露出欺骗性的语气来跟他讲话。面对上述情况，汉斯只能表现得更加谨小慎微，他对自己的病情产生了模模糊糊的恐惧感，并且开始因此而备受煎熬。

天气好的时候，他会在森林里一连躺上好几个小时，这对他很有好处。在他已然受损的灵魂中，有时会闪现出一两缕昔日少年时代的快乐感觉：观赏野花时的快乐，或者看甲虫的快乐，聆听鸟声的快乐，抑或追寻野生动物足迹的快乐。但这些闪现出的快乐始终都只是瞬间。大部分时间里，他都会懒洋洋地躺在苔藓上，脑袋感觉很沉，试图想起些什么，但却徒劳无功，直到白日幻梦再次向他袭来，将他带入一些其他遥远的时空。他的头痛加剧，几乎持续不断。每当他回想起关于修道院或者拉丁语学校的往事时，就会出现大量由书本、科目、义务构成的幻象，仿佛一场严苛的噩梦般落在他的身上，在他疼痛难忍的颅骨内部，李维和恺撒、色诺芬和数学题结伴同行，共同表演混乱不堪、惹人不快的舞蹈。

有一次，他做了如下所述的梦：他看见自己的朋友赫尔曼·海尔纳躺在担架上，死了。于是，他想赶紧到他身边去看看他。然而，院长和老师们却不允许他去，每次试图上前，他们都会合力将他推开，并且用拳头和手肘狠狠揍他。这些人当中，不只有神学院里的教授和助教，甚至连以前学校的校长、在斯图加特参加州级考试时的考官们也包括在内，每个人脸上都充满了怨恨。突然间，周围的一切都变了，担架上躺着溺水身亡的“印度人”，他那位戴着高礼帽的滑稽的父亲屈腿站在他身边，看上去悲痛不已。

还有一个梦：他在森林里行走，寻找逃亡的海尔纳。他一直都能远远地看到海尔纳，看到他在离自己很远的树干间走动。可是，每当他想要喊他时，那个身影就消失了，但过一会儿又会在更远的地方出现。他就这样看着他一次次消失，永远都追不上他。最后，海尔纳停了下来，主动让他走近，然后对他说：“你啊，我有个小女朋友。”然后他就放声大笑，消失在灌木丛中。

朦胧间，他看到一位英俊、瘦小的男人自一艘船上走了下来，这男人有一对宁静的眼眸，目光宛若神明，有一双秀美的手，动作十分从容。于是，他便朝着他跑了过去，可是这时候，一切又都消失了。他开始思索这一幕场景究竟来自哪里，直到他想起福音书上的那段话：“他们立刻认出他来，并且向他跑去。”现在一切又变了，他必须阐明句中动词的变位形式，同时还要列举出该动词的现在式、不定式、完成式和将来式，必须回答该动词对应单数、双数、复数主语时的变化。一旦在哪个难点上卡壳，他就会立即陷入恐慌状态，急得满头大汗。最后，当他终于从这白日幻梦中醒来时，他觉得自己的脑袋里面似乎已经变得伤痕累累，没有哪一处是完整的。他脸上的表情开始扭曲，不由自主地露出带有不甘与愧疚的迟钝微笑，结果马上就听到院长冲着他大喊：“这愚蠢的微笑算什么意思？都到这个地步了，您竟然还能露出微笑！”

尽管汉斯的病情在那几天似乎稍有好转，但整体而言还是没有任何进展，甚至可以说是在倒退。曾经给他母亲治过病并且确认他母亲死亡的那位家庭医生，偶尔也会过来给他有点儿痛风的父亲诊疗，他板着一张长脸，每次来看过汉斯之后，都是一言不发地离开，任日子一天天过去，一拖再拖，不敢表达自己对男孩病情的看法。

唯有在那几个星期里，汉斯才第一次意识到，他在拉丁语学校的最后两年，竟然没有交任何朋友。当时的一些同学，其中一部分早已远走高飞，离开了故乡，还有一部分，他现在可以看到他们正以学徒的身份东奔西走，一直很忙碌。他跟他们当中的任何一个都没有联系，没任何事情需要找他们帮忙，也没人有空来关心他。有那么两次，原来的老校长专门对他讲了几句亲切的话，拉丁语老师和小镇牧师也在街上向他点头致意，但汉斯跟他们无关了，他不再是个可以塞进各种知识的容器，不再是可以撒播任何种子的土壤，在他身上花费时间和关心是很不值得的。

假如小镇牧师可以稍微关照他一下，兴许是件好事。可他又能怎么做呢？他所能给予的无非就是神学，就算不是神学本身，至少也是对神学的探求吧，这就是他的全部，早在当初，他就没有对这个男孩在这方面有任何隐瞒，因此，现在能够从他那里得到的也不会更多。这里的这位小镇牧师可不是那种拉丁语水平很容易招人怀疑，布道内容的来源众所周知的平庸牧师，可是，人们在遭受苦难时，却情愿去找那些平庸牧师倾诉，因为他们对世间的一切苦难都能给出很正面的看法，讲出满怀善意的话语，足以令人感到宽慰。汉斯的父亲也称不上朋友，不怎么懂得安慰人，尽管他已经竭力掩饰了自己对汉斯彻底失望之后的愤怒，但这显然是不够的。

情况就是如此，汉斯觉得自己被所有人抛弃了，没有人爱他。因此，他只好独自坐在小花园晒太阳，或者躺在森林的苔藓上，要么沉浸在自己的幻想里，要么深陷于各种折磨人的思考中。阅读帮不上什么忙，因为如今他只要一翻开书，头和眼睛很快就会疼起来，修道院那驱之不散的幽魂，还有对那段时光的恐惧感，转眼就会从他的每一本书中升起，将他驱赶至无法呼吸、满怀焦虑的梦境角落里去，用如火焰般燃烧的灼人目光盯住他，将他束缚在那里。

在这种极端的痛苦与被遗弃的孤独中，另一个幽魂化身为带有欺骗性的安慰者，轻而易举地接近了这个生病的男孩，逐渐成为他熟悉和需要的伴侣。这个幽魂正是对结束生命的思考。搞到一把枪，或者在森林深处套个绳索环，恐怕还是挺容易的。当他每天散步时，这些想法几乎一直伴随着他。他每天都在偏僻、安静的地方转悠，最后终于找到一处适合的好地方，选定了这里。他三番五次地到这里来，坐在这里，想象着未来的某一天，自己终于死在了这里，尸体将会被人发现。这种想象令他体会到了某种怪异的乐趣，令他欲罢不能。上吊用的那根树枝已经确定，并且专门测试了强度。这个过程不会再有任何困难。一段时间过后，随着他断断续续的努力，他给父亲的一封短信和给赫尔曼·海尔纳的一封很长的信也都写好了，一旦成功，这两封信应该会被人们发现。

上述这些准备工作以及一切准备就绪所带来的安全感，对他的情绪产生了有益的影响。在那段时间里，坐在那根决定生死的树枝下，总会有那么几个小时的时间，长久以来积累的压力无比奇妙地从他身上消除了，几乎有种愉悦的幸福感涌上心头。父亲也注意到了他病情的好转，并且对此感到欣喜若狂，汉斯以不无嘲讽的目光打量着他，因为父亲绝对想不到，令他感到欣喜若狂的根本原因，竟然是儿子的死亡即将到来的确定性。

为什么他很久以前没有想到要去眷顾那根美丽的树枝呢？他自己也不太清楚。无论如何，这个计划，如今已酝酿好了。这件事已成定局，眼下他暂时觉得挺舒心，因此，就像人们在长途旅行前通常喜欢做的那样，他选择在这最后的日子里尽情享受美丽的阳光和孤独的白日幻梦，不再孤傲地拒绝它们。眼下他随时都可以离开，一切都准备得很好。对他而言，自愿在无比熟悉的老环境中多待一会儿，观察那些对他的危险决定一无所知的人们脸上露出来的各种表情，也是一种分外苦涩的乐趣。每当他遇到医生时，心中必定会重复同一句话："喏，你走着瞧吧！"

命运之神任由他享受让自身走向湮灭的意图，放纵他每日从死亡之杯中品尝几滴欢愉与活力。实话实说，命运之神恐怕早已不怎么关心这个心智上已然残缺不全的幼弱生灵。尽管如此，这幼弱生灵仍然必须让自己命中注定的一生完成闭环，在尝尽生命中最后剩下的一点儿苦楚和甘甜之前，绝不允许他执行计划、擅自退场。

于是，无法逃避的痛苦想象变得越来越少，让位于疲惫不堪的听之任之，让位于麻木不仁的慵懒情绪。在这种情绪的作用下，汉斯任由数不清的时与日在自己面前飞速流逝，他对一切视若无睹，只是偶尔平心静气地仰望蓝天，偶尔神情恍惚，仿佛在梦游，或者说仿佛回到了孩提时代。有一次，在某个悠闲散漫的黄昏时分，他坐在小花园的冷杉树下，不知不觉就开始哼唱起一段历史悠久的歌谣。这段歌谣源自拉丁语学校时期的记忆，它的出现可以说是毫无征兆，眼下他仿佛着了魔一般，反反复复地哼唱同样的内容：

> 哎呀呀，我是如此疲乏，
> 哎呀呀，我是如此衰弱，
> 小皮夹子里找不到钱，
> 行囊里也一样空空荡荡。

他循着老调子哼唱，一连重复二十遍，唱歌过程中脑袋空空，什么也没想。可是与此同时，他父亲站在窗边，一遍接一遍地听着，心中却很是害怕。对于他没有任何情趣可言的干巴巴的秉性而言，儿子反复哼唱这种毫无内涵、悠闲散漫、单调无聊歌谣的行为完全是无法理解的，他只好连声叹息，将之解释为一种无可救药的精神衰弱症状。自那时起，他开始更加焦虑地密切监视起这个男孩的一举一动，男孩本人自然也注意到了这点，因此受到了不小的影响，心中感到无比痛苦。尽管如此，在他看来，目前仍然没到带上绳子去使用那根坚实树枝的地步。

不知不觉间，炎热的季节已经来临，距离州级考试和曾经的那个暑假已经过去一年。汉斯偶尔会回想一下，但对那一切已心如止水。他的情感已变得相当迟钝。他本想再次开始钓鱼，但却不敢去请求父亲同意。每当他站在河边时，想钓鱼却无法钓鱼的现状总是令他感到颇为苦恼。有时候，他会在没人能够看到他的河岸边徘徊许久，以灼热的目光注视那些黑黝黝的、在水里静悄悄游动的鱼儿。每天临近傍晚时分，他都要到上游去游泳，由于总是会从盖斯勒督察家的小房子前经过，他偶然发现，三年前自己曾经迷恋过的那个爱玛·盖斯勒，竟然如今又在家里了。出于好奇，他陆陆续续地偷瞄过她几眼，但他已经不像以前那样喜欢她。当年的她，是个体态端庄、极度优雅的女孩，现在她长大了，举手投足间都显露出不协调，配上一点儿也不少女的摩登发型，完全毁掉了她的美好形象。此外，裙摆很长的连衣裙也不适合她，她试图让自己看起来像个淑女，结果显然是不幸的。汉斯觉得她现在很可笑，与此同时，他又想起自己以前每次看到她时，都会感觉到非比寻常的甜蜜、晕眩与温馨，不禁觉得有些怅然。以前的一切都跟现在大不相同，以前的一切是如此美好、如此明快、如此富有活力！很长一段时间以来，除了拉丁语、历史、希腊语、考试、神学院预备班和头痛之外，他把一切都抛到了脑后。可是，以前的日子过得是很不一样的，在那些日子里，他既可以看童话书，也可以读那些讲述大盗传奇的闲书，自己动手制作的小水车在花园里转得飞快，每逢傍晚时分，就到纳斯霍尔德家的大门巷道里，听他们家的莉瑟讲各种精彩的冒险故事。因为听多了这类故事，曾经有那么一段时间，他将自家的老邻居格罗斯约汉先生称为“加里波第[1]”，将他想象成一名抢劫杀人犯，幻想关于他的各种神秘的过去。一整年的时间里，每个月都有不同的新鲜事可以期待，时而要去割干草，时而又要去割苜蓿，然后转眼又是第一次钓鱼的日子，第一次捕螯虾的日子，以及采摘啤酒花[2]、摇李子树[3]、炙烤土豆[4]的日子，然后，小麦就要开始脱粒了，在上述这些日子之间，还穿插着一个接一个的可爱星期天以及为数众多的可爱节假日。除此之外，还有许多东西在用神秘的魔法吸引着他。房屋、小巷、楼梯、谷仓地板、水井、栅栏以及各种各样的人和动物，这些对他而言都是亲切而熟悉的，或者是诡秘且诱人的。他曾帮忙采摘过啤酒花，在劳作中聆听年纪较长的女孩们歌唱，并且记住了她们所唱的歌曲中的一些歌词，其中大部分都挺滑稽，听来令人捧腹大笑，但也有一些内容颇为凄惨，很容易就让听者落泪，喉咙哽咽。

---

1 朱塞佩·加里波第（1807—1882），意大利民族英雄、军事家。加里波第的一生颇为传奇，堪称那一时期草莽英雄的代表人物，关于他的故事深受欧洲孩子的欢迎。

2 啤酒花是酿造啤酒的重要原料。在南德，采摘啤酒花的时间通常在八月底，全部啤酒花需要在半个月内采摘完毕。黑塞此处列举出的一系列民俗活动，大体上是按照一年中的时间先后顺序来排列的。

3 德国传统是将李子从树上摇落，当李子落到地上之后再捡，认为这样能够对李子起到筛选作用，对李子树的健康生长也有好处。南德的李子品种成熟较晚，时间通常在九月初。

4 德国民俗，在农场附近的荒地上，架上柴火和干草，将几十个大土豆埋在里面，用明火烘烤。火自然熄灭后，用耙子将烤熟的土豆取出来，剥皮食用。德国小镇每年都会举办这类活动，时间通常在九十月份。

这一切都在他完全没留意的情况下逐渐凋零远去，在他的生命中各自走到了尽头。首先是傍晚在莉瑟家的讲故事活动，不知从哪天开始就没再去了；然后是星期天上午的抓“落金”，不去了；接下来是看童话书。就这样一个接一个，最后轮到采摘啤酒花，还有花园里的小水车。哦！这一切都去哪儿了呢？

也是机缘巧合，这位早熟的年轻人，眼下竟在他生病的日子里经历了不真实的第二次童年。他那些一度被学校里的大人们夺走了的童年兴致，如今带着突然爆发的渴望，逃回到过去那些美丽朦胧的时光幻影里，在记忆的森林中陶醉地游荡，其强度和清晰度相当夸张，甚至称得上病态。于是，他以不亚于以前在现实中体验时的热情与激情来重新体验这一切，那段被背叛、受迫害的童年时光，仿佛被抑制已久的泉水一样，如今在他体内喷涌而出。

大树被砍断树干之后，总喜欢在根部附近萌发出新的嫩芽，与此类似，在盛放时生了重病，最终一坠到底的灵魂，往往倾向于回到一切刚开始的地方，回到自认为最富有春天气息的那个时间点，也即自己别具深意的孩提时代，仿佛可以从那里发掘出新的希望，重新接上生命的断线似的。的确，大树根部萌发的新芽，永远都是鲜嫩而迅速地冒出头来，给人一种真的能够重获新生的错觉，然而，这只是个虚假的生命，它永远不会再长成一棵新的大树。

汉斯·吉本拉特的情况也是如此，所以，在他前往孩提时代的幻梦之路上，紧跟在后面进行一番观察，显然是很有必要的。

吉本拉特家的房子就在老石桥附近，在两条风格迥然不同的街道彼此交叉所形成的转角位置。这栋房子所属的那条街，是小镇上最长、最宽、最重要的一条街，名为“盖博街”。紧挨着的另一条街需要爬坡，路面很陡，而且又短又窄，路况条件很差，被称为“观鹰街”，街名来自一家早已不存在的古老酒馆。酒馆的招牌上画着一只老鹰。

盖博街上的房子一栋接一栋，里面住的都是心地善良、家境富裕的老市民，房子是他们自家的产业，小镇教堂里有属于他们的一小块家族墓地。家家都有花园，花园在房子后部，如同梯田一般，陡然向上延伸，花园栅栏紧挨着一八七〇年修建的铁道路堤，路堤上长满了黄灿灿的金雀花。就重要程度而言，小镇上能够跟盖博街相提并论的，也只有集市广场了，那里矗立着教堂、大区政务中心、法院、市政厅和教区办公楼，以其整洁、气派的建筑风格，给人们留下一种高贵、大气的城市印象。盖博街上虽然没有官方办公用的建筑，但这里新新旧旧的民房彼此交错，看得到不少庄严又别致的大门，既有优雅的老式半木结构房屋，也有时髦的现代外立面、简约的白色山墙。街上只有一排房屋，给人颇为亲切友好的观感，住起来很舒适，也有充足的光线，因为在盖博街的另一侧，带护栏的矮墙下，是一条日夜流淌的小河。

假如我们用悠长、宽敞、明亮、舒适和雅致这样的形容词来概括盖博街，那么“鹰街”[1]则是完全相反的存在。这条街上矗立着的尽是些歪歪扭扭、阴森恐怖的破屋，墙面上的灰泥污迹斑斑，甚至连墙体本身也摇摇欲坠，突出的屋檐令人联想起一顶顶捶扁了的帽子，门窗经常破损，到处都打着补丁，凑合着使用，烟囱普遍歪斜，排水沟早已损坏得不成样子。这些破屋互不相让地争抢着本就极不充足的空间与光线，街面窄得不能再窄，呈现出一道怪异的弧线，笼罩在永远不会退去的阴霾之中，在雨天或者日落之后，这阴霾便摇身一变，化作潮湿、恶毒的晦暗。每一扇窗户外面，总是有许多衣服挂在杆子和绳子上晾晒。这穷街陋巷实在太窄小、太破落了，但又不得不挤挤

1 原文如此，应直接将“观鹰街”的“观”省去，下同。

攘攘地住着如此之多的家庭，更不必提那些长期租户和那些临时投宿的过路客了。总之，人太多了，凋敝、老化的破屋里，每一个角落都密密麻麻地住满了人。贫穷、罪恶和疾病也选择在此地长居。警察和医生需要在“鹰街”处理的事务，比小镇上其他的所有地方加起来还要多。比方说：一旦有伤寒病暴发，就一定是在这里；一旦发生杀人案件，也一定在这里；一旦小镇上发生盗窃案，第一个要找的地方就是“鹰街”。流动摊贩们统统定居在此地，其中包括滑稽的清洁粉商人霍特[1]和磨剪刀的亚当·希特尔，据说后者是个罪行累累的逃犯，作恶之多，罄竹难书。

上学的头几年里，汉斯称得上是“鹰街”常客。他总是跟一帮淡金色头发、衣衫褴褛、形迹可疑的男孩们混在一起，聚精会神地听那位恶名昭彰的洛特·弗罗米勒[2]讲谋杀故事。她是某个小旅馆老板的前妻，曾在监狱里服刑五年。在过去的年代里，她曾是位远近闻名的放荡美女，拥有大量在工厂上班的情人，男人们经常因为她而闹出丑闻，甚至发生持刀伤人的事件。如今她过着形单影只的生活，工厂下班后的晚上，她便开始煮咖啡，同时给大家讲故事。她家的大门敞开着，除了家庭妇女和年轻工人们之外，街坊邻居家们的孩子们也总是会聚集起来，怀着既开心又害怕的心情听她讲。烧得黝黑的石砌小炉上，锅子里正煮着水，旁边燃着一支用动物脂肪压制的蜡烛，烛火伴着炉中的蓝色煤火，用饱含冒险精神的闪烁光芒，照亮拥挤的黑暗房间，在墙壁和天花板上投射出听众们巨大的影子，并且令它们展现出幽灵般的飘忽动作。

正是在这里，八岁的汉斯结识了芬肯拜恩[3]兄弟俩，并且跟他们

---

1 此为诨名，在南德地区为“背篓”之意。

2 该姓氏的意思为“快乐的磨坊主”，可见意有所指。

3 德国常见姓氏，意为“麻雀腿”。

维持了大约一年的友谊，尽管父亲严格禁止他跟他们两人来往，但男孩却对这项禁令视若无睹。兄弟俩的名字是多尔夫和埃米尔，他们是小镇上最狡猾的小流氓，以偷窃水果和在森林里犯下各种小罪行而闻名，是无数小偷小摸伎俩和恶作剧的顶尖高手。除了贩卖鸟蛋、铅弹、幼鸦、椋鸟和兔子之外，到了晚上，他们还会偷偷去抓鱼。他们在镇上每户人家的花园里逍遥玩乐，无论围住这些花园的栅栏有多么尖利，无论围墙上插了多厚的碎玻璃，他们都能轻而易举地越过去。

不过话说回来，对汉斯而言，住在“鹰街”的这些人当中，最重要的始终还是赫尔曼·莱希滕海尔[1]，汉斯跟他成了好朋友。他是个孤儿，是个病恹恹的、早熟的、不同寻常的孩子。由于他的其中一条腿实在太短，不得不一直拄着拐杖走路，没办法参加孩子们的街头游戏。他身形瘦削，顶着一张没有血色的苦瓜脸，嘴角过早地出现了干裂，下巴尖得不能再尖。莱希滕海尔对日常生活中的各种手艺都非常娴熟，尤其对钓鱼有着莫大的热情，他将这种热情传给了自己的朋友汉斯。那时候汉斯还没有钓鱼证，但他们仍然会在隐蔽的地方偷偷钓鱼。如果将狩猎视为一件乐事，那么偷猎显然是种更高级的享受。瘸腿的莱希滕海尔教汉斯如何用小刀正确地切出一根鱼竿，教他怎样编织马鬃做鱼线，怎样染线、拧线环、磨鱼钩。除此之外，他还教他怎样看天气，怎样观察河水，怎样用麸皮打窝，怎样选择合适的鱼饵并正确地挂上钩，他还教他怎样区分不同种类的鱼儿，怎样在垂钓时倾听鱼儿发出的声音，怎样让鱼线保持在合适的深度。他没有言传，只

1　这是黑塞虚构出来的名字，其中的Hermann出自黑塞本人的名，Rechtenheil是虚构的姓氏，由“真正的（Rechten）”和“宗教解脱（Heil）”这两部分组合而成，暗指瘸子最后获得了真正的解脱，属于文学玩笑。

懂身教，直接通过钓鱼的实例，来教他手部的具体操作，教他领会鱼线收紧或松弛时的精细触感，教他掌握人手所具有的那种非比寻常的敏感，如果没有这种敏感，就不可能进行精准的垂钓。他极度鄙视商店里售卖的那些漂亮鱼竿、浮漂、玻璃线，以及一切流水线上制成的钓具，毫不留情地嘲笑它们，用雄辩般的事实成功说服了汉斯，令他相信，如果组成一根鱼竿的所有部件不是由自己亲手制造出来的，如果这根鱼竿不是由自己亲手组装而成的，那就根本不可能钓到鱼。

在一次愤怒的争执过后，汉斯与芬肯拜恩兄弟分道扬镳。那个安静的、瘸腿的莱希滕海尔转眼也跟汉斯永别了，没有留下任何芥蒂。二月里的某一天，莱希滕海尔舒展身体，躺在自己那张破落的小床上，拐杖摆在椅子上，开始发起烧来，很快就悄无声息地死去了。“鹰街”的人马上就把他忘得一干二净，唯独汉斯还将他长久地留存在自己美好的回忆里。

莱希滕海尔只能算是“鹰街”上数量众多的古怪住客之一。比方说，在这座小镇上，谁还能不认识因为酗酒而被解雇的邮递员略特勒呢？他每隔十四天就会酩酊大醉一次，要么直接睡在大街上，要么做些骇人听闻的丑事，但他在其他方面却表现得像个孩子一样乖巧，笑起来永远充满了善意。他愿意让汉斯嗅他那只卵形的鼻烟壶。汉斯偶尔过来给他送自己钓到的鱼时，他会用黄油煎鱼，并邀请汉斯跟他一起吃。他拥有一只镶嵌了玻璃眼球的毛茸茸的秃鹰标本，以及一只老式音乐盒，这只音乐盒可以用清脆而细腻的音调演奏早已过时的舞曲。对了，谁还能不认识那位老机械师波尔舍？他哪怕赤着脚时，也总是束好袖口，戴着袖扣。作为一位十分严格的传统乡村学校教师的儿子，他能够流利背诵半部《圣经》、一些不食人间烟火的古谚、一大堆与道德相关的箴言，但是这一切——也包括他那头雪白的头发——却不能改善他一见到女人就全心全意扮演花花公子的毛病，而且他还经常喝醉。当他往肚子里灌了点儿东西之后，总是喜欢坐在吉本拉特家保护房屋墙角的那块侧石[1]上，喊着每一位过路人的名字，用自己倒背如流的那些东西滔滔不绝地指教他们。

“小汉斯·吉本拉特，我亲爱的孩子，请仔细听我对你讲的这番话！《德训篇》[2]里面是怎么说的？口不失言，且问心无愧之人，是有福的！[3]美丽的树啊，树上的绿叶脱落之后，又会重新生长；人也是如此，有人死，就有人生……好了，你现在可以回家去了，你这只小海豹。[4]”

这个老波尔舍知道大量关于鬼怪的恐怖传说，以及各种相关的怪奇故事，这些与他经常挂在嘴边的虔诚话语并行不悖。他很清楚鬼怪传说发生的地点，总是在相信还是不相信自己所讲的故事之间摇摆不定。他通常会以一种半信半疑、夸夸其谈、不屑一顾的语气开始，仿佛在嘲笑这个故事本身和他的听众们，可是，随着讲述逐渐深入，他似乎也慢慢变得胆怯起来，满怀恐惧地将身体缩成一团，声音也变得越来越低，最后以一种近似耳语、无处不在、令人毛骨悚然的低语声来给故事收尾。

这条可怜兮兮的穷街陋巷里，暗藏了多少阴森恐怖、令人难以捉摸、神秘莫测的人与事啊！这里也是锁匠布伦德勒在他的商店倒闭、他的破旧作坊完全弃置后的住处。他常常在窗前坐着，一坐就是

1 砖造或木造房屋临街的墙角位置常常会嵌入一块巨大石头，起到保护作用，防止马车或重物经过时意外撞损墙角。

2 天主教《旧约》中的一卷，主题为“智慧”，即人在处世和宗教生活上应具有和应表现的美德，由大量箴言组成，亦被称为《箴言德训篇》。

3 出自《德训篇》第十四章第一节。

4 原文如此，是一种对小男孩的爱称。

大半天，目光阴沉地注视着热闹的街巷。有时候，当附近某个衣衫褴褛、浑身上下脏兮兮的可怜孩子不幸落到他手中时，他就开始凶巴巴地折磨他，拽他的耳朵和头发，将他的全身捏得发紫发青。哪承想，有一天，他竟然在自家楼梯上系了一根镀锌铁丝，上吊了，那模样看起来非常可怕，没有谁敢靠近。最后，还是老机械师波尔舍取出了一把锡剪，从后面剪断了铁丝。没了支撑之后，尸体朝前轰然倒下，伸出长舌头，轰隆隆地从楼梯上滚落下来，正好冲进惊恐的围观者们中间。

每当汉斯走出明亮、宽敞的盖博街，走进黑暗潮湿的“鹰街”时，一种充斥着既幸福又可怕的窒息感便随着非比寻常的闷热空气扑面而来，好奇、恐惧、不安与快乐，跟少年的冒险精神混合在了一起。“鹰街”是小镇上唯一一处仍然可能发生童话、奇迹、闻所未闻的恐怖怪事的地方。在这里，魔法和鬼怪都是可以相信的，而且也是真的有可能会存在的，在这里，人们可以感受到痛苦又甜蜜的战栗，就跟阅读遍布传说和怪事的罗伊特林根[1]民间故事书时一样。汉斯的这些书早就被老师们没收了。这些书里的内容包括：松嫩维特勒[2]、屠夫汉内斯[3]、小刀卡尔勒[4]、邮差米歇尔[5]，还有其他一些类似的黑暗英雄、重罪罪犯和骗子们的故事，描绘他们的暴行，以及最终所受的惩罚。

除了“鹰街”之外，小镇上还有一处地方跟其他地方不同，在那里也可以有不一样的体验，聆听不一样的故事，踏入一片漆黑的领

---

1 施瓦本古城，被誉为“通往施瓦本山地之门”，当地的民间故事极为丰富。

2 施瓦本地区传奇犯罪故事，流传甚广，至今仍有同名戏剧上演。

3 被证实犯下了211桩罪行的德国大盗。

4 连用的罪犯诨名。

5 连用的罪犯诨名，因为“德意志·米歇尔”在德意志第二帝国建国后就一直是各国拿来讽刺德国的拟人化形象，米歇尔象征着野蛮和粗鲁。

域，在不同寻常的空间里流连忘返。那地方就是附近最大的那间制革工坊，在那栋巨大的老房子里有整张整张的鞣制皮料，挂在半明半暗的阁楼仓库里，那里的地窖有隐藏起来的坑洞，有禁止通行的道路。傍晚时分，莉瑟就是在那里给孩子们讲她那些美丽的童话故事。那里比“鹰街”更安静、更友好、更有人情味，但同时也不缺乏神秘感。皮革工匠们在坑洞里、地窖里、制革场里和晾晒场上所进行的那些工作，在孩子们眼中看来，无疑是稀奇古怪又难以描述的。工坊里的大房间极其安静，吸引人的同时，也格外恐怖。体形巨大、脾气暴躁的工坊主人，所有孩子都怕他，把他当成食人怪，唯恐避之不及。相比之下，在这栋怪异的房子里走来走去的丫头莉瑟简直如同仙女一般，她是所有孩子、鸟、猫和小狗的保护者，是大家共同的母亲，心中满怀着慈爱，脑袋里面装满了奇妙的童话故事，以及各种各样的优美歌曲。

此时此刻，男孩的思维和幻梦都在这个长期与他疏远的世界中浮动。自眼下巨大的失望与绝望中，他逃回过去的美好时光里。那时，他依然充满了希望，世界就像一片宏伟的魔法森林，展现在他面前，在这座森林不可企及的深处，隐藏着可怕的危险，隐藏着受诅咒的宝藏和翡翠砌成的城堡。他置身于这片蛮荒之间，走了一小段路，可是，在真正的奇观显形之前，他就已经疲惫不堪，终止了探索。如今，他又一次站在森林神秘而晦暗的入口处，但这次却是作为一名旁观者，心中充满了事不关己的好奇心。

汉斯又到“鹰街”去了几次。阴暗依旧，恶臭依旧，逼仄依旧，房屋的楼梯间里完全没有光。老翁和老妪还是坐在大门口，淡金色头发的脏孩子们在四周大呼小叫。老机械师波尔舍变得更加苍老，不再认识汉斯，只用一阵轻蔑的咕哝声来回应他胆怯的问候。被称为“加里波第”的格罗斯约汉已经去世了，洛特·弗罗米勒也一样。邮递员略特勒倒是还在那儿，他向汉斯抱怨，说孩子们打碎了他的音乐盒，然后，他又主动向汉斯递出鼻烟壶，并且试图向汉斯讨点钱用；最后，他讲述了芬肯拜恩兄弟的近况，其中一个目前在雪茄烟厂工作，已经像大人一样酗酒了，另一个在教堂落成纪念日[1]举办的庆典上拿刀捅了人，逃之夭夭，已经整整一年没有消息了。总之，这里的一切都给汉斯留下了可怜又凄惨的印象。

之后有一次，他在傍晚时分去了那间制革工坊。在某种奇妙诱惑力的牵引下，他穿过大门巷道，穿过潮湿的院子，仿佛他的童年还有童年时代失去的一切快乐就藏在这栋巨大的老房子里。

他一级一级地爬上弯曲的台阶，走过铺了鹅卵石的廊道，来到很暗的一处楼梯旁，摸索着走进挂着皮料的阁楼仓库里，在那里，伴随着皮革的刺鼻气味，他被卷入一大片突然涌现出来的记忆之中。于是，他再次下楼，找到了后院，那里有鞣皮用的土坑，有晒制皮革的窄顶高脚架。靠墙的长椅上坐着的正是丫头莉瑟，她面前放着一大篮要削的土豆，周围有几个认真听她讲故事的孩子。

汉斯在漆黑的门洞口停下了脚步倾听，渺无边际的寂静弥漫在傍晚时分的制革工坊中，除了农场围墙后面传来的些许河水淙淙声之外，只能听到莉瑟削土豆时的声音，还有她讲故事的声音。孩子们静静地蹲坐在那里，几乎连动都不动一下。她正在讲圣克里斯托弗[2]的故事：一个孩子的声音如何在深夜里呼唤他，请他背自己过河。

1 此处并非指新教堂落成，而是纪念当地主要教堂建成日的纪念活动。南德大部分村镇教堂的历史都有数百年之久，教堂建成日期通常刻在主堂的砖石上。

2 旅行者的主保圣人。文中的故事即圣克里斯托弗背耶稣过河故事的开头部分，出自东方教会的传说。

汉斯听了一会儿，然后，他悄悄穿过黑漆漆的廊道，出了制革工坊，回家去了。他终于意识到，自己不可能再当一个小孩子了，不可能在傍晚时分跟莉瑟一起待在制革工坊的大门巷道那儿了。于是，他现在也开始避开制革工坊，就跟他避开“鹰街”一样。

第六章

眼下已进入深秋。黑黝黝的冷杉树林里，零星的阔叶树像火把一样，闪耀着黄色和红色的光彩，山谷间泛起厚重的雾霭，每天清晨的寒凉令河水霜气蒸腾。

脸色苍白的前神学院预备班学生，仍旧每天在户外漫游，没有任何热情，整个人也很疲惫，逃离了他本可拥有的那一点点陪伴。医生给他开了药剂，建议他多吃鸡蛋和鱼肝油，用冷水沐浴[1]。

上述一切显然于事无补，这也难怪，因为每个身心健康的人手边都得有事做，也必须有长远目标，但年轻的汉斯什么都没有。眼下父亲已下定决心，要么让他去坐办公室当抄写员，要么好好学习一门手艺。目前这个男孩的身体依然很虚弱，恐怕体力还得恢复一段时间，但现在已经可以认真考虑应该拿他怎么办了。

最初的心绪混乱状态已逐渐消退，自那以后，连他本人都不再相信自己会想结束生命了，之前的兴奋狂躁和喜怒无常，如今已转变为稳定而持久的忧郁，他慢慢地、毫无防备地堕入其中，如同沉入柔软的沼泽。

如今，他每天都在秋天的原野上徘徊，屈服于季节的影响。万

1　当时因迷信认为冷水沐浴可以强健体魄。

物凋零的秋天，树叶悄无声息地落下，青草地变成了褐色，清晨出现浓雾，植被呈现出熟透的枯黄，疲弱不堪，垂死挣扎，这一切都促使汉斯像所有罹患疾病的人那样，陷入沉重且无望的负面情绪之中，满脑子都是悲观的想法。在这个秋天里，他感觉到内心有一种强烈的倾向，期待着自己随之一同消逝，随之一道沉睡，随之一并灭亡，可他眼下的青春年华却与之相悖，坚韧顽强地固守着他的生命，自相矛盾的反复拉扯令他内心十分痛苦。

他眼睁睁看着那些树木变黄、变棕、变秃，看着乳白色的雾霭自林间升起，看着那些在最后一次摘果之后，生命业已枯萎干涸的果园。花园里，如今已没有人再去瞧那些黯淡斑驳的、凋零的花草。没有人再去拜访那条已经无法游泳、钓鱼的河流，冰冷的河岸上遍布着干枯的树叶，唯独顽强的皮匠还在那儿坚持干活儿。几天以来，河面上一直漂浮着大量苹果碎渣，因为小镇上所有自带榨汁机的酒窖和所有的磨坊，眼下都在忙着榨苹果汁，果汁的气味弥漫在小镇所有的街道上，隐隐约约能闻到发酵的气味了。

鞋匠弗莱格也在下游的磨坊那儿租了一台小型榨汁机[1]，邀请汉斯过来帮忙榨果汁。

在磨坊的前院里，摆放着大大小小的榨汁机，各式各样的载物车，以及装满苹果的篮子和麻袋，还有数不清的桶，包括两个把手的大木桶、带桶箍的巨型桶和千奇百怪的小桶。榨完汁的褐色碎渣堆成了一座山，周围散放着搬运用的木制杠杆、独轮车、双轮手推车以及空置的板车。榨汁机运转不停，发出吱吱嘎嘎的响声，呻吟着、咆哮着。大多数榨汁机都被漆成了绿色，这种绿色与苹果渣的棕黄色、苹

1　之所以要在磨坊租用榨汁机，并非因为需要用到水力，而是因为需要将榨完汁后的水果渣直接倾倒进河水里，当时的老式榨汁机基本上都是手动的。

果篮子的花色、翠绿的河水、赤脚的孩子，以及秋天里清澈的阳光交织在一起，给每个看到这一切的人留下了欢乐喜庆、生机勃勃、甜美诱人的印象。碾碎苹果时的脆响，听起来酸甜爽口，令人胃口大开。不管是谁来了，听到了，都会迅速伸手抓住一只苹果，狠狠咬上一口。榨汁机的管子里源源不断地流出浓郁、甜美的果汁，这橙色的液体沐浴在阳光底下，仿佛正在高声欢笑。不管是谁来了，看到了，都会请求大家赶紧给自己一个杯子，迅速品尝一下这鲜榨的汁水。抿一口下去，整个人不由得愣住了，眼眶湿润，甜美滋味和幸福感觉瞬间流遍全身。这种甜美果汁所散发出来的香气，其中的愉悦、浓烈、芬芳，转眼就会弥漫四处，传播到很远的地方，这是必然的。实话实说，这种香气是小镇上整整一年的时间里所能闻到的最美妙的气味，是成熟和收获的缩影。冬天来临之前，沉浸在这样的香气中，显然是大有裨益的，因为这种香气会让人心怀感激地回忆起许多美好的事物：五月里温柔的细雨，夏日里奔流的暴雨，凉爽的秋日晨露，和煦的春日阳光，难挨的炙热酷暑，雪白抑或玫红的盛放花朵，临近收获前果树所散发出的红褐色光泽，以及一年中节气来去、四季更替所带来的一切美景与欢乐。

那可真是些闪亮的日子，对每个人而言都是如此。有钱人和暴发户——只要他们愿意在这种场合露面——会伸手掂量掂量他们带来的优质、甜美的大苹果，清点一下他们装满苹果的麻袋数量，足足有一打，甚至更多，他们会用随身的银质口袋杯品尝鲜榨的果汁，积极主动地告诉现场的每一个人，说他们的苹果汁里没有掺一滴水。相比之下，穷人带来的水果只有一袋，只能用玻璃杯或者陶土碗来品尝，而且还加了水，但他们所获得的骄傲与欢乐并没有因此减损半分。那些由于种种原因无法带水果过来参与榨汁的人，也会从一台榨汁机晃悠到另一台榨汁机，四处寻找他们的熟人和邻居，每找到一位，就会倒一杯果汁，装一只苹果，还要讲几句行家话，证明他们其实也很了解眼下正在做的事情。孩子们却是个例外，这里有许多孩子，无论贫富，都拿着小杯子跑来跑去，每个孩子手里都攥着一只咬过的苹果和一块面包，因为此地自古以来就有一个毫无根据的传说：榨果汁时多吃面包，保这一年肚子不疼。

上百种声音喧嚣吵嚷，孩子们的闹腾根本不值一提。听得出来，所有声音都是忙碌、兴奋又欢快的。

“来啊，汉内斯，到这儿来！到我这里来！好好喝上一杯！”[1]

“真是非常感谢你，我已经撑到肚子疼了。”

“买一公担[2]花了多少钱？”

“四马克。不过质量一流。试试看！”

有时会发生一些小意外：麻袋打开得太早，里面的苹果全部滚到了地上。

“真是活见鬼，我的苹果啊！大家快来帮帮手吧！”

于是每个人都帮忙捡苹果，少数几个小坏蛋想趁着这个机会大捞一笔。

“快别藏了，你们这些小流氓！你们想吃多少就吃多少，但绝不能藏起来带走。等等，你这笨蛋，真蠢！”

“嘿，邻居先生，别那么得意！快来尝尝这个！”

“跟蜂蜜一样！香甜如蜜。您做了多少？”

“两桶，不算多，但都还不错。”

“好在不是盛夏季节来榨汁，否则马上就把它们喝光。”

今年也有几位脾气暴躁的老人，他们每年都不会缺席。这几位

---

1 此处对话原文使用了施瓦本地区方言。

2 重量单位，一公担等于一百公斤。

老人早就不亲自带水果来榨汁了，但他们比任何人都了解关于榨汁的一切，还会告诉大家很多年前榨汁时的情况，那时水果就跟白送的一样，所有东西都比现在便宜得多，而且也比现在好得多，他们完全不知道什么叫加糖。总而言之，那时果树长果子的方式恐怕跟现在完全不同。

“当年的收成真可以拿出来好好聊一聊。我有一棵苹果树，光是这棵树的产量就有五公担。”

不过话说回来，尽管世风日下，坏脾气的老人们今年仍然热心帮忙，在品鉴方面下了很大功夫，那些牙齿尚存的老人都在努力啃苹果，其中一个老人甚至硬生生地塞下了好几个大号瓦德尔梨[1]，结果肚子马上疼了起来。

“我跟你们讲，”他不无遗憾地说道，“像这样的梨子，以前我吃十个都不在话下。”说罢，他开始长吁短叹，再度回忆起那个吃十个梨子都不会肚子疼的好年代。

熙熙攘攘的人群之中，弗莱格先生一丝不苟地站在自己租的那台榨汁机旁，推着机器的压杆[2]，一个年纪较大的学徒负责给他搭手帮忙。他的苹果来自巴登地区[3]，他榨出来的果汁永远是最好的。眼下他心里正得意扬扬，谁想过来尝一点儿“甜头”他都不会拒绝。更得意的是他的孩子们，他们在榨汁机周围疯闹嬉戏，在人群中无比幸

---

1 自1390年起在瑞士培育出的一种黄梨，十五世纪末引入德国，之后广泛种植，主要用来榨梨汁使用。

2 老式榨汁机通常由事先固定好的牢固底座、圆柱形的压榨箍桶，以及状似千斤顶的铸铁榨汁构件组成。榨汁构件的高度和松紧程度可以调节。榨汁时，若只有一人负责出力，需在上方反复朝着一个方向推“压杆”；两人一起出力时，则要分别朝两个不同方向推。后文中汉斯与爱玛榨汁时的嬉戏即出自这一原理。

3 巴登地区并非完全对应1871年加入德意志第二帝国的巴登大公国地界，根据其历史承袭和具体语境，存在不少细微差别。实际上，巴登地区相当辽阔，文中弗莱格所说的“巴登地区”很可能是指小镇及其周边，因为这一带离卡尔夫很近，且盛产优质苹果。

福地游来荡去。不过，最得意的还是他带来的那个学徒，尽管他毫不张扬。因为他来自北部森林里的一个贫困农家，从小就干惯了粗活，眼下能够再一次在户外挥汗如雨，简直令他舒畅到了骨头里，更何况这上好果汁对他而言也是无比美味。他那张独属于农家男孩的红润脸庞，此刻就像戴上了萨堤尔面具[1]一般咧嘴微笑着，他那双当鞋匠的大手，在这个星期天里，比以往任何时候都更干净。

当汉斯·吉本拉特来到这处场地时，几乎可以说是噤若寒蝉，整个人都很焦虑。因为他本不打算来。哪承想，才刚走到第一台榨汁机前面时，已经有人向他递出一杯果汁，而且那人恰好就是纳斯霍尔德家的丫头莉瑟。于是他就尝了一口。咽下那口果汁时，甜美而有力的味道，瞬间就给他带来了许多过去秋天来这里榨汁的欢乐记忆，同时也生出了一种胆怯的欲望——多多少少想要再次参与进来，再次创造出新的快乐。熟人们纷纷向他走来，不断有人请他喝上一杯，当他来到弗莱格的榨汁机前时，现场普遍的欢乐气氛和美味饮料早已俘获了他的心，使他发生了变化。他兴高采烈地同鞋匠打了招呼，并且开了几个应景的榨果汁的玩笑。鞋匠师傅掩饰了自己的惊讶，很开心地迎接了他。

半个小时过去，有个穿蓝色裙子的女孩走了过来，她朝弗莱格和他的学徒笑了笑，开始搭手帮忙。

“噢，是这样，”鞋匠解释说，“这是我来自海尔布隆[2]的侄女。当然，她习惯了截然不同的秋日劳作，她家乡盛产的是葡萄酒。”

女孩十八九岁，性格跟低地人一样，活泼又有趣。她个子不

---

1 出自古希腊酒神崇拜文化中的萨堤尔剧。出演萨堤尔的演员会戴上露出夸张笑容的剧场面具。

2 斯图加特北部古城，位于内卡河畔，十九世纪末是符腾堡第二大城市，也是州内拥有最多工厂的城市。

高，但身材好，体态丰满，脸颊圆润，有一双目光温柔的深色眼眸，还有仿佛随时想要吻人的漂亮翘嘴。总之，她看起来完全是个健康、快乐的海尔布隆女孩，一点儿也不像虔信派鞋匠家的亲戚。她绝对是这个俗世里的普通人，看她那双眼眸就知道，不可能是那种会在傍晚和深夜苦读《圣经》，钻研《古斯勒百宝箱》[1]的信众。

汉斯突然又表现得很烦闷，热切地希望爱玛[2]能够尽早离开。可她却留了下来，笑着跟大家聊天，大家讲的每一个关于榨果汁的笑话，她都能马上说出笑点在哪儿。汉斯感到很羞怯，沉默不语，连一句话都不想多说了。他向来都很害怕跟年轻女孩打交道，因为对她们必须以“您”相称，他觉得这样实在太尴尬，更何况眼前这个女孩是如此活泼，如此健谈，对他的存在和他的羞怯不屑一顾，他对此感到有点儿生气，却又无可奈何，只好无助地缩回自己的触角，像一只偶然碰到马车车轮的蜗牛一样，灰溜溜地爬走了。此刻他选择按兵不动，试图装出一副感觉这里很无聊的叛逆模样，但却没有装成功，反而装出了一副仿佛家里刚死了人的丧气表情。

没有谁有时间去关注他的这些小心思，爱玛本人更是如此。根据汉斯听来的消息，她是十四天前到弗莱格家来做客的，但她现在对整座小镇已经熟得不能再熟。她总是在人群中跑来跑去，试试自己没尝过的果汁，大大方方地开个玩笑，跟着别人笑一下，然后又折回来了，瞬间表现得驾轻就熟，忙里忙外，仿佛自己一直很勤劳地在这里帮忙似的。她将孩子们主动抱进怀里，送上苹果，用这样一种方式，将笑声和欢乐留在了自己周围。她会叫住每一个跑过路过的小孩，询问他们：“想要苹果吗？”然后，她挑出一只漂亮的红苹果，将双手

1 德国神学家的宗教箴言集。

2 与前文中提到过的爱玛·盖斯勒名字完全一样。此处的同名显然是有意而为之。

藏在背后，让他们猜“苹果在右手还是左手”。可是，苹果从来都不在孩子们猜的那只手里，唯有当男孩们开始骂她时，她才勉为其难地送出一只苹果，还是比较小的绿苹果。她似乎也知道汉斯的情况，问他是不是那个总是头痛的人。可是，在他正式回话之前，她已经卷入与身边其他人所进行的另一场谈话中去了。

汉斯原本已经在考虑要偷偷溜走，直接回家去，但这时弗莱格却把压杆交给了他。

“这样，现在你可以稍微帮下忙，爱玛会协助你的。我必须到车间里去。”

师傅离开了，学徒需要帮师娘搬运刚榨好的果汁，因此，汉斯必须单独跟爱玛在一起运作榨汁机。他咬紧牙关，像面对仇敌一样拼命干活儿。

可是，他想知道为什么压杆现在突然变得这样重。当他抬起头时，女孩突然大笑起来。原来，刚才她故意开了个玩笑，当汉斯用力推压杆时，她却在另一边挡住了，而且，当汉斯现在再一次愤怒地拉开压杆时，她又做了一次。

他连一个字都没有多说。不过，当他继续对压杆又推又拉时，女孩的身体依旧在另一边挡着，压杆将两人的身体连在了一起。他突然觉得很尴尬，逐渐停止了推拉。此刻，一种甜蜜的恐惧笼罩着他。当这年轻的尤物在他面前放肆大笑时，在他眼中看来，她好像突然变了个人似的，变得更加亲切，却又更显陌生，于是，他现在也笑了一下，笑容中带着笨拙的亲昵。

在此之后，压杆完全停止了运作。

爱玛说：“我们何必这么努力。”说罢，将自己刚刚喝了一半的杯子递给了他。

不知为何，他觉得这杯果汁的味道异常浓烈，比之前喝过的任何一杯都更甜蜜。喝完之后，他心潮澎湃地看着手里的空杯子，不由得啧啧称奇，他的心脏怎么会跳得这么厉害，呼吸怎么会如此困难！

接下来，他们两个又忙活了一会儿，汉斯魂不守舍，根本控制不住自己，不知道自己到底在做些什么。他不由自主地凑近女孩，试图找到合适的位置，让女孩的裙子在操作压杆时不得不轻轻拂过他，让女孩的手不得不偶然触碰到他。每当这种轻拂和触碰真的发生时，他就会感到心旌荡漾，沉浸在患得患失的喜悦之中，某种愉快而甜蜜的虚弱感笼罩着他，令他双膝微微颤抖，令他头晕目眩，脑子里响起一阵嗡嗡声。

他不知道自己具体说了些什么，但他的确回答了她所提出的每一个问题，当她笑的时候，他也跟着笑；当她做蠢事的时候，他也知道伸出手指来，一连吓唬她好几次，笑闹一番之后，他又从她手里接过杯子喝果汁，又喝了两次。做这些事情的同时，关于过去的种种回忆，如同一整支庞大的军队一般，从他身边呼啸而过：傍晚时分，女仆们跟男人一起站在大门口；故事书里偶然提到的三言两语；许多关于“女孩”和“有心上人是什么感觉”的聊天与故事；男学生们之间偷偷摸摸进行的相关谈论……此时此刻，他的呼吸就像被人强行拉着上坡的老马一样急促。

一切都变了，周围一切无关的人群和一切无所谓的喧嚣，皆已融入一整团五彩缤纷、开怀大笑的巨大云雾内部。每个人所发出的说话声、咒骂声和笑声，统统消失在整齐划一、沉闷单调的轰鸣声之中。河水和老桥看起来无比遥远，简直就跟画出来的一样。

就连爱玛的模样也发生了变化。他再也看不清楚她的一整张脸了，看得到的只有那双漆黑又欢快的眼眸，以及一张红色的嘴，嘴里面是白色的尖牙。她的身影逐渐模糊不清，他只看得到其中的部分细节。忽而是她穿的一只鞋，上面套着黑色的丝袜；忽而是她脖颈处散下来的一缕鬈发；忽而是她晒得黝黑的细圆脖子，遮掩在蓝色的布料里；忽而是紧绷的双肩，以及肩膀下方，那微微的呼吸起伏的胸部；忽而是一侧红润的耳朵，看起来仿佛是半透明的。

又过了一会儿，她的那只杯子掉进了大木桶，于是弯腰去捡。当她这样做时，膝盖刚好压在了他放在木桶边缘的一侧的手背上。他也顺势弯下腰来，但却比她稍微慢一点儿，脸颊几乎挨着她的头发。她的头发有一股淡淡的香味儿，在头发下方，松散、蜷曲的阴影底下，美丽的颈部隐隐约约地闪耀着温暖的褐色光芒，再往下看，那光芒一路延伸至蓝色的紧身胸衣边缘，胸衣虽然跟她的胴体贴得很紧，仍然允许他在缝隙之间窥见了些许白皙的肌肤。

当她再次直起身时，膝盖又沿着他的手臂滑过，长发轻拂他的面颊，她的脸因为弯腰而涨得通红。汉斯身体的每个部分都剧烈颤抖起来，脸色变得苍白，某种难以言喻的深深疲惫感突然袭来，他甚至不得不紧紧抓住榨汁机的边缘，才能够勉强站立。他的心脏如痉挛般上下抽动，手臂一点儿力气都没有了，肩膀也开始隐隐作痛。

自那时起，他几乎不再开口讲话了，并且刻意避开女孩投来的目光。但是，只要她转头望向别处，他马上又会凝视她，眼神中混合着前所未有的欲念，以及充满内疚的良知。在那短短的时间里，某种东西撕裂了他的内心，一片崭新的、拥有异样魅力和广阔蔚蓝海岸的疆域，在他的灵魂面前徐徐展开。眼下他还无从知晓——或者说至多也只是模模糊糊地意识到——他身上涌现出的这种交织了忧心忡忡与甜蜜折磨的感觉究竟意味着什么。不仅如此，他也搞不清楚眼下自己的情愫当中，哪个的分量更重一些，是痛苦，还是情欲呢？

无论如何，情欲的出现，意味着他年轻的恋爱力量的胜利，强大的生命力初露端倪；而痛苦则意味着清晨的宁静已被打破，他的灵魂已离开童真的大地，无法再找到归来的路了。他所乘的轻巧小舟，之前勉强躲过了第一次海难，如今又被新的风暴控制，在蓄谋已久的海底深渊和足以让他撞断脖子的险恶暗礁附近徘徊。面对上述危机，即使是接受过最好教育的青年也没有任何向导可依靠，必须完全通过自身的努力来找寻航行的方向，唯有他自己才能拯救自己。

幸好，这时那个学徒回来了，取代了他在榨汁机旁劳作的位置。汉斯在那里继续待了一阵子，因为他仍然希望得到爱玛无意间的触碰，或者再听她讲一两句亲切的话语。可是这时，她又跑到别家的榨汁机旁聊天了。汉斯在学徒面前感到有些尴尬，一刻钟过后，他便不辞而别，回家去了。

一切都变了，变得如此不可思议，与之前大不相同，眼前的所有事物都很美好，令他感到无比兴奋。被苹果渣养肥了的麻雀们，在天空中叽叽喳喳地叫着，飞来飞去。瞧那天空，从来没有这么高，这么美，从来没有显露过这么俏皮的蓝色。瞧那河流，从来没有这么像一面纯净、快乐的翡翠色镜子。瞧那堤堰，从来没有呈现过如此耀眼的白色，从来没有像这样咆哮过。一切都变得像是在透明又干净的大块玻璃后面新装裱的一幅装饰画，一切都仿佛在等待着伟大庆典的启幕。在他自己的胸腔内部，也感觉到有一股强烈、大胆又甜蜜的波动，一种少有的、莽撞又冒失的冲劲，一份非比寻常、光芒耀目的期冀，同时还有一缕胆怯的、充满怀疑的恐惧，这些几乎压得他喘不过气来。他担心一切都只是一场梦，永远不可能成真。这些自相矛盾的感觉逐渐膨胀，化作了一股股暗自涌动的泉水。这时他又产生了另外一种感觉，仿佛有什么极为强大的力量试图从他体内挣脱，冲向外界，好好透一透气——也许是啜泣，也许是想唱歌、高喊或大笑。唯有回到家里之后，这些激动的情绪才稍稍平复。当然，家里倒是一切如常。

“你去哪里了，怎么现在才回来？”吉本拉特先生问道。

“磨坊那儿，在弗莱格那里帮忙。”

“他榨了多少果汁？”

“我想大概有两桶吧。”

他提出请求，希望父亲今年去榨汁时，他可以邀请弗莱格的孩子们过来玩一玩。

“理所应当[1]，”父亲嘀咕道，“我下周就去。到时候你就带他们过来吧！”

此时距离晚餐还有一个小时。汉斯走进花园里。除了两棵冷杉之外，花园里几乎没有残留任何绿意。他随手扯下榛树如鞭条般的枯枝，用力挥舞，枯枝在空中呼啸而过，打在干枯的树叶上，发出哗啦啦的脆响。太阳落到了山的后面。群山的黑色轮廓，远远望去显得毛茸茸的冷杉树梢，如一柄钝刀般划过潮湿而清澈的碧蓝色的傍晚天空。一朵灰色的、伸展得极长的流云，夕阳将它染上了鹅黄与浅棕的颜色，乍看起来，就像一艘正在返航的船，缓慢而悠闲地飘浮于山谷之上，在稀薄的金色空气间穿梭。

秋日傍晚这成熟、缤纷的美景，以一种奇特又陌生的方式吸引了汉斯，引着他在小花园里漫步。走了一会儿之后，他停下脚步，闭起眼睛，试图想象爱玛在榨汁时站在他对面的模样，想象自己喝她递过来的果汁时的场景，想象她弯下腰去捡起掉落的杯子，站直了身子之后，脸涨得通红的样子。依稀之间，他看见了她的头发，她裹在蓝色裙子下的倩影，她的细圆脖子，她那被几缕细碎的乱发遮盖之后，留下棕色阴影的后颈，这一切都令他充满了欲望，使他浑身不由自主

1 此处父亲之所以如此回应，是因为他认为鞋匠弗莱格在榨汁时顺带照顾了自己的儿子，请他喝了东西，所以需要还个人情，让他的孩子过来正好合适。

地颤抖，唯独她的脸，他再也无法想象出那副面容。

太阳落山之后，他没有感觉到多少凉意，渐浓的暮色，宛如一条隐藏了无数秘密的薄纱，他不清楚这些秘密具体是什么，只知道它们确实存在。比方说，尽管他心里明白，自己爱上了那位来自海尔布隆的女孩，但对于自身血液中悄然觉醒的雄性活力所起到的作用，他也只能说是稍微有个概念，模模糊糊地将之归纳为一种目前尚且无法适应的、烦躁又疲惫的不良状态。

晚餐时，汉斯感觉十分怪异，因为在他看来，自己现在明明已经脱胎换骨，但依旧坐在过去熟悉的环境之中。他的父亲、老女仆、家里的餐桌、餐具以及整个餐厅房间，在他眼中突然显得极为苍老。此刻，他正怀抱着一种讶异、陌生、体恤的感情注视着这一切，仿佛刚从漫长旅途中回到家里似的。不久之前，当他在森林深处的隐秘地点，跟自己早就选好的那根打算用来上吊的树枝你侬我侬时，曾经以带有优越感的悲戚忧郁来看待同样的人与事，因为那是即将告别人世之人的特权。可现在呢，面对的还是这一切，感觉到的却是回归，是惊奇，是微笑，是再一次的拥有。

吃过晚饭，汉斯正准备起身，父亲突然用他那特有的言简意赅的方式开口道："你以后想当机械工呢，还是倾向于做抄写员呢，汉斯？"

"怎么问起这个了？"汉斯惊讶地反问道。

"你可以在下周后半段去当机械工学徒，或者下下周到市政厅去当抄写员学徒，好好考虑一下吧！我们明天再具体谈。"

汉斯站起身来，走了出去。这突如其来的问题令他感到困惑，甚至有点儿目瞪口呆。猝不及防间，几个月以来一直都很陌生的忙碌活跃的生活，突然呈现在了他的面前，这种生活有其诱惑人的一面，也有威胁人的一面，有承诺也有要求。实话实说，他对成为一名机械工或者抄写员都没有真正的期待。这些行业必需的艰苦体力劳动令他多少有点儿望而生畏。这时，他想起了自己以前的同窗好友奥古斯特，他早就当上了机械工学徒，可以去问问他。

他虽然还在思考这个问题，但思考已经慢慢变得迟钝，相关的思绪逐渐从意识中淡出了，这件事对他而言似乎并不那么紧迫，也不怎么重要，因为眼下还有别的东西正在催促他，占据着他的心神，他烦躁不安地在走廊上踱来踱去，越想越焦虑。最后，他终于下定决心，突然拿起帽子，离开了家，慢慢从自家所在的这条街往外走，今天必须再去见爱玛一面。

天黑透了，喧嚣声和嘶哑的歌声从附近一间客栈里传出来，有些窗户是亮着的，时不时地又有一些窗户亮起，向黑暗的夜空中投射出微弱的红光。一大排年轻女孩，她们手挽着手，喋喋不休地聊着天，快乐地在街上漫步，笑声不绝于耳。她们的身影在飘忽的光线中摇曳，像满载着青春与情欲的暖流一般，奔流在恹恹欲睡的小巷里。汉斯默默地注视了她们很久，他很紧张，心仿佛蹦到了嗓子眼儿。一扇挂有窗帘的窗户后面，传来了小提琴的演奏声。有个妇女正在水井旁边洗沙拉菜。桥上，两个小伙子各自带着情人在散步。其中一个轻轻挽住情人的手，一边摇晃着她的手臂，一边抽着雪茄烟。另一对情侣慢悠悠地走着，相互偎依，难舍难分，小伙子紧紧搂住女孩的腰，女孩则将肩膀和脑袋紧贴在他胸前。像这样的一幅画面，汉斯前前后后已经看过上百次，从来就没怎么在意过。可是现在呢，这幅画面突然揭示了一层隐秘的含义，一种虽晦暗不清，但却饱含着甜蜜情欲的意蕴。他的目光仍然停留在这两对情侣的身上，他的幻想正朝着某个几乎快要理解真相的方向狂奔。他按捺不住自己起伏不定的心情，浑身上下又开始颤抖起来，整个人被搅得天昏地暗。此时此刻，他已经清楚地意识到，眼下离某个巨大谜团的真相十分接近，但这个谜团的真相究竟是甜蜜呢，还是恐怖到难以承受，他却无从得知。两种可能性都是存在的，他在颤抖中产生了这样一种预感：一旦朝着前方继续探索下去，他恐怕既能享受甜蜜，也会遭遇恐怖。

他在弗莱格家的小房子前停了下来，却没有进入的勇气。进去之后，他究竟应该做些什么，说些什么呢？他不由得想起自己十一二岁时的往事，那时他经常到这里来，进去之后，弗莱格会给他讲《圣经》的故事，会满足他对地狱、魔鬼和灵魂的急切好奇心，认真回答他所提出的各种各样问题。这些回忆让他觉得心里不太舒服，令他感到有些内疚不安。他也不知道自己现在具体想做什么，他甚至都不清楚自己到底在期待些什么。不过话说回来，对他而言，至少有一件事情是清楚的，即他似乎正在面对一些秘密和禁忌。从另一方面来讲，在这一片漆黑之中，呆站在鞋匠师傅家门口却不进去，显然也是不对的。因为一旦他从窗户那边看到自己呆站在这里，或者因为有什么事刚好走出家门，猛地一下发现了他，甚至都不会因此而责骂他，反而会大声嘲笑他，这恰恰是他眼下最害怕的。

于是，他蹑手蹑脚地走到房子后面，现在可以隔着花园栅栏，看到被灯光照亮的起居室。从这个位置上，他没有看到鞋匠师傅。女主人似乎正在缝制或编织什么东西，大儿子还没回床，正坐在桌子前看书。爱玛在起居室里来回走动，显然正忙着收拾东西，来来回回的，每次只能看到她一小会儿。这个位置极为安静，可以听清小巷中每一处的脚步声，还有花园外河水缓缓流动的声音。夜色渐浓，寒意也慢慢袭来，他的身上变得越来越冷。

起居室的一排窗户旁边，还有一扇较小的走廊窗户，那扇窗户里面是暗的。过了好久，一个模糊的身影出现在这扇小窗前，俯身朝黑暗中望去。汉斯马上认出了那个身影是爱玛。此刻，急切的期盼几乎令他的心脏停止了跳动。她长时间地站在窗口那儿，平静地凝望着汉斯这边，但他不知道她是否看到并且认出了他。他努力控制住自己，全身上下一动也不动，带着不确定的恐惧盯着她看，希望她能够认出他，同时也害怕她会认出他。

没过多久，那个模糊的身影又从窗口那儿消失了。紧接着，小花园的门咔嚓一声打开，爱玛从屋里走了出来。汉斯吓了一跳，马上想要站起来逃跑，但身体仍旧颇不情愿地倚靠在花园栅栏上。他眼睁睁地看着那个女孩在黑暗的花园里慢慢地、一步一步地朝他走来，每走一步，他的心中就涌起一股冲动，想要逃之夭夭，但某种更强大的东西却将他拉住，不允许他离开。

现在爱玛已经站在他的面前，两人之间距离很近，连半步都不到，中间只隔着一道低矮的花园栅栏。她专注又奇怪地打量着他，就这样看了他很长时间，两人都没有开口讲话。最后她轻声问道：

“你想做什么？”

“什么也不想做。”他赶紧回应道。爱玛刚刚问的那句话，就像亲昵的爱抚般掠过他的全身，因为她竟然直接用“你”来称呼他了。

她越过栅栏，向他伸出了一只手。他害羞而温柔地接过来，轻轻握了握。这时，他发现她并没有马上将手收回去的意思，便鼓起勇气，开始细细抚摩起女孩这只温暖的手。抚摩了一小会儿之后，她仍然心甘情愿地将手交托给他，于是，他干脆直接将手放到了自己的脸颊上。一股触及灵魂的通透快感，一阵从未有过的罕见暖意，一种如临极乐的疲惫不堪，瞬间贯穿了他的全身。周围的空气仿佛凝滞了一般，微微泛起些许燥热、些许焚风[1]地区才有的湿热感。汉斯现在既

1　山区特有的天气现象，由于气流越过高山后下沉，导致温度急遽升高而形成热风。阿尔卑斯山地区经常能见到这一现象。

看不见小巷，也看不到花园，唯一能看见的，只有一张离得很近、仿佛正在发光的脸，还有那缕低垂下来的黑发。

当女孩用很轻的声音问出下面这个问题时，在他耳中听来，这声音就像是从夜空之外不知道多远的地方传来的一样："你能给我一个吻吗？"

此刻，那张发光的脸离得更近了，女孩身体的重量缓缓压下来，将花园栅栏压得稍微朝外弯曲了些许，带着淡淡香味的散乱头发拂过汉斯的额角，紧闭的双眸，被雪白、宽大的眼睑所覆盖，被漆黑的睫毛所点缀，现在就紧挨在他面前。于是，他用自己怯生生的嘴唇，去碰触女孩的红唇，接触到的那一瞬间，他的身体立即剧烈地颤抖。他太害羞了，立刻颤抖着回头，想要躲开她，可她已经伸出了双手，捧住了他的头，将自己的脸颊贴在了他的脸上，于是，他的嘴唇不再害怕，也不再打算离开了。他吻着她，感觉到她的红唇在燃烧，感觉到她的嘴紧紧贴了上来，贪婪地吮吸着，仿佛要将他的整个生命一饮而尽。吻着吻着，深深的虚弱无力感逐渐开始笼罩他，早在这陌生的红唇离开他之前，颤抖的欲念就已蜕变为死亡般的疲乏和痛苦。最后，当爱玛终于放开他时，他站不稳了，摇摇晃晃地用抽搐的手指紧抓住花园栅栏，这才没有马上跌倒。

"你啊，明晚再来吧。"爱玛说罢，快步走回屋子里。她走了还不到五分钟，但对汉斯而言，这五分钟似乎已是相当漫长的一段时间。此刻，他茫然地望着她离去的方向，手指依旧紧紧抓住花园栅栏。他觉得自己实在太累了，累到虚脱，甚至连一步都迈不出去。恍惚之间，他听到血液在脑袋里奔涌冲撞的声音，心脏里一阵一阵地涌动着起伏不定的痛苦巨浪，简直快要窒息了。

这时，汉斯看到起居室的门打开了，鞋匠师傅进来了，刚才他可能还在车间里，现在终于回来了。一种怕被他发现的恐惧感笼罩着汉斯，驱使他赶紧离开。就这样，他终于开始迈步了，走得很慢，很不情愿，步履蹒跚，像个喝酒喝到微醺的人，每走一步，他都有一种快要跪下来的无力感。漆黑小巷里，那些恹恹欲睡的山墙，那些发出暗淡红光的窗眼，如同褪了色的舞台布景一般，自他身边如水般流过，古桥、河水、院落和花园也一样。盖博街的喷泉溅起高高的水花，声音格外响亮、清澈。汉斯恍若做梦般打开了自家的大门，穿过漆黑的走廊，爬上楼梯，打开一扇门，然后又关上，又打开另一扇门，然后再关上，最后在一张桌子前坐了下来。过了很久，汉斯才渐渐醒转过来，意识到他已经在自己的小房间里了。又过了一会儿，他才决定要脱衣服。他魂不守舍地将衣服脱掉，魂不守舍地坐在窗边，身上什么也没穿，直到秋夜的寒气突然将他冻得打了个冷战，这才迫使他回到了枕头的怀抱里。

他以为自己马上就能睡着，可是，当他安稳地躺下，身体稍稍暖和之后，刚才那种心悸的感觉又回来了，体内的血液又开始如波涛般起伏不定，以心脏为中心，开始新一轮的剧烈涌动。他一闭上眼睛就发现，那女孩的红唇仿佛还停留在那里——停留在他的嘴唇上，灼烧着他的灵魂，使他浑身上下燥热难耐，仿佛发烧感冒了一般，令他倍感折磨。

这天，他很晚才睡着，匆匆忙忙地从一个梦境遁逃至另一个梦境，这些梦境接连不断，怎么也无法摆脱。他先是站在令人感到恐惧万分的深邃黑暗之中，四处摸索，抓住了爱玛的手臂，她拥抱了他，两人一起缓缓坠入温暖的深渊。可是，鞋匠师傅突然站在面前，质问他，为什么从来没想到要去看看他。瞧着眼前的鞋匠师傅，汉斯不由得笑了，因为他意识到这其实并非弗莱格，而是赫尔曼·海尔纳，他此刻正坐在毛尔布隆祈祷室的窗户旁，对他开着玩笑。转眼之间，海尔纳开玩笑的场景也消失了，他站在了榨汁机前，用力推着压杆，爱玛站在另一边，正努力撑着杆子，不让他推，无奈之下，他打算全力以赴地抗争，与爱玛争个胜负。哪承想，这时她又突然弯下腰来要吻他，寻找他的嘴唇，四周再次变得安静又漆黑。就这样，他又沉入了另一处温暖的深渊里，什么也看不见。他感到头晕目眩，但同时又感觉到某种致命的危险在逼近，因为太过恐惧，他直接昏了过去。可是，在晕过去的同时，他又听到了院长的演讲，他搞不清楚这份演讲是不是专门为他准备的。

再后来就沉沉睡去了，第二天一直睡到很晚才起来。那是个阳光明媚的金色秋日。他在花园里来回踱步，漫无目的地走了很久，试图真正清醒过来。可是，不管他怎么努力，整个人也依旧被如同清晨浓雾般顽强的困意所包围。他看到怒放的紫菀花，这小花园里最后剩下的花卉，美丽又快乐地挺立在阳光下，仿佛现在还是八月似的。他看到阳光温暖而亲切地播洒下来，落在这小花园里，将枯萎的树枝与裸露的藤蔓温柔地淹没在自己的怀抱中，仿佛此刻依旧是初春。良辰美景，他却只是在旁观，并没有真正参与进去，仿佛一切都与他无关。突然之间，他被一段清晰而鲜明的记忆给攫住了。彼时彼刻，他的兔子还在小花园里跑来跑去，他的小水车和小磨坊都还在运转。他不由得回想起三年前，九月里的一天。那是色当胜利纪念日[1]的前一天晚上，奥古斯特过来找他，给他带来了常春藤，他们两个将纪念日用的旗杆洗得亮亮的，然后又将常春藤缠在镀金的旗杆顶上，畅谈着明天，期待着明天。那天夜里没有其他事情发生，但他们两个都沉浸在过节的气氛和巨大的喜悦之中：旗帜将在阳光下闪耀，安娜会烤李

1　色当是法国东北部城市，1870年普法战争，法军于此大败于普鲁士，此役是德意志第二帝国建国的标志。色当胜利纪念日为9月2日，因此文中提到的应是9月1日。

子蛋糕，到了晚上，要在高高的岩石上点燃“色当之火”。[1]

汉斯想不明白，为什么他会在今天突然想起那个晚上发生的事情；他想不明白，为什么这段记忆会如此美好、如此鲜明；他想不明白，为什么此刻它会令他感到如此痛苦、如此悲伤；他想不明白，这段记忆所呈现出的表象之下，是他童年和少年时代的象征。此时此刻，那些岁月已再度站在了他的面前，欢笑着向他告别。无可比拟的幸福感早已逝去，永远不会再归来，只留下无尽的刺痛和伤感。汉斯想不明白这些，他只觉得这段记忆跟爱玛、跟昨晚发生的事情互不相容，不仅如此，他的心中也升腾起了与当时的幸福互不相容的另一种幸福。朦朦胧胧之间，他觉得自己又一次看到了那金光闪闪的旗杆顶，听到了他的朋友奥古斯特的笑声，闻到了新鲜出炉的蛋糕香味。这一切曾经是如此欢快、如此幸福，可是对他而言，这些欢快和幸福已变得如此遥远又陌生，跟他一点儿关系都没有了。认清这点之后，他感到极度伤心，身不由己地倚靠在那株高大冷杉的粗糙树干上，发出无望的啜泣声。他尽情哭泣，哭泣暂时给他带来了安慰，让他的情绪得到了释放。

到了中午，他跑去找奥古斯特，奥古斯特现在已成为第一学徒，即学徒们当中资格最老的那个，而且也已经长大了，身体魁梧有力，像个成年人一样了。汉斯向他倾诉了关于自己未来可能成为一名机械工的种种忧虑，请他帮自己拿拿主意。

“事关紧要啊。”他说道，同时摆出一副非常世故的面容，“事关紧要。因为你毕竟是这样一个弱不禁风的家伙，恐怕真的会吃不消。在当学徒的第一年里，你必须每天锻铁，每天都要挥起那

1 第二帝国时期，色当胜利纪念日是很重要的节日，德国的大小城镇基本都会有游行活动。文中所描述的是施瓦本地区庆祝该节日的一些风俗。

该死的锤子——那可是双手大锤，不是什么小汤匙。除此之外，你还必须将铸铁工件搬来搬去，傍晚下班前还得打扫卫生。还有锉刀，使用锉刀也得下力气。刚开始时，在你真正学到点儿东西之前，你能拿来用的只有旧锉刀，这玩意儿不能刮任何东西，表面就跟猴子屁股一样光滑。”

汉斯马上就对此表现出了胆怯。

“是吧，所以我最好对机械工敬而远之？”他怯生生地问道。

“天哪，这又何必呢，我可没这么讲过！不要胆小怕事！别去当拉麦[1]！也就只在刚开始时没那么一帆风顺而已。其余时候嘛，都挺好——当一名机械工是挺好的，这可是门精细活。你要知道，想当机械工也必须得有好的头脑，只懂得出力气，就只能去当个锻铁工了。瞧瞧这个！”

他随身带来了几枚小巧别致、做工精细的机械零件，由亮得晃眼的钢铁制成，现在拿出来向汉斯展示了。

“没错，不能有哪怕半毫米的误差。全部由手工打制，甚至连螺母[2]都是。务必睁大眼睛仔细瞧！它们现在还没有彻底完工，还需要经过打磨抛光、淬火硬化，才能得到成品。”

“是啊，很不错。可是我还想搞清楚——”

奥古斯特笑了起来。

“你在害怕吗？是啊，当学徒总是会被欺负，这也是没办法的事情。但至少我还在这里，我会帮你的。你下周五过来，那一天，我当学徒也刚好满两年，下周六，我将第一次领到工作第一周的工资。

---

1 《圣经》中的人物，人世间最长寿之人玛士撒拉的儿子，比喻胆小鬼。

2 钳工手工制造六角螺母是当时机械工学徒的一门必修课，几乎用到了车间里所有的工具，包括台钳、钻床、锉刀、钻头等，也是成为高级学徒的必考内容。奥古斯特显然已经历过这些，所以才会以此来举例。

到了星期天，我们会大肆庆祝，有啤酒，有蛋糕，每个人都会到场，你也一样，到了那时候，你就会看到我们这帮人的具体情况如何了。没错，你自己去看！汉斯，我们一直都是关系如此要好的朋友，从过去到现在，一直都是。”

晚餐时，汉斯告诉父亲，他想当一名机械工，并且询问父亲，他是否能够在八天内开始工作。

“那好吧。”爸爸说。当天下午，他就把汉斯带到了学徒车间，给他正式登记注册了。

可是，等到天色渐暗时，汉斯就已经忘记了这一切，只想着爱玛晚上会等他。光是这件事，就已经令他紧张得喘不过气来了，他时而觉得眼前的时间太过漫长，时而又觉得太过短暂。眼下的他就像个乘着小舟冲向激流的水手，什么也做不了，只能眼睁睁看着自己接近那宿命之地。晚餐自不必说，他几乎连一杯牛奶都没喝完。然后他就匆匆出门了。

外面的一切都跟昨天一样——黑漆漆的、恹恹欲睡的小巷，发红的窗户，街灯迷蒙的光线，缓步徐行的恋人们。

到了鞋匠家小花园的栅栏边之后，巨大的焦虑感笼罩着汉斯，周围发出的任何声响都会令他心生退意。此时此刻，他极度心虚，觉得自己躲在黑暗中窥探的模样，简直跟小偷无异。不过，这次他等待的时间还没超过一分钟，爱玛就站在了他的面前，伸手轻抚他的头发，为他打开了花园的小门。他小心翼翼地走进去，她拉着他，静悄悄地穿过灌木丛接壤的小路，通过后门，进入房子那黑暗的走廊里。

他们走到通往地窖的那段阶梯上，在最上面的一级台阶上紧挨着坐下，过了好一会儿，他们才在黑暗中看清对方的模样。女孩的情绪很好，小声地讲起话来。她告诉汉斯，说自己尝过许多亲吻的滋味，知道各种关于爱情的秘事。眼前这个害羞、温柔的男孩正适合她。说罢，她再一次用双手捧起他狭窄瘦长的脸颊，亲吻他的额头、眼睛和脸蛋。最后，那红唇终于来到他的嘴边，然后又是长时间的吮吻，男孩头晕目眩，软绵绵地躺在她身上，一点儿力气也没有了。她看到他这个样子，不由得浅浅一笑，伸出手指来揪了揪他的耳朵。

她不停地说着话，他听着，不知道自己都听到了些什么。她用手抚摩着他的手臂，抚摩着他的头发，抚摩着他的脖子和双手，她将脸颊贴在他的身上，将脑袋靠在他的肩膀上。他却一动不动，沉默不语，任由这一切自然发生，心中充满了甜蜜的惊恐，充满了神秘又幸福的不安，有时甚至会像发了高烧的病人一样，短暂而安静地抽搐一两下。

“你可真是个活宝！”她笑了，“你居然什么都不敢做。”

于是，她又拉起他的手，牵引着这只手绕过自己的脖子，穿过自己的长发，放在了自己的乳房上，并且紧贴在上面。这时，他感觉到柔软的形状，感觉到甜美的波动，他闭上眼睛，感觉自己正在堕入无底的深渊。

“别这样！别再继续了！”当她试图再次亲吻他时，他摆出了防御的架势，心怀忐忑地说道。

她笑出了声。

接着，她突然将他拉近，让他侧身压在自己身体上，再用手臂环抱住他，如此一来，他就完全陷入她身体的包围中去了，所有地方都紧贴着，他被吓坏了，连一句完整的话都说不出来了。

“你也爱我，对吗？”她问道。

他想说是的，但却说不出话，只能点头，于是他连着点了好半天头。

她再一次握住他的手，开玩笑似的将它塞进自己的胸衣里。他感觉到了，感觉到这陌生生命的脉搏，感觉到她的呼吸，她滚烫的胴体，此时此刻，他们之间贴合得如此紧密。当他感觉到这一切时，他的心跳停止了，他以为自己会死，他的呼吸是如此沉重，之前从来没有这样过。他缩回了那只手，呻吟道："现在我必须回家了。"

当他试图站起来时，却发现自己根本就站不稳，整个人都开始摇晃，差点儿从地窖楼梯上摔下去。

"你怎么了？"爱玛讶异地问道。

"我不知道。我实在太累了。"

折返回小花园栅栏的路上，她挽着他、扶着他，将身体紧贴在他身上，可他对此却连一点儿知觉都没有了。不仅如此，他也没有听到她对自己道的那声晚安，没有听到她在自己身后轻轻关上花园的小门。他步履蹒跚，摇摇晃晃地穿过小巷回家，不知道自己究竟是怎么回去的，是什么在指引着自己，仿佛一场巨大的暴风雨突然来袭，将他卷走了，要么就是有一股强有力的潮水涌了过来，将他一下子冲得很远。

他看到左右两旁苍白的房屋、远方的山脊、冷杉的树梢，看到漆黑的夜色，看到那些硕大的、静止不动的星星。他感觉到风在吹拂，听到河水沿着桥墩流淌。在那湖面的倒影中，他看到大大小小的花园、苍白的房屋，看到漆黑的夜色、街灯，还有一样的星星。

走到桥上时，他走不动了，不得不坐下来。他太累了，觉得自己再像这样走下去，恐怕永远也回不了家。他坐在护栏上，听河水拍打在桥柱上的潺潺呜咽，听河水奔流在堤堰口的轰鸣咆哮，听河水重击在磨坊水车上的沉吟喧嚣。他的手很冷，全身上下的血液都集中到了他的胸腔里，汇聚在他喉咙周围，只在那一小块儿打转，奔腾不息。缺乏血液供给令他眼前一抹黑，哪承想，在他快要失去意识的关口，血液又突然奔回他的心脏，流向各方，恢复了正常。突如其来的变化，令他感到头晕目眩。

他回到家里，找到自己的小房间，躺下之后立即睡着了。无穷无尽的梦境中，他迅速穿越一处处无比广阔的空间，但始终只能从一道深渊来到另一道深渊。午夜时分，他惊醒了，被折磨得精疲力竭，就这样一直躺到了天亮。半梦半醒之间，他的心中充斥着几近干涸的渴望，被无从约束的力量肆意蹂躏。直至黎明破晓，他所有的痛苦与烦忧，终于在压抑不住的长久哭泣中爆发出来，泪水浸湿了枕头，他再次进入了梦乡。

第七章

吉本拉特先生很得体地操作着榨汁机，机器发出了不小的噪声，汉斯也在一旁协助他。鞋匠的其中两个孩子接受了邀请，畅吃着堆积如山的水果，用一只很小的品酒杯分享果汁，手里攥着大块的黑面包。但爱玛没有一起来。

直到父亲跟一位酒窖老板[1]一起离开了半个小时之后[2]，汉斯才下定决心，问起关于她的事情。

“爱玛在哪里？她不是想来的吗？”

花了好一会儿工夫，小家伙们才将嘴里正在吃喝的东西消灭干净，开口回话。

“她毕竟走了嘛。”他们一边说着，一边点了点头。

“走了？去哪里了？”

“回家了。”

1 指酒窖的管理者，南德当地榨苹果汁主要是为了酿酒，且文中多处都有发酵的暗示。此处与前文中“小镇上所有自带榨汁机的酒窖和所有的磨坊”是呼应的，恐怕正是由于此人没有自己的榨汁机，所以才需要到磨坊来租用。在瑞士等地区，原文是“箍桶匠”之意，但实际上酒窖和酿酒工坊的从业者不少也需要自己造桶。

2 考虑到离开的时间不长，父亲可能是帮酒窖老板运送榨好的果汁回酒窖去了。正因为路程是基本固定的，汉斯才敢在父亲离开半小时后询问鞋匠师傅家的孩子关于爱玛的事情，不担心父亲会突然回来。

“已经出发了？是坐火车吗？”

孩子们连着点了好几下头。

“什么时候的火车？”

“今天早上。”

小家伙们又伸手去拿苹果。汉斯推着榨汁机的压杆，盯着果汁桶，慢慢开始明白这是怎么一回事了。

父亲回来了，大家一边劳作一边笑闹着，孩子们道了谢，然后就走了，转眼已是傍晚时分，大家各自回家去了。

晚饭后，汉斯独自坐在自己的小房间里。十点过了，十一点也过了，他没有点灯。最后他终于睡着了，睡得很沉，一直睡了很长时间。

醒来的时间比往常要晚，刚醒来时，他不知自己身在何处，心中只有不开心和失落的感觉，整个人怅然若失。慢慢地，他想起了爱玛，她走了，没有提前打招呼，也没有同他道别，跟她在一起的最后一个晚上，她无疑已经知道自己即将远行。他还记得她的笑声、她的亲吻、她那心高气傲的模样。原来如此，她根本就没把他当一回事。

想着想着，他的心中生出一股愤懑难当的怨气，这股怨气与躁动不安的爱情魔力合流，汇聚成苦闷难挨的痛苦折磨，驱使他从房间里走了出去，走进花园里，走到街道上，遁入森林中，最后又回到了家里。

就这样——或许太早了吧——他认识到了自己生命中爱情那部分的奥妙所在。总之，对他而言，爱情的甜蜜太少，苦涩却太多。白天，爱情不可能开花结果的哀叹、满怀渴望的追忆、无从慰藉的迷思塞满了他的心灵；夜晚，心悸和焦虑折磨着他，令他无法入睡，或者干脆使他陷入压抑、可怕的梦境中去；梦中，血液里流淌着的那些无法解释的躁动，纷纷化作怪异、可怕的幻景，化作致命的、如巨蛇般缠绕交错的巨大手臂，化作双眼喷出烈焰的魔兽，化作令人看一眼就会眩晕的深渊，化作熊熊燃烧的硕大眼眸。醒来后，他发现自己独自一人，被清冷秋夜的孤独所包裹，独自承受着对所爱女孩的渴盼，不由得埋头恸哭，泪水打湿了睡觉用的枕头。

周五，也即他将要正式入职机械工车间当学徒的日子，已经越来越近了。父亲给他买了一套蓝色亚麻布工作服，还有一顶蓝色的羊毛混纺扁帽，他试穿了一下，感觉自己像变了个人似的，穿上机械工制服后的自己显得相当滑稽。每当他经过以前的校舍，校长或者数学老师的住所，弗莱格的工坊或者小镇牧师家时，总是会感到一阵难言的凄苦。闯过了那么多道难关，付出了那么多的辛劳，流下了那么多的汗水，收获了那么多的快乐，曾经拥有那么多的骄傲和野心，那么多充满希望的梦想，而今居然都是徒劳，都是为了方便被大家耻笑，为了在比其他所有同学都大的年纪，到车间里去当一个最低等的学徒工！

对于这种事情，海尔纳会如何评价呢？

话虽如此，他到底还是渐渐开始适应自己所穿的这套蓝色工作服了，而且也对星期五到车间上班有了些许期待。至少又有些新东西可以去体验了！

然而，上述念头也不过像是层层乌云之间突然显现的闪电一般，转瞬即逝。那个女孩的离去，他始终无法忘记；那些日子里的兴奋与激动，更是令他无法忘怀、无从掩盖，早已根深蒂固地流淌在他的血液里。那热血在沸腾，不停催促着他，呼喊着他，向他索求更多——索求释放他内心深处已被唤醒的渴望，索求一位引路人，来解开那些对他个人而言实在太过艰难的谜题。就这样，时间以极慢的速度流逝，过程沉闷无聊，痛苦难当。

这一年的秋天比以往任何一年都更美丽，和煦的阳光普照大地，银晃晃的清晨，五彩缤纷的白天，清朗的夜晚。远处的山脉呈现出天鹅绒般的深蓝色，栗子树金光闪耀，墙壁和花园栅栏上，挂满了色泽深红的野葡萄。

汉斯的内心一直都深感不安，一直在逃避，不敢面对自己。白天，他在小镇上、在田野里徘徊，尽量避开所有人，因为他认为别人肯定会发现他正在为爱情而烦恼；可是，到了晚上，当他走在大街小巷上时，他又会带着可悲的罪恶感，去偷瞥每一位来去匆匆的女仆，偷看每一对谈情说爱的情侣。当爱玛还在时，人生中一切值得向往，一切不可思议的事物似乎都离他很近；爱玛一走，这一切又都诡异地溜走了。跟她在一起时的种种痛苦与焦虑，他已不会再想起。假如他能够再一次拥有她，他相信自己肯定不会再表现得那么害羞——永远都不会再害羞了。到时候，他将从她那里夺走关于爱情的全部秘密，完全深入这座神秘花园中去。可是如今，这座花园的大门已经在他面前合上了，再无开启的迹象。眼下，他的全部想象力已被禁锢在这座闷热、危险的茂密森林之中，绝望地在其中徘徊，顽固的自我折磨心态起了作用，罔顾在这处狭窄的魔法禁地之外，还有美丽宽广的空间、光明又亲切的世界这一事实。

当他一直焦急等待的星期五终于来临时，他反倒变得开心起来。一大早，他就穿上了崭新的蓝色工作服，戴好扁帽，略有些胆怯地沿着盖博街走到学徒之家。几个熟人好奇地望着他，有一个还开口问道："怎么，你成钳工了？"

车间里的工作已在紧锣密鼓地进行。师傅正在锻铁。他将一块烧红的铸铁放到铁砧上，一名钳工伙计依照师傅的指示，一下一下地挥舞着沉重的双手巨锤，用力敲打在铸铁上，师傅本人则负责进行更精细的塑形工作，控制钳子的位置，用轻巧的锻锤在铁砧上方有节奏地敲打着。车间敞开的大门里，一大早就向外传出明快又欢畅的劳动声响。

在被油污和锉下的金属碎屑弄得黑黝黝的狭长工作台旁，有位年龄较大的钳工站在那里，奥古斯特站在他旁边，他们两人各自在自己的台钳上忙活着。飞速运转的皮带在天花板上呼呼作响，驱动着车床、砂轮、风箱和钻头，它们全是靠水力来驱动的。奥古斯特抬起头来，朝走进车间来的这位朋友点了点头，示意他先在门口等着，师傅有空了就会过来找他。

汉斯怯生生地打量着锻炉、无人使用的车床，以及那些嗖嗖响的皮带和惰轮[1]。那块铸铁的锻造终于告一段落之后，师傅便朝着汉斯走了过来，向他伸出一只坚硬而温暖的大手。

“你的帽子挂在那里就行。”他一边说着，一边指了指墙上的一根空钉子。

“可以了，来吧。这就是你的位置和你的台钳。”

师傅一边说着，一边将汉斯领到最后面那部台钳的前面，向他简单展示了应该如何使用台钳，以及如何保持工作台和台面工具的井然有序。

“你父亲之前已经跟我讲过了，说你不是海格力斯[2]，这看起来倒是挺明显的。好吧，你可以暂时远离锻铁工作，等你变得强壮些之后再去试试。”

他将一只手伸到工作台下方，取出一枚铸铁材质的小齿轮。

“既然如此，你可以先从这个开始。这枚齿轮还是从铸造厂里出来的毛坯，上面到处都是小凸起和小棱角，你必须将它们小心仔细

---

1 指在两个不互相接触的传动齿轮中间起传递作用的齿轮。

2 希腊神话中的大力神。

地刮干净，哪怕有一点儿错漏，都会毁掉以后使用这枚齿轮的精密机械。”

说罢，他将齿轮夹进了汉斯的台钳里，手里拿着一柄旧锉刀，演示具体应该如何去做。

“好了，现在你来继续吧。但是记住，只许用这柄锉刀，不要再拿其他锉刀了！中午之前，光是这枚齿轮就足够你忙活的。完成之后，将成品拿来给我过目。还有，当你工作的时候，不要去操心其他任何事情，只管完成你该完成的工作。学徒不需要独立思考。”

汉斯开始用锉刀刮了起来。

“停下！”师傅喊道，“不是这样刮的。左手，像这样放在锉刀上，用力摁住。莫非你是个左撇子？”

“不是。”

“就是这样，很好，继续刮下去就可以了。”

师傅回到自己的台钳那边去了，那是紧挨着车间门口的第一部台钳。汉斯开始专注于工作，迫切想知道自己能不能干好。

在刮最初几下时，他感到很意外，没想到这些小凸起和小棱角居然这么软，这么容易就能刮下来。仔细一检查才发现，原来刮掉的只是表面的一层脆铁皮，稍一用力，便松松散散地脱落了下来，里面藏着的才是他真正应该刮平的粒状铸铁。他振作精神，继续勤奋地劳作。上次进行类似这样的劳作，还是在男孩子玩的手工劳动游戏里呢。自那以后，他就再也没有体验过那种亲眼看着有用的东西从自己手里慢慢创造出来的乐趣了。

“再慢点！”师傅朝这边吼道，“刮的时候必须保持一定的节拍：一、二，一、二。而且你的手必须得摁紧，否则锉刀会坏掉的。”

忙着忙着，车间里年纪最大的那名钳工拿了工件在车床上处理，汉斯忍不住偷瞄了一会儿：一根钢针被夹在了转轮上，皮带安好了，轮子飞快地旋转了起来，钢针呼呼地闪动着，钳工时不时地从上面削下头发丝般粗细的、闪闪发亮的金属碎屑。

到处都是工具，到处都是铁块、钢锭和黄铜片，做到一半的工件，抛得铮亮的小齿轮、凿子和钻头，车床配件，以及各种形状的锥子。锻炉旁边挂着铁锤和平底夯锤、铁砧头、钳子和烙铁，沿墙挂着一排排的锉刀和铣刀，架子上放着油布、小扫帚、砂轮锉、铁锯，周围散放着油罐、酸瓶、钉子和螺丝盒。打磨用的砂轮，每时每刻都有人在使用。

汉斯很开心地发现，自己的双手已经完全变黑了，与此同时，他也希望自己的工作服能够尽快变旧，至少看起来更旧些，因为其他人的工作服都是脏兮兮、黑乎乎的，打了许多补丁，相比之下，他的工作服依旧是蓝色的，新到"令人发指"。

随着时间的推移，车间外面慢慢变得热闹起来。附近一间机械针织厂的工人过来请人打磨、修理小型机器零件。有个农民过来询问他的熨烫机是不是已经修好了，一听说还没修好，马上就开始叫骂起来，骂得很难听。随后又来了一位举止体面的工厂主，师傅在隔壁房间跟他谈生意。

在此期间，在这个车间里，工人、转轮和皮带仍然保持着稳定的劳作步调，也正是在这个时候，汉斯生平第一次听到并理解了劳动的赞歌，就算不能真正理解，对于这位刚加入进来的初学者而言，至少也生出了些许感动，些许令他身心愉悦的陶醉感，亲眼看到自己这渺小的自我、渺小的生命融入了一段伟大的旋律之中。

九点整到了，有一刻钟的休息时间，每个人都拿到了一块面包和一杯果汁。直到这时候，奥古斯特才过来跟这个刚成为学徒的旧友打招呼。他给汉斯打气，然后又开始大肆宣扬，说到了下个星期天，他就要跟同事们一起，干净利落地花掉自己第一周的工资。汉斯问他，自己现在必须好好刮干净的这些小齿轮都是做什么用的，奥古斯特告诉他，齿轮是属于一座塔楼大钟的，还像模像样地做了些动作，试图让他理解这些齿轮以后将会如何运作，可惜还没怎么开始解释，工头又开始刮了起来，于是大家很快就各就各位，继续干活了。

十点到十一点之间时，汉斯开始感到疲倦，他的膝盖和右臂有点儿疼。于是，他将踩踏板的脚换到另外一只，偷偷伸展四肢，但都没什么帮助。为了休息片刻，他暂时放开了锉刀，靠在巨大的台钳上。根本没人注意到他，所以，他干脆就大着胆子靠在那里休息起来，听自己头顶上不断转动的皮带唱歌。这时，一阵轻微的晕眩感袭来，他支撑不住，直接闭上眼睛，眯了一小会儿。哪承想，师傅突然出现在了他的身后。

“喏，怎么了？已经累了吗？”

“是的，有一点儿。”汉斯老实承认。

伙计们都笑了起来。

“很快就会好的。”师傅平静地说道，“现在你可以来看看如何焊接了。来吧！”

汉斯好奇地观察着焊接工序的运作：首先将烙锤[1]烧热，接着在焊点涂上专门的焊液，然后小心地让熔化后的白色金属液从滚烫的烙锤上一滴一滴地落下来，焊点轻轻地发出嗞嗞声。

“拿一块抹布，将焊好的工件擦干净。焊液有腐蚀性，不能让它留在任何金属表面上。”

1　一种老式焊接工具，为如今电烙铁的前身。烙锤的头部呈开盖水壶状，前有尖头，上方有凹槽，加热前放入焊料，加热后熔化的焊料就会如文中所述那样缓慢滴落下来。

此后，汉斯又站回到了自己的台钳前面，继续用锉刀刮小齿轮。他的手臂很疼，不得不摁在锉刀上的左手已经变得通红，并且开始隐隐作痛。

中午，趁着工头收起锉刀去洗手时，他将自己完成的那枚小齿轮交给师傅过目。师傅瞥了一眼：

“做得不错，这样就可以了。在你台钳底下的箱子里，还有个一样的齿轮，你可以用下午的时间来完成它。”

于是汉斯也洗了手，离开了车间。他有一个小时的午休时间，现在可以去吃午饭。

大街上，两个商人学徒跟在他后面嘲笑他，他们是他以前的同学。

“州级考试合格的钳工！”其中一个高声喊道。

汉斯加快了脚步。实话实说，他不太清楚自己心里是否真的感到满意，在车间忙碌时，他倒是很喜欢那种气氛，但做这些事情令他觉得很累，累到无所适从。

回到家门口时，他的心中满怀着期待，因为终于可以坐下来吃饭了。这时他突然想起了爱玛。一整个繁忙的上午，他完全忘掉了她。此刻，昨天和前天的悲伤感觉突然又涌了上来，压到了他的脖颈上，就跟以前一样沉重。他悄悄走进自己的小房间里，扑倒在床榻上，感到极度痛苦，不由得呻吟起来。他想哭，但他的眼角依然干涩，欲哭无泪。他眼睁睁看着自己再一次被极具消耗性的无望的渴望所笼罩，这份渴望的目标对他而言是触不可及的，像一种残酷的疾病般侵蚀着他，前景一片黑暗。他的脑袋仿佛要爆炸了似的，里面猛烈地跳动着，疼痛难忍，持续不断的哽咽，也令他的喉咙难受得要命。

午餐是种折磨。他必须跟父亲不停交谈，忍受他所讲的各种小笑话，因为父亲的心情很好。一吃完饭，他马上就跑到花园里，在阳光底下半梦半醒地眯了一刻钟，然后就到了回车间的时间。

他的双手在上午劳动时已经磨出了红茧，现在终于开始疼了起来，到了傍晚时分，双手已经肿胀到了夸张的地步，无论触摸什么东西都会觉得疼。一天的工作正式结束前，他还必须在奥古斯特的监督下打扫整个车间。

周六的情况更加糟糕。他的双手仿佛在不停燃烧，昨天磨出的茧子已经长成了水疱。师傅的心情很不好，稍有不顺就骂人。奥古斯特安慰他说，这些茧子只会持续几天，然后他的手就会变硬，什么都感觉不到了，但汉斯很痛苦，整天眯着眼睛看时间，无望地刮着自己那些小齿轮。

傍晚时分，打扫车间卫生的时候，奥古斯特悄悄告诉他，他明天要跟几个同事一起到比拉赫[1]去，一定要玩个痛快，这趟休闲之旅，汉斯无论如何都不能缺席。下午两点钟，奥古斯特会直接来找他。汉斯同意了——尽管他宁愿整个星期天都待在家里——他是如此痛苦，如此疲惫。到了家里之后，老安娜为他受伤的双手抹了药膏，八点钟，他准时上床睡觉，一觉睡到了大天亮，才不得不匆匆忙忙地跟父亲一起赶去教堂。

直到午餐时，他才开始向父亲提起关于奥古斯特的事情，说自己今天想跟他一起去郊外转转，散散心。父亲并不介意，甚至还给了他五十芬尼，只要求他晚上必须回家吃饭。

汉斯出门了，在美丽的阳光下，漫步在小巷间，连续几个月以来，他第一次实打实地有了过星期天的喜悦感。撑着乌黑的双手，拖着疲惫的身体，总算熬过了工作日之后，街道显得更加和煦，阳

1　卡尔夫附近的一座小村庄，“二战”时遭到轰炸，损毁殆尽，现已不存。

光也越发欢快，一切都是如此亲切，如此美好。他现在总算理解了之前看到过的那些屠夫和皮匠，面包师和铁匠，每逢休息的时候，他们总是坐在屋前洒满阳光的长椅上，看起来那么闲适，那么快乐。从今往后，他不会再将他们视作可悲可叹的小人物了。他看到工人、工匠和学徒们成群结队地走在路上，进出酒馆餐厅，他们故意将头上的扁帽戴得有点儿歪，衬衣领子雪白，穿着自己最喜爱的外套。大多数时候——尽管不总是如此——工匠们都有自己的小团体，细木工跟细木工结伴，泥瓦匠跟泥瓦匠同行，从事相同行当的工匠们团结在一起，共同维护自己所属行当的荣誉。在他们当中，钳工无疑是最体面的一群人，机械工又是钳工里面最高级的。诚然，上述一切职业总归是俗常的，历史普遍都很悠久，也始终存在着一些天真可笑的成分，但在这一切的背后，却是历代工匠勉力传承的美德与骄傲。即便是在今天，工匠们依然能够给大家带来一些有趣的、高水准的作品，哪怕最卑微的裁缝学徒，仍然拥有工厂工人或者商人们所无法企及的一缕创作灵光。

年轻机械工们站在学徒之家门口时的模样，显得平静而自豪，他们时不时地向路人点头致意，彼此间轻松地聊着天。很容易就能看出，他们已经形成了一个可靠的社群，根本不需要跟任何外人打交道，即使每逢星期天、休闲玩乐的时候也一样。

汉斯也有同样的感觉，有机会成为他们当中的一员，他感到很开心。不过，这个星期天已经规划好的休闲之旅却令他稍微觉得有些不安，因为他现在已经清楚知道，钳工伙计们的生活享乐必须非常尽兴，其内容也是多姿多彩。他们甚至可能会去跳舞。如果真去跳舞，汉斯就没辙了，因为他连一丁点儿都不会，但对于其他的一些安排，他决定尽可能地配合大家，争取玩个尽兴，一旦有必要，他甚至可以冒着宿醉的风险来配合。实话实说，他不习惯喝很多啤酒，抽烟方面，需要花半天工夫才能小心翼翼地抽完一整根雪茄烟，不至于因为抽不完而倍感痛苦、被人羞辱。

奥古斯特见到他时，就像过节一样开心，满面春风地迎接了他。他告诉汉斯，虽然年长的那位钳工不打算同去，但另一处车间有个同事却很愿意来，因此，他们此行至少有四个人[1]，这就足够将那座村子闹个底朝天了。今天，每个人都可以开怀畅饮，因为他将为每个人的啤酒埋单。说罢，他给汉斯递了根雪茄烟，然后他们四个人便悠悠然地出发了。他们慢条斯理地在小镇上漫步，直到抵达菩提树广场[2]之后，才开始加快脚步，因为他们担心不能及时赶到比拉赫。

河面如同镜子一般，闪动着蓝色、金色和白色的光芒；十月的温柔阳光，透过林荫道上叶子几乎已完全落光的枫树和槐树，暖暖地照耀下来；高高的天空，呈现出无云时特有的浅蓝色。这是个静谧、纯粹、亲切的秋日，逝去的夏天里的所有美景，仿佛无忧无虑、时刻保持着微笑的无形记忆，融进四周和煦的空气里。一时之间，孩子们忘记了季节的更替，认为现在该去寻找鲜花的踪迹。一时之间，老翁和老妪从自家窗口或屋前长椅上抬头，若有所思的目光望向天际，因为在他们眼中，不仅这一年里的美好记忆——整个人生的美好记忆都在瞬间显形，转眼遁入清澈透亮的蓝色苍穹里。小伙子们的精神依旧饱满，根据他们各自的天赋和性格，以美酒或美食，或载歌载舞，或相约酒局，甚至打几场漂亮的架，来赞颂这个美好的日子。因为今天，到处都有新鲜的水果蛋糕出炉，到处都有刚刚装瓶的苹果酒、葡萄酒，躺在地窖里慢慢发酵，到处都有拉

1　奥古斯特之所以会这样说，是因为不排除在比拉赫会碰到熟人并且加入他们的可能性。

2　此处的“菩提树广场”实际上是一种泛指，并不是广场的真正名字，因为许多古镇都将菩提树作为广场纪念树来栽种。

小提琴或者吹口琴的街头艺人，在酒馆前、在菩提树广场上庆祝一年中最后的美好时光，到处都有邀舞的人、唱歌的人、沉浸在甜蜜爱情游戏中的人。

这群年轻小伙子脚步迅捷地行进着。汉斯故意装出漫不经心的模样，抽起了雪茄烟。此时此刻，就连汉斯自己也感到颇为讶异，因为抽雪茄烟竟然令他觉得挺享受的。同行的钳工伙计讲起了他的漂泊生涯，没有人会因为他讲得太夸张而感到不快，因为这种夸张本来就是讲述的一部分。哪怕是世界上最谦虚的伙计，当他正在逍遥快活又远离目击者时，都会以轻快的语气来给自己的过往经历添油加醋，甚至将之夸耀为传奇。自古以来，描绘工匠小伙子生活的美妙诗篇就是我们这个民族的共同财产，每个能说会道的工匠小伙子都有这份天赋，懂得如何用符合时代的繁复情节来重述传统的古老冒险故事，哪怕落魄成了无家可归的流浪客甚至街上伸手讨钱的乞丐，当他开始讲述时，都能讲出一段不朽的欧伦施皮格尔[1]式经历，以及一段不朽的施特劳宾格[2]式故事。

“也就是说，在法兰克福，我当年风流快活的地方——见鬼，法兰克福的日子过得真不错，这儿完全没法比！我还从来没跟你们讲过，在当时，有个很富有的生意人，他可真是个腻歪的坏东西，居然想娶我师傅的女儿！她直接把他给赶回了家，因为她早就跟我好上了，她做了我四个月的情人。唉，如果我没有跟老头子闹翻，现在恐怕早就定居在那里，做他的乘龙快婿了。”

他接着说了下去，说自己的师傅，那无耻禽兽，实在欺人太甚，是个出卖自己灵魂的可悲家伙。有一次，他竟然对他出手，扬言

1 德国传奇流浪客，生活在十四世纪，每漂泊到一处地方都会大闹一场，戏弄当地权贵和有钱人，关于他的故事久传不衰。

2 中世纪传奇工匠乞丐，关于他的故事主要流传在巴伐利亚州。

要揍他，不过，他一句话也没反驳，只是闷声不响地挥舞着打铁用的锤子，死死盯着那老东西。最后，老头子灰溜溜地逃走了，因为他还是很惜命的。这件事结束后，他直接以书面形式通知他，说他被辞退了，可真是个胆小鬼。除此之外，他还讲述了奥芬堡[1]发生的一场恶战，包括他在内的三名钳工伙计，将七个工厂工人揍得头破血流——任何来奥芬堡的人，只需要去问一下高个子肖尔茨[2]，就知道当时是怎么回事。他还在那里，当时也参与了恶战。

这些往事都是以冷漠且粗暴的语气讲给大家听的，但他内心其实非常渴望讲述，而且也很开心，每个人都听得津津有味，并且在心里悄悄决定，以后要在其他地方、对其他伙伴重述这些故事。因为每个钳工伙计都可以将师傅的女儿当宝贝，都可以拿着铁锤面对坏心眼的师傅，都可以冷酷无情地将七个工厂工人揍个半死。这些故事时而发生在巴登地区，时而发生在黑森州或者瑞士。他们手里拿的有时会是锉刀，或者烧红的熨斗，不再是铁锤。被揍的有时会是面包师，或者裁缝，不再是工厂工人。不过换汤不换药，永远都是差不多的老故事，人们永远喜欢听，因为这些故事的核心是古老又美好的，即为自己所从事的行业带来荣誉。当然，这并不是说，在漂泊务工的小伙子里面不经常涌现这类能人，抑或在当今时代里已不存在这类能人。小伙子们当中的能人常有常新，包括亲身参与过这类事件的能人，以及创作出这类故事的能人，更何况这两种身份往往是重合的。

大家都很高兴，尤其是奥古斯特，他陶醉其中，听得兴致勃勃，接连不断地发出笑声，并且还频频点头，仿佛自己已经算是半个

1　施瓦本地区的边境小城，距离斯特拉斯堡约二十公里。

2　该名字很可能是化名，本身是德国很有名的啤酒厂牌。

正式出师了的钳工伙计似的。他一边听，一边带着满脸不屑的行家派头，朝泛着金光的空气中吞云吐雾。至于那位叙述者，他也乐于继续扮演自己的角色，对他而言，重要的是将自己今天的参与包装成一种善意的屈尊纡贵。作为一名早已出师了的钳工伙计，在星期天本不该跟学徒们混在一起，让这个当学徒的男孩请客。以喝酒的方式花掉他的钱，其实是一件颇为羞耻的事情。

他们沿着公路，朝河流下游方向走了挺长的一段距离，现在他们可以选择是要继续走一条缓慢上升的蜿蜒上坡路，还是一条路程只有前者一半的陡峭小路。大家最终选择了蜿蜒上坡路，尽管这条路的路程更远，而且尘土飞扬。陡峭小路是为那些在工作日里需要尽快赶路的人们准备的，同时也是为那些不用工作、喜欢散步的绅士们准备的。可是，对于不需要赶路的普通人，尤其是在星期天，大家还是更喜欢走蜿蜒上坡路，因为走这种路时总是会有一种诗情画意的感觉，是他们心心念念、不曾遗忘的。攀登陡峭小路，在农民们眼中也属于日常劳动的一部分，对于来自城市的自然爱好者们来说则属于运动，不过，对普通人却没有什么乐趣可言。另一方面，蜿蜒上坡路毕竟是公路，路面平坦又宽敞，大家可以舒舒服服地朝前走，开开心心地聊天，不必担心弄脏靴子和自己喜欢的衣服。走路的时候，随意瞧一瞧来往的马车和马匹，跟其他散步者迎面相遇，或者从后面赶上他们，可以看到打扮得漂漂亮亮的女孩，还有一路上都在唱歌的小伙子们。有人在后面高声讲笑话，大家纷纷用笑声来回应。不想走了就不走，站着聊天也没关系。若是未婚男士，大可以跟上年轻女孩们结伴前行的队伍，有说有笑地去搭讪。若是与好伙伴产生了分歧，到了傍晚时分，大可以相约走在这里，讲讲心里话，定能和好如初！给工匠做学徒的小伙子们里面，没有谁会傻到不去选择有趣、舒适、富于建设性的蜿蜒上坡路，硬要走那陡峭小路，城里的小市民们也几乎不会这么做。

情况就是如此，跟那些很有时间又不喜欢出汗的人们一样，一行人选择沿着公路走，道路在眼前拐了个大弯，平静而愉快地徐徐上升。钳工伙计脱下了外套，将随身的手杖架在肩膀上，他现在不再讲故事了，开始吹口哨，以一种极其大胆、随性自在的方式不停吹着，边吹边聊，一直吹到一个小时之后，他们到达比拉赫时才停下来。在此期间，他还讲了些讽刺挖苦汉斯的玩笑话，不过这些话并没有给汉斯造成什么困扰，汉斯只是随便应付了几句，奥古斯特甚至比他本人更热衷于反驳。无论如何，现在他们终于来到比拉赫这座村子的村口了。

放眼望去，村子坐落在秋色尽染的果树之间，红瓦屋顶和银灰色的茅草屋顶相映成趣，后面是黑黝黝的山林。

该去哪家酒馆，年轻人们暂时没办法达成一致。“船锚”有最好的啤酒，但“天鹅”有最好的点心，而且“尖角”老板的女儿长得很漂亮。最后，奥古斯特坚持要去“船锚”，并且还眨着眼睛提醒大家，说“尖角”又不会跑掉，喝完几品脱啤酒之后，它还是在那里的。大家一致同意，于是，他们就进到了村子里，经过马厩，经过摆满天竺葵花盆的低矮农家窗户，走向“船锚”。这家酒馆的金色招牌躲在两棵茂盛挺拔、树冠圆滚滚的板栗树上方，被阳光照得闪闪发亮。令钳工伙计感到可惜的是，他本来想坐在里面，但店内已人满为患，一行人不得不坐在花园里。

以客人的角度来看，“船锚”是一间挺不错的当地餐厅，它并非那种历史悠久的传统酒馆，而是一座现代化的砖砌立方体建筑，窗户数量很多，用椅子来代替长凳，挂了许多五颜六色的锡制广告牌，除此之外，还有一名穿着打扮很有都市感的女服务员。这里的老板很体面，依照当下餐厅界的潮流，他总是穿着全套棕色西装，但大家从来没有看到过他里面穿的那件衬衫的袖子[1]。他实际上早就破产了，但却从他的主要债权人——某位大啤酒商那里租下了自己原本的房子，自那以后反而变得更加体面。“船锚”的花园部分由一棵金合欢树和一圈铁丝网围栏构成，围栏的一半暂时被生长茂盛的野葡萄藤所覆盖。

“干杯，祝你们大家身体健康！”领头的伙计高声喊道，跟他们三个人碰了杯。为了向大家显示自己的豪迈，他将整杯酒一饮而尽。

“您哪，漂亮的小姐，瞧瞧，杯子里什么都没有，请您马上再拿一杯上来！”他叫住女服务员，一只手远远地伸过去，隔着桌子将喝完的品脱杯[2]递给了她。

这里的啤酒质量很高，凉爽沁心，味道也不太苦，汉斯愉快地享受着属于他的那一杯。奥古斯特摆出行家派头，慢条斯理地用舌头品酒，大口大口地抽着雪茄烟，吞云吐雾，像个坏掉的炉子，汉斯对他这套本事暗自称奇。

如此快活的星期天，无比享受地坐在酒馆桌前，跟这些懂得如何生活、如何找乐子的伙伴们聚在一起，汉斯觉得这一切没什么问题，是自己应得的，不是什么坏事。他自己偶尔也会开个小玩笑，感觉很棒，比方说，他会在喝完一杯酒之后，用力将杯子砸在桌面上，没心没肺地高喊：“再来一杯，小姐！”气势十足，很有男人味。跟另外一桌的熟人喝酒，模仿其他伙伴的动作，将熄灭的雪茄烟头轻捻在左手，扁帽戴得很高，后帽檐挨着脖颈，一切都妙不可言。

1　暗示这位老板从来不会卷起袖子在店内帮忙。

2　酒馆中最常见的啤酒杯，杯形通常接近圆柱体，带有轻度锥体特征，杯口较大，很方便清洗。每只品脱杯上桌时以装满一品脱酒为标准，因而得名。

酒过三巡，随大家一起来的那个异乡人伙计开始跟大家热络起来，话也变得很多。他说，自己在乌尔姆认识一个钳工，此人很有本事，可以连着喝下二十杯啤酒，当然，喝的是上好的乌尔姆啤酒。当他喝完之后，还会擦一擦嘴，对众人说：好啦，现在再来一小瓶上好的葡萄酒！他又说，自己在康斯塔特认识一位烧火工，此人同样很有本事，可以连续吃下十二根脆皮蒜肠[1]，并因此赢得了一场赌局。不过，第二次进行类似赌局时，他却输掉了。那一次，他在一间小餐厅里跟人打赌，要将菜单上列出的东西全部都吃一遍，而且他确实几乎都吃遍了，哪承想，菜单最后列出了四种不同的奶酪，当他吃到第三种时，终于一把推开眼前的盘子，说道：与其多吃一口，不如当场暴毙！

这类奇闻逸事受到了大家的欢迎，很显然，地球上到处都有坚持不懈灌酒、不顾死活吃饭的家伙，因为几乎每个人都认识这样一位英雄，能够讲出他所完成的壮举。比方说，其中的一位是“斯图加特有这样一个男人”，另一位则是“一名龙骑兵[2]，我想是在路德维希堡[3]”，还有一位的战绩是十七枚土豆，另一位则是十一个煎饼沙拉卷[4]。上述逸事被大家绘声绘色地讲述出来，令人欣慰的是，大家都能够很自然地接受这样一项事实，即世界各地有太多稀奇古怪的天赋，俗世奇人数不胜数，闻所未闻的怪癖也不胜枚举。这是很惬意的事情，饱含着某种实事求是的客观精神，是每张常客酒桌上历史悠久、可敬可叹的传家宝，会被年轻人一代一代地模仿并传承下去，就

---

1 短而粗的德国经典香肠品种，量大实在，成年男性通常每餐吃两三根就能吃得很饱。

2 配备步枪的轻骑兵。

3 靠近斯图加特的一座城市，得名于1704年符腾堡公爵路德维希在此修建的王宫。

4 德国特色菜肴，用做好的煎饼包裹上沙拉、奶酪、熏肉做成卷，然后对半切开，分量很大，成年男性通常每餐吃上两个就已经很撑了。

跟酒文化、聊政治、抽雪茄烟、婚礼和葬仪一样。

喝到第三杯，汉斯问了一句，这里是不是没有点心供应。大家便将女服务员叫过来询问，这才搞清楚，原来真的没有点心，大家对此感到非常不满。奥古斯特站起来说，如果连点心都没有，他们大可以直接离开，再去别家。异乡人伙计怨声载道，不停咒骂这间可怜兮兮的餐厅，只有法兰克福人主张留下来，因为他跟女服务员有点儿暧昧，好几次伸出手来，热情似火地抚摩她。汉斯一直在观察他的这种举动，眼前的热辣景象跟喝下的啤酒起了反应，令他感到异常兴奋。好在大家现在要离开这里了，他觉得很开心。

结过账，大家一起走到街上时，汉斯喝下去的那三品脱啤酒微微开始生效了。这是种令人愉悦的感觉，半是疲惫，半是兴奋，在他眼前开始浮现出一层薄薄的、如同面纱般的东西，透过它，一切都显得更加遥远，不再像真实存在的事物，反而类似人们在梦中见到的景象。他不由自主地傻笑，笑个不停，胆子也变得更大，将头上扁帽戴得更歪，一时之间，他觉得自己可真是个无忧无虑、无比快活的棒小伙儿。此刻，法兰克福人又开始用他那唱战歌般的方式吹起了口哨，汉斯试图跟上他口哨的节奏，一步一步朝前走。

“尖角”酒馆里面相当安静。有几个农民坐在那儿喝今年新酿的葡萄酒。这里没有生啤卖，只有瓶装啤酒。于是，每个人面前立即摆了一瓶。异乡人伙计想要在大家面前表现得慷慨些，便为大家点了一整只大苹果派。端上来之后，汉斯突然觉得非常饿，接连吃下了好几块。身处这家以棕褐色为主色调的老派传统酒馆里，坐在坚实宽大的靠墙长椅上，带着些许微醺的蒙胧，感觉很舒服。老式实木柜台和巨大的火炉掩映在半明半暗的阴影之中，在一只装有木栅栏的大笼子里，两只山雀扑腾来又扑腾去，一整枝红色的花楸果插在栅栏上，作为它们的食物。

酒馆老板走到这一桌前，欢迎客人们的到来。过了一会儿，大家才真正开始畅所欲言地聊起天来。汉斯连着喝了几口味道很冲的瓶装啤酒，很好奇自己是否能够喝完一整瓶。

法兰克福人继续肆无忌惮地吹牛，开始讲起莱茵河流域各个地方举办的葡萄园庆典[1]，讲起自己四处闯荡、到处住小客栈的生活。大家开开心心地听他讲，汉斯也忍不住笑了起来。

突然之间，他开始意识到，自己的情况恐怕有些不太妙了。无论什么时候看去，酒馆、桌子、瓶子、杯子和同伴们都不再是原本的模样，周围的一切统统化开了，成了一团团柔软的棕褐色浮云，唯有当他努力打起精神细看时，才勉勉强强重新成形。时不时的，一旦听到周围的谈话声和笑声逐渐高昂起来时，他就马上跟着一起大笑，或者讲一些转眼就忘得一干二净的废话。每当大家碰杯时，他也加入其中，一小时过后，他惊讶地发现，自己的酒瓶已经空了。

“你酒量不错啊，”奥古斯特说，“想再来一瓶吗？”

汉斯笑着点了点头。在他过去的想象中，像这样酗酒是很危险的行为，不过现实似乎并非如此。刚好这时候，法兰克福人大声唱起歌来，大家纷纷加入，眼见大家齐声高唱，他也声嘶力竭地跟着吼了起来。

在此期间，酒馆里已经陆续坐满了客人，于是，酒馆老板的女儿也出来帮女服务员们招待大家了。她是个身材高大、长得很漂亮的俊俏人儿，有一张富有活力、轮廓分明的脸，一双褐色眼眸，眼神平静如水。

她将新上的一瓶啤酒放到汉斯面前，坐在旁边的伙计立即开始用自己最拿手的殷勤话语对她进行狂轰滥炸，可她却连一个字都没听

1　德国酿酒葡萄园的传统节日，每年举行，时间通常定在秋季。

进去。可能是为了表达对献殷勤伙计的不满，也可能是因为她本来就很喜欢少年那张俊美的小脸，总之，她故意凑近汉斯，伸出一只手来，迅速摸了摸他的头发，然后又走回到了柜台那边。

那个已经喝到第三瓶的伙计紧跟在她身后，努力想同她搭上话，但却没有取得成功。高个子女孩漠然地看了一眼这个伙计，什么也没回应，很快就背对着他，忙自己的事去了。无奈之下，他只好回到他们那桌，沉默不语地敲打着空酒瓶，过了一小会儿，突然十分热情地叫嚷道："我们可要快活起来，大孩子们，干杯！"

闹了这么一下之后，他开始讲起了一个内容淫秽、以女人为主角的故事。

汉斯听不清楚他具体在讲些什么，只能听到一种低沉的、仿佛由各种声音糅杂到一起所发出的混响。当汉斯几乎喝完第二瓶酒时，他开始发现自己很难正常说话，甚至连笑都笑不出来了。他想走到山雀笼前，逗弄一下这些鸟儿，但在走了两步之后，他感到头晕目眩，差点儿摔倒，只好小心翼翼地转身回去了。

自这时起，之前总是在莫名其妙萌生的各种兴致便越来越少了。他知道自己已经喝醉了，因此，酗酒这件事对他而言似乎不再有任何乐趣可言。隐约之间，他看到不远的未来，有许多即将发生的不幸正在等待着他——回家路上诸事不顺，跟父亲相遇后要爆发冲突，到了明天早上，车间里又会有麻烦。渐渐地，他的脑袋又开始痛了起来。

同行的其他人也差不多玩够了。在某个清醒的时刻，奥古斯特抢着去付了钱，荷包里转眼就变得空空如也。他们开心畅聊，放肆大笑，离开酒馆，走到了大街上，傍晚明亮的夕照，晃得他们睁不开眼睛。汉斯再也支撑不住了，他摇摇晃晃地靠在奥古斯特身上，任由他拽着自己往前走。

异乡人伙计变得多愁善感起来。他嘴里唱着“明天我必须离开这里”，眼中满是泪水。

其实本来是想马上回家的，可是，当他们经过“天鹅”酒馆时，这位伙计却坚持要进去。走到“天鹅”酒馆门口时，汉斯一下子挣开了奥古斯特的手。

“我必须回家。”

“你可不能一个人先走。”对方大笑着说道。

“可以的，我可以。我——必——须——回——家。”

“至少再来杯杜松子酒吧，小家伙！一小杯，能帮你挺胸抬头，还可以帮你把胃给整好。没问题的，你试试就知道。”

汉斯模模糊糊感觉到，自己手里确实有个小杯子，杯子里的酒洒了很多，不过汉斯还是大口喝掉了剩下的那些，灌进去了，像火一样，在胃里燃烧。强烈的恶心感涌上来，令他浑身止不住发抖。他独自一人，踉踉跄跄地走下面前的台阶，稀里糊涂地出去了，来到村子里。房屋、栅栏、花园……一切都歪歪扭扭，天旋地转地从他身边一晃而过。

他躺在苹果树下湿漉漉的草地上。想吐的冲动时刻伴随着他，烦恼与忧愁难以掩饰，各种思绪犹如一团乱麻，搅得他无法入睡。他觉得自己被玷污了，丢了面子，没脸见人了。怎样才能回家呢？该怎么告诉父亲才好？明天他会怎么样？他觉得自己整个人已经支离破碎，如此凄惨，觉得自己恐怕必须永远睡下去，永远别醒来才好。此时此刻，他的脑袋和眼睛疼得厉害，连站起身来的力气都没有，更别提继续走下去了。

霎时间，迟到许久的一道波浪又拍了上来，刚才转瞬即逝的那股欢乐情绪又涌起来了，他兴奋极了，马上龇牙咧嘴，自顾自地唱了起来：

噢，你啊，亲爱的奥古斯丁哪，
奥古斯丁，奥古斯丁，
噢，你啊，亲爱的奥古斯丁哪，
一切已成过眼云烟。

他才刚唱完，突然就有某种思绪席卷而来，冲进他内心深处，毫不留情地伤害了他，模糊不清的想法、记忆、羞愧与自责交织而成的晦暗洪流，势如破竹地涌向他。他大声呻吟，抽泣着，意识逐渐沉入草地里。

一个小时过后，天已经黑了，他站起身来，步履蹒跚、费力费神地朝着山下走去。

孩子没有按时回家吃晚饭，吉本拉特先生在心里狠狠地咒骂了他一顿。转眼九点了，汉斯仍然没回来，于是，他找出一根很久都没使用过的结实手杖，是用编藤椅用的藤篾制成的。这个小家伙，恐怕觉得自己已经熬过了被父亲狠狠抽打的年纪，等他回来之后，可要给他好好庆祝庆祝！

十点了，他锁上前门，心里想着，大晚上的，儿子居然这么想在外面鬼混，那就走着瞧吧，看看他能在哪里过夜。

尽管如此，他也没有睡觉，而是一边压抑着积压得越来越多的怒火，一边等待着外面伸出一只手来，试着旋转前门把手，然后胆怯地拉动门铃。他反复想象着这一幕——游手好闲的夜游神，真得给他好好上一课！这个浑小子回来的时候可能已经喝醉了，但稍后他就会清醒过来，捣蛋鬼、败家子、蠢东西！这一次，一定要把他全身上下所有的骨头都给揍散架。

最后，睡意战胜了他，也战胜了他的怒火。

与此同时，受到如此威胁的汉斯，早已身处黑黝黝的河水中，冰冷、无声、缓慢地漂流在山谷之间，顺流而下。恶心、羞耻与痛苦，早已离他而去，冷冽、泛蓝的秋夜，俯视着这具在无尽黑暗中漂浮的瘦弱身体，漆黑的水，把玩着他的双手、头发、苍白的嘴唇。没有谁看得到他，除了那只早在天亮之前就已经开始狩猎的羞怯水獭——它眼珠滴溜溜地盯着他瞧了两眼，然后便静悄悄地从他身边滑水远去。没人知道他是怎么到水里去的。或许他迷失了方向，一不小心，从河岸斜坡上滑倒，一头栽进了水里；或许他口干，想喝点儿水，结果失去了平衡；或许是被这无比美丽的水体所吸引，被诱使得弯下腰来，发现水中倒映的夜色，还有那苍白的月光，如此祥和、如此安宁地凝望着他，于是，遍及全身的疲劳和恐惧，无声无息地胁迫他，令他不由自主地踏入了死亡的阴影之中。

临近中午时，大家找到了他，并且将他给抬回了家。父亲大惊失色，不得不将手杖放到一旁，同时抛下了心中积压许久的怒火。尽管他并没有哭，也没有流露出多少悲恸的神情，但接下来的晚上他又是通宵没睡，时不时地透过门缝看一下他那静止不动的孩子：孩子躺在干干净净的床上，仍然用他俊朗的额头、用他那张苍白而聪慧的脸庞向外界透露出与之前相同的讯息，仿佛他是个格外与众不同的人物，拥有与生俱来的特权，能够支配与其他人不同的命运似的。他额头和双手上的皮肤有少许擦伤，呈现出些许青紫色，英俊的五官，目前正处于休眠状态，惨白的眼睑盖住了他的双眸，没能完全闭合的嘴巴，乍一看去，似乎对这结局感到颇为满意，几乎可以认为是一抹试图表达快乐的微笑了。如今这副表情，简直就像男孩突然从快乐无比的路途中被人给生拉硬拽了下来，如同怒放的鲜花被陡然折断，还没搞清楚怎么回事，当时的表情就凝固在了脸上。甚至连父亲也在疲惫、孤独的悲恸中屈服于这虚假的微笑，产生了错觉。

葬礼吸引了大量的相关人士和好奇者们来参加。汉斯·吉本拉特再度成为人人都感兴趣的名人，老师、校长和小镇牧师也再度关心起他的命运来。他们全都穿上了礼服，戴着参加重要仪式用的大礼帽，出现在送葬队伍里，并且还在墓前站了好一会儿，彼此之间低声交谈，聊着与他相关的事情。拉丁语老师看起来特别难过，于是，校长轻言细语地对他说道："是啊，教授先生，他本该是可以成才的。天妒英才，岂不可悲？"

父亲和老安娜，还有弗莱格师傅，一起留在了墓前，老安娜号啕不停。

"没办法，这类事情总是很残酷，吉本拉特先生。"他满怀同情地说道，"我也很喜欢这孩子。"

"难以理解。"吉本拉特叹了口气，"他如此有才华，本来一切也都很顺利，学校、考试——然后，突然之间，一个又一个的不幸，接踵而来！"

鞋匠朝那些正从教堂墓地大门离开的先生们做了个手势。

"在那边走着的几位先生，"他低声说道，"他们也真是功不可没，将他带到了这步田地。"

"什么？"对方直起身来，疑惑又惊愕地盯着鞋匠，"没错，我的天哪，为什么？"

"请您冷静，邻居先生。我只是指学校里那些人而已。"

"为什么呢？什么意思？"

"哎呀呀，事已至此。于您，于我，我们恐怕早已疏忽了许多关于这孩子的事情，您不觉得吗？"

小镇上方，天空无限延展，呈现出一片令人愉悦的湛蓝，山谷之间，河水闪动着波光，冷杉覆盖的群山，温柔又热切地将这片湛蓝一路挥洒至远方。鞋匠略微笑了笑，表情依旧很悲伤，伸出手来，挽住了身旁这位先生的胳膊。吉本拉特于是也就摆脱了此地的沉寂，从一时之间异常痛苦的沉思中走了出来，犹犹豫豫、不知所措地迈向他习以为常的低地。

（全文完）

经典就读三个圈　导读解读样样全

三个圈
独家文学手册

导 读

赫尔曼·黑塞与《在轮下》

作者：马剑
（北京大学外国语学院德语系长聘副教授、研究员、博士生导师。）

一、赫尔曼·黑塞其人

如今，在世界任何一个地方，无论是专门从事文学研究的人还是文学爱好者，对赫尔曼·黑塞这个名字都早已耳熟能详。对研究者们来说，黑塞的很多作品早已成为必读经典和重要研究对象。而对中国读者来说，随着黑塞的作品被大量地翻译成汉语出版，越来越多的人开始阅读黑塞的作品并且成为他的忠实读者。

一般来说，读者在阅读一位作家的作品之前，如果对作家本人有更全面、更系统的了解，无疑有助于对其作品的理解和欣赏，更何况是像赫尔曼·黑塞这样一位在全球具有如此巨大影响力的作家。因此，在这里有必要先对赫尔曼·黑塞做一个简单而又全面的介绍。赫尔曼·黑塞，瑞士籍德裔作家，1877年7月2日出生于德国符腾堡的小镇卡尔夫，于1962年8月9日逝世于瑞士家中，享年八十五岁。

黑塞是一位作家、诗人，可以说是一个文学的旷世天才，世界文学史上的一流作者。他的文学创作生涯跨越半个多世纪，他创作的主要体裁包括叙事文学、诗歌和散文等。其中，为他赢得广泛声誉的是叙事文学，其代表作《彼得·卡门青》《在轮下》《德米安》《悉达多》《荒原狼》《纳尔齐斯与歌尔德蒙》《玻璃球游戏》等，至今仍然深深吸引着全世界的读者。时至今日，这些作品在全世界仍然畅销不衰。据不完全统计，黑塞的作品在全世界的销量已接近两亿册，使他成为德语文学中除歌德之外最受欢迎的作家。他也因此获得了诺贝尔文学奖、法兰克福市歌德奖、德国书业和平奖等一系列荣誉。有趣的是，尽管在叙事文学上取得了如此了不起的成就，黑塞本人却更看重自己的诗作，认为在诗歌创作中，诗人更能直抒胸臆，与叙事文学相比，诗歌是更属于诗人自己的东西。

黑塞也是一个感官和思维极其敏锐，思想极其丰富且深邃，同时又谦逊好学的人。在创作于1924年的杂文《我的传略》中，黑塞就写道："我很幸运早在学生时代开始之前，就已经学到了对于生活有重大意义和价值的东西。我有我可以信任的清醒、细致和敏锐的感觉，从中我得以获取许多乐趣。"[1]正是凭借这样敏感的天性，无论是对自己，还是对周围的人和事，黑塞始终都能有超乎常人的认知。这一方面使他具有非同寻常的观察能力，为他日后的文学创作提供了无穷无尽的素材；另一方面，这也造就了他对艺术作品的独特鉴赏力。除了文学创作之外，黑塞从中年起开始学习绘画，到晚年时已经颇有造诣，同时，他又对音乐情有独钟，具有极高的音乐修养，绘画和音乐对他的文学创作产生了深刻的影响。正如《在轮下》的主人公一样，黑塞并没有接受过任何正规的高等教育，他所取得的文学成就可以说主要是靠自学成才。他的"老师"就是他外祖父那丰富的藏书。在这里，青少年时期的黑塞如饥似渴地阅读了大量文学、哲学、宗教、艺术等方面的名作，与这些作品的作者进行跨越时空的对话。虽然黑塞从来都不承认自己是一位思想家，但他在一部部佳作中表现出来的令人赞叹的深刻思想却有着独特的魅力。黑塞除了深谙德意志文学和文化传统，对其他国家和民族的文化也有着广泛的涉猎。而最为全世界的读者尤其是亚洲读者津津乐道的便是黑塞思想中的国际化成分。由于外祖父和父亲曾长年在印度传教，所以从孩提时代起，黑塞对于遥远东方的文化便并不陌生。在成年之后，黑塞更是通过阅读进一步加深了对以中国和印度文化为代表的亚洲文化的认知——一方面，他阅读了大量德国的印度学学者翻译的各种经典著作，对印度宗教思想从古代吠陀时期到史诗时期再到梵语文学时期的发展有着全面

1　参看《赫尔曼·黑塞20卷全集》，苏尔坎普出版社2003年版，第12卷，第47页。——作者注

的了解，[1]同时又对近现代印度宗教的状况有所认知；另一方面，他已经成了近代德语作家中，与中国文化联系最为紧密的人。通过研读由卫礼贤[2]等人翻译成德语的中国古代经典哲学和文学著作，黑塞对中国文化思想推崇备至。黑塞与东方文化的关系现今已经成为一个格外受东西方学者关注的研究课题。但对黑塞来说，研读这些著作并非出于什么猎奇的心理，而是希望能从东方文化思想中汲取营养，帮助他摆脱精神和思想危机；同时，他对一些西方文化思想难题所苦苦思索的解答，也希望能从东方文化思想中找到佐证。

正因为天生具有如此敏锐的感官和思维，使得黑塞很早就具备了一种超乎常人的自我意识，这种强烈的自我意识日后则发展成了黑塞对于追求个性、自我理想、自我实现的执着精神和理念。这一方面导致黑塞在生活中遭遇了多次严重的精神危机，另一方面也直接促成了他文学创作主旨的形成。无论是从黑塞本人的回忆，还是从他家人的记述中都可以看出，童年时代的黑塞，就已经具有了很强的个性，以致在家人眼中，他很早就成了一个“问题少年”。

而对黑塞的一生来说，这种自我意识产生的最深刻的影响，莫过于他很早就为自己确定了人生发展的方向。在《我的传略》中黑塞这样回忆：“从我十三岁开始有一件事对我来说就已经明白无误，我要么成为一名诗人，要么一事无成。”[3]十三岁，对普通人来说，通常还属于从童年向少年过渡的时期，然而黑塞在这个年龄就已经为自己的人生做出了抉择。尤其是对《在轮下》的读者来说，这个时间也格外重要——1890年年初黑塞按照父母的安排，为了参加符腾堡州的

1 参看《赫尔曼·黑塞20卷全集》，苏尔坎普出版社2003年版，第12卷，第47页。——作者注

2 原名理夏德·威廉（1873—1930），德国著名汉学家，将很多中国古代哲学经典作品译成德语。——作者注

3 参看《赫尔曼·黑塞20卷全集》，苏尔坎普出版社2003年版，第12卷，第48页。——作者注

考试，进入神学学校接受免费的神学教育，他就读于格平根的拉丁学校。也就是说，在刚开始走上父母为其规划的道路的同时，黑塞就立下了与之完全不同的志向，这也为他两年后逃离毛尔布隆神学学校埋下了伏笔。只是树立了一个这样的人生目标还远远不够，黑塞十分清楚，要实现这个理想需要付出高昂的代价——“在我和我遥远的目标之间，我看到的只是深渊，一切对我来说都变得不确定，一切都失去了价值”[1]。但也恰恰因为如此，才越发衬托出黑塞实现自己人生抱负的坚定决心——“我想要成为诗人，不管是容易还是困难，不管是可笑还是光荣”[2]。从那时开始，黑塞就走上了一条荆棘密布的人生之路，在成为职业作家的历程中，他独树一帜的个性与周围的环境之间产生了巨大的反差和矛盾；在取得一个又一个文学成就的背后，是黑塞克服一次又一次精神危机的过程。在这个过程中，黑塞越来越深刻地认识到“一种个性，成为一个独一无二的人并非每个人的使命，通向那里的道路充满危险和苦痛”[3]。但同时，对人格、个体的捍卫，描写个人如何实现自我、赋予生命意义也就成了黑塞文学创作中一条贯穿始终的主线。

黑塞并不是一个将自己封闭在象牙塔里的诗人，相反，他始终用他自己独有的方式保持着与社会的联系，参与到社会生活，尤其是社会文化生活当中。最直接的一个例子就是在1914年第一次世界大战爆发之后，除在瑞士《新苏黎世报》上发表了那篇著名的反战文章《啊，朋友，换个腔调吧！》之外，黑塞还积极参与了对德国战俘的救济和关怀工作。他发挥自己的特长，创建了“德国战俘图书中心”，为战俘们编辑报纸和文学阅读手册，这一行为充分体现出他深

1　参看《赫尔曼·黑塞20卷全集》，苏尔坎普出版社2003年版，第12卷，第49页。——作者注
2　同上。——作者注
3　参看赫尔曼·黑塞《书信选集》，苏尔坎普出版社1974年版，第408页。——作者注

厚的人道主义情怀。进入20世纪之后，随着黑塞文学声望的不断提升，他的社交面也日益广泛，当然，和他交往最为密切的还是他的“同道中人”——作家、艺术家、出版家等。如上所述，正因为对文化的密切关注，所以黑塞对外界感受最深刻的莫过于从19世纪末到20世纪上半叶西方文化所经历的严重危机。这种文化危机连同西方社会政治、经济的动荡，使像黑塞这样的人道主义者为人类的前途命运始终深深地感到忧虑。为了应对这种危机，除了自身的文学创作，黑塞的另一类具体行为就是以出版业为平台，通过自身的努力去唤醒公众的文化危机意识，促使哪怕是一小部分读者重新思考时代的文化问题。为此，他和友人一起创办了文化杂志，自己也编辑出版了不少文学史上经典作家的作品。从20世纪初开始，几十年内黑塞在德国国内外大约六十种报纸杂志上共发表了近三千篇关于文学和文化的评论，向公众宣传优秀的文学、文化成果。比如，今天很多人都知道著名犹太裔作家、被誉为现代文学先驱的弗兰茨·卡夫卡[1]，其生前默默无闻，去世前要求他的好友布罗德将其作品全部烧毁，但布罗德却违背了他的遗言将其出版。但很多人却不知道，在这个过程中，黑塞发挥了至关重要的作用，正是他联合了不少知名作家向出版社极力推荐，才实现了卡夫卡作品全集的出版。即使后来隐居到瑞士，黑塞也与文化界保持着密切的联系。除此之外，为人所津津乐道的还有他的另一个“爱好”——写信。黑塞一生究竟写了多少封信，至今没有一个准确的数字，保守估计在四万封以上，其中有相当一部分书信的内容具有极高的文学和文化价值。

---

1 弗兰茨·卡夫卡（1883—1924），著名犹太裔德语小说家，代表作有《城堡》《审判》等。——作者注

二、《在轮下》：黑塞创作早期的经典之作

如今，学术界普遍把黑塞1898年自费出版的诗集《浪漫之歌》和1899年出版的散文集《午夜后的一小时》视为他登上文坛的开端。1904年由S.菲舍尔出版社出版的小说《彼得·卡门青德》是黑塞的成名之作，而《在轮下》则是他创作的第二部长篇小说。这本书大致的写作时间为1903年秋天到冬天，但直到1905年10月才正式由S.菲舍尔出版社出版。因此，无论如何，《在轮下》都是黑塞文学创作生涯早期的作品，也就是说，在创作这部作品时，无论在个人思想发展还是在创作手法的运用上，黑塞都处在逐步走向成熟的阶段。和他创作生涯中后期诞生的那些重要作品相比，显然在这部小说中黑塞并没有用大量篇幅去描述主人公深邃的思想，或用富于哲理的语言去探讨各种人生问题，而是更加真实地表达出作家充沛而细腻的情感，这一切主要与小说的自传性有着密切的关系。

相比于黑塞其他的著名作品，《在轮下》的自传色彩应该算是非常浓厚的。正如黑塞在1936年所写的怀念其弟弟汉斯·黑塞的杂文《追忆汉斯》中所说，在《在轮下》中，不仅有他个人的经历，还有他的弟弟汉斯在学校里的悲惨遭遇。因此，这种影射首先从小说的两位主人公的名字上就可以看出——两位主人公汉斯·吉本拉特和赫尔曼·海尔纳的名字分别就是黑塞弟弟及黑塞的名字，而赫尔曼·海尔纳的姓名缩写H.H.，也与黑塞本人的姓名缩写完全吻合（二十多年后黑塞又将同样的缩写用到了名作《荒原狼》的主人公哈利·哈勒身上）。这里非常值得一提的是，即使是在黑塞早期的创作中，他就已经开始将个人不同的经历和心境投射到不同的小说人物性格当中。具体而言，这样的人物往往是两位关系要好的朋友，但他们的性格既截然相反却又有互补性，这种构思在《在轮

下》中得到了充分的艺术性展现。在后来的诸多名作如《克林索尔的最后夏天》《德米安》《悉达多》《纳尔齐斯与歌尔德蒙》当中，这种双重的自我刻画的手法被运用得更加纯熟，大大增强了作品的吸引力。

如果读者对赫尔曼·黑塞青少年时期的人生经历有所了解，就会很容易发现，《在轮下》的两位主人公与黑塞个人的境遇有许多相似之处——汉斯·吉本拉特和赫尔曼·海尔纳共同“讲述”了黑塞从1891年到1895年的各种经历。如上所述，就在这个时间之前，黑塞在心中已经为自己的人生坚定地确立了发展的目标：成为诗人。但在现实当中，他的父母却希望他走一条完全不同的道路——通过“邦试”进入神学学校，进而是图宾根的神学院，毕业后当传教士或者教师。和黑塞一样，汉斯·吉本拉特是一个天资聪颖、性格敏感的孩子，他以优异的成绩通过了“邦试”，进入著名的毛尔布隆神学学校学习。这里需要说明的是，毛尔布隆神学学校是真实存在的。这所学校始建于1147年，是欧洲保存最完好的中世纪修道院，1993年被收入联合国教科文组织世界文化遗产名录，每天都吸引着大量游客到此参观。它原本是一座熙笃会修道院[1]。宗教改革之后，克里斯托夫·封·符腾堡大公[2]于1556年在这里建立了福音教派修道院学校，从这里走出过很多声名显赫的人物，比如科学家约翰内斯·开普勒[3]、文学家弗里德里希·荷尔德林[4]。当然，略带讽刺意味的是，学校非但没有“忘记”那位仅仅在此学习了半年多就出走的文学巨匠——赫尔曼·黑

1 熙笃会，罗马天主教修道士修会。——作者注

2 克里斯托夫·封·符腾堡大公（1515—1568），德国历史上符腾堡公国（1495—1805）的统治者。——作者注

3 约翰内斯·开普勒（1571—1630），著名天文学家、物理学家、数学家。——作者注

4 弗里德里希·荷尔德林（1770—1843），德国著名诗人、戏剧家。——作者注

塞，相反，现在还以他为骄傲。总体来说，就性格而言，汉斯·吉本拉特身上有很多黑塞的弟弟汉斯的特点，而他在毛尔布隆神学学校里的很多经历——从分配到的寝室、课程表到兴趣爱好，则是黑塞本人亲身经历的再现；而他因病辍学离开毛尔布隆回到家乡时的身心俱疲和后来在一家机械工厂当学徒的情节，也很容易使人想到黑塞本人在那段时期的精神挣扎和在一家塔楼钟表厂的学徒生活。与此相对应，在那个充满热情、狂放不羁、爱好写诗作画的赫尔曼·海尔纳身上则可以看到黑塞的另外一面，无论是在毛尔布隆神学学校期间还是之后辗转于巴特波尔、施特腾、堪施塔特等地求医、学习和工作，黑塞个性中的反叛精神变得越发强烈。

在《在轮下》中，有两个情节对读者理解黑塞应该很有启发性。第一个情节便是经常被人提起的从毛尔布隆神学学校出走。从作品自传性的角度来看，这件事当然是黑塞本人的真实所为。1892年3月7日下午，黑塞从毛尔布隆神学学校出走，据他自己回忆，除了在零下七摄氏度的情况下，在一个草堆里度过了一整夜之外，他一直都在不停地走动。第二天，他被一名巡警找到，返回了神学学校，三天后，由于未经批准擅自离校，他被关了八个小时的禁闭。尽管不久之后他又在学校里上了半个月的课程，但在5月7日，他还是被父母接走，从此告别了毛尔布隆。在小说中，从学校出走的人是赫尔曼·海尔纳，前后的经历与实际情况非常接近。虽然小说的主线是描述汉斯·吉本拉特的故事，但黑塞通过海尔纳这个人物所要表达的另一方面的内容历来受到评论者的重视。可以毫不夸张地讲，这次出走是黑塞人生的一个重要的转折点，尽管从此开始，尚处于青少年时期的他经历了好几年的精神危机，但倘若他没有勇敢地走出这反抗的第一步，他后面的人生道路会如何就不得而知了。在小说中，海尔纳因为擅自出走而被学校开除，虽然黑塞没有再继续讲述他的故事，但与继续在学校中忍受着精神的折磨，最终因病辍学回家的汉斯·吉本拉特相比，海尔纳自然代表着黑塞心中蕴藏的希望。如果说汉斯·吉本拉特代表着黑塞的过去，那么，在赫尔曼·海尔纳身上就寄托着黑塞实现自我的理想。可以想象，黑塞也正可以借此摆脱青少年时期不愉快回忆的困扰。

第二个情节，就是主人公汉斯·吉本拉特的死。由于不堪忍受来自各方面的压力和痛苦，汉斯最终用投河的方式结束了自己短暂的一生。如上所述，在创作《在轮下》时，黑塞给主人公取名汉斯，是在影射自己的弟弟遭遇的内心苦痛，但黑塞万万没有想到，三十年后，他的弟弟汉斯真的也自己结束了自己的生命。事实上，在离开毛尔布隆神学学校之后，黑塞本人的确动过结束生命的念头，还不止一次。第一次是在1892年6月20日，当时他正在巴特波尔接受克里斯托夫·布鲁姆哈特教士的治疗，他借钱购买了一把手枪，在留下了威胁性话语之后消失了，但在同一天，他又闷闷不乐地自己走了回来。没有人知道这中间发生了什么。两天后，惊慌不已的母亲还是把他送到了位于施特滕的精神病院进行治疗。第二次则是发生在1893年年初，此时黑塞正在堪施塔特的高级文理中学学习。1月20日，他心灰意懒地独自前往斯图加特，卖掉了几本书，再次买了一把手枪，又动起了同样的念头。有的研究者后来甚至说，假如黑塞的这两次尝试有一次成功，那么1946年的诺贝尔文学奖得主就会是另外一位作家了。但无论如何，这些便足以证明黑塞在那段时间极其糟糕的精神状态。就他的人生轨迹而言，越来越差的精神状况最终导致他也像小说中的汉斯一样离开了学校。但和汉斯最后不堪重负、自寻短见相比，黑塞却通过自身的挣扎和抗争去改变自己的人生。从某种意义上说，正因为他在青少年时期遭遇了各种挫折和痛苦，他才比绝大多数同龄人都更早地体验到人生的艰辛和困苦，才能勘破生与死这个人生永恒的主题。虽然后人无法得知黑塞在两次尝试的过程中如何最终选择放弃，但从结果来看，无疑体现出黑塞对于生命的基本态度，正像他在1913年致友人的一封信中所写的："我已经完全摆脱了悲观主义的世界观……我热爱这个世界和生命，即使在痛苦中我也能够在和宇宙一起舞动的感觉中找到乐趣……作为作家，这也许就是我的任务的意义——一个感到生命的困苦，但却更加热情地热爱它的人，对生命的捍卫和使其容光焕发。"或许黑塞的这番话可以给读者在感叹小说主人公不幸命运的同时带去另一方面的思考。

可以说，围绕着这两个情节的思考代表着黑塞思想的两次提升；而他如何把这种思想提升的感受写入《在轮下》，就值得读者格外关注。通过《在轮下》的创作，通过对自身和他人在青少年时期遭遇的反思，尚处于创作生涯早期的黑塞更加坚定地明确了对上文所述的其文学创作的主旨。正如他在晚年给一位德国女大学生的回信中所描述的："单个的、唯一的人连同其生性和机遇，连同其天禀和爱好，是一个柔弱的、易被破坏的现象，他确实需要一个捍卫者。就像他要反抗所有强大的权力……我和我的作品也始终在反抗这些权力并感受到了其斗争的手段……我已经得到了上千次的证明，那与众不同的个人在世界上如何受到威胁、缺少保护而遭到敌视，他如何迫切地需要保护，需要鼓励和爱。"[1]从这个意义上说，《在轮下》就是表达这种反抗的一部典范之作。然而，《在轮下》归根结底是一部文学作品，是一件艺术作品。俗话说，艺术源于生活，却又高于生活，就像歌德通过自己自传的标题所要表达的那样，读者最终读到的内容，恰恰是"虚构与真实"的结合。作家如何驾驭虚构与真实才构成了文学作品特有的魅力。因此，历来就有研究者提出，尽管像《在轮下》

1 参见赫尔曼·黑塞《书信选集》，苏尔坎普出版社1974年版，第418页。——作者注这样的小说已被证明具有很强的自传性，但真实的黑塞与他在小说中塑造的人物之间的关系，反而因为这个而变得更加复杂。之所以这样说，是因为如果读者过于痴迷于将作家的真实经历与小说人物的命运进行类比的话，往往就会忽视小说中很多其他有价值的内容，尤其是作家在创作当中各种艺术手法的巧妙运用。就这一点而言，《在轮下》无疑也是一部经典的作品，即使读者对他的创作背景有所了解，但一旦开始细细品读这部小说，除了对两个主要人物的塑造之外，黑塞对小说中其他人物的描写、对他所熟悉的外界环境的描绘——无论是德国西南施瓦本地区被群山环绕的小城，还是毛尔布隆神学学校、在叙事当中对一些社会文化问题所阐发的议论等，很多内容都发人思考，值得读者仔细玩味。

当然，说到发人思考，在黑塞所有的名作当中，《在轮下》在思想内容方面的批判性无疑是最强和最直接的，这从小说的标题上就已经显露了出来——书名的寓意是“毁于车轮之下”，无疑，被碾压在下面的就是像汉斯·吉本拉特这样的青少年，而这里的“车轮”指的就是黑塞所说的那些“强大的权力”。按照通常的解读，黑塞在这里首先强烈地批判并谴责了他本人所亲身经历过的德意志第二帝国时期的教育制度，而如果人们继续深入思考的话，这部作品又何尝不是对当时已逐渐暴露出来的社会文化危机的一个警示呢？这一点自然也能够从小说出版之后来自各方的强烈反应和评价清楚地看出来。毫不夸张地讲，除了《在轮下》，黑塞的作品没有哪部能够在读者当中，尤其是在文学的范围之外引起如此剧烈的反响，赞扬和诋毁这部作品的意见泾渭分明，引发了不同读者的激烈讨论。就小说主题而言，最直接也颇具代表性的评价出自文学史专家和文学批评家阿图尔·埃略瑟，他在1906年柏林的《福斯报》上用讽刺的口吻写道：“这部长篇小说大致包括了一个给家长、监护人和教师们准备的指导意见，告诉他们如何使一个健康的、有才华的年轻人以最功利的方式走向毁灭。”后来成为黑塞好友的特奥多尔·豪伊斯，也就是联邦德国的第一任总统，也在小说出版后发表了评论：“这本书叙述了一个施瓦本男孩的短暂故事，他的生活原应平静而美好，但却被所谓‘好心’和习惯势力的可怕机器消灭和压碎了。汉斯·吉本拉特是社会体制的牺牲品，牺牲于他那‘小市民’的父亲无知的驱赶、刺激和扼杀之下。一部社会批判小说吗？是的，那里用温暖热情的语言通过一个青年提出了对全体年轻人权利的要求。”如果说埃略瑟的评价直接触及了小说的教育主题的话，那么，豪伊斯的评论又将小说的主题引向了一个更深的思考层面——教育是一个人类社会持久关注的主题。每当人类社会出现社会文化危机的时候，一定会波及教育，一旦个人的危机与时代的危机结合在了一起，一定会引起更加广泛的共鸣和思考。因此仅就此而言，《在轮下》就具有超越时代的意义。在小说从问世到现在的一百多年中，这种跨越时代的意义已经得到了多次证明——后世不同时代、不同地区的读者仍然在热烈地讨论小说的主题。人类进入21世纪，个体发展与社会发展、社会文化发展之间的关系变得日益复杂。黑塞虽然强调每个单一的个人应发展自我、实现自我，但从他一生的文学创作来看，他也并没有忽视个人发展与周围社会环境的发展达到和谐统一。

当初黑塞在把书稿寄给出版商菲舍尔的时候，并不十分确定对方能否接受。今天，全世界的读者也许都要感谢菲舍尔的独具慧眼。小说自1905年正式出版以来，据不完全统计，德语版迄今已经销售了两百余万册，被翻译成了几十种语言，由它引发的讨论至今都没有停止过。在文学批评界，即使是黑塞最苛刻的批评者也认为这是他的经典作品之一。

三、文学的不朽

大约二十几年前，德国柏林自由大学的一位资深教授做了一项非常有趣的研究——在20世纪，用德语写作的作家中有十位获得过诺贝尔文学奖。随着时间的流逝，站在21世纪的开端，这些作家的作品在不同时代的读者当中的接受程度如何？尤其是21世纪的读者会怎样看待他们的作品，还会继续阅读这些当年红极一时的佳作吗？无疑，研究的结果显示，在这些作家和作品当中，就时至今日的知名度和销量而言，黑塞都是名列前茅的。

黑塞作品的魅力究竟在哪里？

1907年3月，慕尼黑的《三月》杂志上刊登了黑塞的长篇随笔《阅读〈绿衣亨利〉有感》，这是瑞士小说家戈特弗里德·凯勒最著名的长篇小说。这篇随笔可以被视为黑塞关于文学创作最深刻的反思，因为他在文章开头就提出了这样的问题："什么是这部作品的秘密？什么是它的伟大之处？什么促使我们将它置于那些历经许多世代依然不朽的作品之列？"黑塞的回答非常简单，他认为这个秘密建立在两种强大的力量基础之上——一股力量被他称为"素材的永恒"，另一股力量则是语言。

何为"素材的永恒"？黑塞这样解释："一个在三十年之后便显得过时了的小说人物仅仅是一个有趣的表象，却并不是一个标志。有些人物，其本质只能表现一时，这些人物会随着时间而消逝，而有些标志，其有限的表象只不过是永恒的外衣，这些标志却会流传久远……并不是因为他们都首先是其时代的代表，而是因为他们是真正的人。"[1]

1 引自《阅读〈绿衣亨利〉有感》，参看《赫尔曼·黑塞20卷全集》，苏尔坎普出版社2003年版，第16卷，第241页。——作者注

素材就是“人”，而所谓“素材的永恒”就是指人身上或者与人有关的某些内在的东西所具有的超越时代的特性。虽然每个人、每个文学作品中的人物都有其时代的局限，但如果一位作家写出了人最本质的东西，写出了决定人的命运的具有普遍意义的内容，那么这个人物抑或这部作品就很可能会超越其自身的时代，不仅在当世，也会在后世引起广泛的共鸣。就这一点而言，《在轮下》无疑是一个很好的例证。黑塞在给出版商菲舍尔的信中就写道：“也许您会在这里发现普遍人性的存在。”

更值得一提的是，“素材的永恒”这个观点是黑塞在将近而立之年阐发的。假如在此前的生命经历中没有痛彻心扉的精神困苦，没有对于自我心灵的彻底剖析和反思，诗人是不可能有如此深刻的人生感悟的。

文学，是语言的艺术，语言之于文学作品，就像旋律之于音乐，像色彩之于绘画。就像绘画和音乐一样，在任何艺术体裁中，内容都要通过恰当的形式表达出来。今天，黑塞已经被公认为20世纪的德语文学大师，在他写作的各种体裁的文字中，这位并没受过正规高等教育的诗人却用各种不同风格的语言打动着无数的读者。尽管这些文字在翻译成各种语言的过程中会有一些“损失”，但读者也依然能够领略和享受其语言的魅力。然而，就像所有取得伟大成就的艺术家一样，在精彩的作品背后都是艺术家超乎常人的辛勤付出。对于语言，黑塞表现出一种非同寻常的敬畏之情，甚至在1954年，已经七十七岁高龄的他仍然在一篇杂文里写道：“我们诗人依赖于语言，它是我们的工具，但却没有任何人能够成功地驾驭它。至少我可以这样说我自己，自从我七十多年前进入学校上学以来，我坚韧不拔而又持之以恒地做的唯一一件事情，就是努力获取德语知识从而驾驭这种语言。在这个过程中，我依然觉得自己还是一个大惊小怪的新手。”[1]黑塞对于文学作品语言上的追求已可见一斑。和思考人生大义一样，黑塞在从事写作的同时也是在展开一场与自我的激烈较量。

素材是神，语言便是形；素材是内容，语言便是形式。神和形的完美结合，就可以产生伟大的作品。这个道理看似并没有什么新鲜之处，但在黑塞这样一位为实现理想而奋斗的诗人身上，在他所塑造的诸多人物形象身上，一代又一代的读者找到了自身心灵的共鸣，进而感受到了文学传递给人的伟大力量，只要这份共鸣和这股力量依然存在，赫尔曼·黑塞和他的作品就是不朽的。

---

1 引自《关于“面包”这个词》，参看《赫尔曼·黑塞20卷全集》，苏尔坎普出版社2003年版，第14卷，第489页及以下。——作者注

图文解读

黑塞不甘心被推着走的少年时期

循规蹈矩地求学、工作与追求个人理想，究竟该如何抉择？少年时期的黑塞和我们现在的许多人一样为此而迷茫、痛苦。《在轮下》里，黑塞用两个性格截然相反的人物真实再现了他内心的冲突，展现了他不甘心被推着走的心路历程。这些经历跨越时空，仍在为一代又一代的人带去力量。

一、黑塞的家庭

1877年7月2日，赫尔曼·黑塞出生于德国巴登-符腾堡州卡尔夫镇的一个牧师家庭。

这是一个多元化的家庭：黑塞的父亲祖籍德国卢卑克，出生于爱沙尼亚，是一名“对人生疾苦深有体会，精神上有不懈追求”的传教士；母亲祖籍卡尔夫，出生于印度，是一名热情、善良又敏锐的女性。

1889年的黑塞一家

黑塞的外祖父，则可以说是黑塞童年时期最为崇拜的人。他是一名梵文学家、翻译家、语法学家和百科全书家，曾编纂过词典，在印度传过教，1859年才因健康原因返回卡尔夫。

在《我的母亲》中，黑塞说道：

> ……那么外祖父贡德尔特身上除了虔诚、对一切顺从和对权威思想表示赞成之外，还有一种灵魂和精神的宽广、丰富的幻想、儿童般美妙的保持青春和表演能力，对音乐深沉的爱和富于创造性的幽默。[1]

黑塞的外祖父母

1 参见《黑塞画传》，[德]费尔克·米歇尔斯编，李士勋译，上海世纪出版集团2008年版，第21页。——编者注

黑塞从小就在世界各地不同文化的熏陶下长大，家人，尤其是外祖父带给他的影响是不可估量的。在这个家里，黑塞阅读了大量书籍，形成了独特的性格，这里可以说是黑塞人生与写作的起点。

1899年的黑塞一家

二、黑塞的学生时期

家庭的复杂与多元使黑塞的心智较同龄人更成熟，早在少年时期他就定下了自己的人生目标——成为一名诗人。

> 从我13岁开始，有一件事对我来说就已经明白无误：我要么成为一名诗人，要么一事无成。[1]

1 参见本书第217页。——编者注

1880年3岁的黑塞

尽管有着如此明确的人生目标，黑塞还是被父母推上了一条自己并不喜欢的道路——去读神学学校，然后继承父辈的事业。

1891年6月，14岁的黑塞以优异的成绩考入毛尔布隆神学学校，然而黑塞却发现自己对这里的一切都极其不适应。

于是，1892年3月，黑塞毫无预兆地出走了。没有任何理由，没带一分钱，他就这样在野外度过了一夜，被找到后也毫无悔意，只表达了对父亲极大的反感。

不久后，黑塞的父母将他从学校接走，两度送进疗养院，希望能够得到疗养院的帮助，并弄清楚黑塞做出这些行为的原因。然而，与周围一切都格格不入的黑塞，在第二家疗养院里写下了一封致父母的信。这封信被各国黑塞研究者反复提及，并认为与卡夫卡的《致父亲的信》有同等研究价值：

我要用最后的力量指出，我不是一台人们只需要上紧弦的机器……此外，我在这四壁之中成了自己的主人，我不服从，将来也不会服从。[1]

黑塞独特、敏感的个性由此可见一斑。对既定生活的不服从，对偏离理想与目标的反抗，对流于世俗的生活的不甘心，这一切都体现了黑塞一生追随的那句格言：

成为你自己。

1955年的黑塞

1 参见《黑塞画传》，[德]费尔克·米歇尔斯编，李士勋译，上海世纪出版集团2008年版，第51页。——编者注

三、黑塞的学徒时期

离开神学学校后的黑塞陷入了一场精神危机，为解决这场危机，1894年6月至1895年9月，几经周折的黑塞在家附近的机械工厂里当了一名学徒工。在那里他学会了怎样拆缝纫机，套螺丝，区分金属，等等。

> ……我在那里学到了很多东西，第一次也是唯一的一次和劳动人民生活在一起。[1]

每日的体力劳动对黑塞的精神恢复有极大的好处，他的精神日趋平静。其间，黑塞阅读了大量的书籍，许多都是他外祖父的藏书。同时，他也写下了大量的文学习作，这对他日后的文学创作大有裨益。

毕竟，黑塞从未忘记自己的人生目标——成为一名诗人。

1895年，黑塞的父母亲与图宾根一家书店签下合同。黑塞在那里当了三年的书店学徒，后来又辗转多地谋生、写作。

多年后黑塞回忆起这段时期的经历，说道：

> ……我却有一个目标，最初模模糊糊，不太有信心，后来就越来越坚定地集中力量朝着这个孩提年代就梦想的目标走去……去担任书店的学徒工时，我也是为着自己的目标而去工作的……[2]

1 同上，第57页。——编者注

2 参见《黑塞研究》，张佩芬著，上海外语教育出版社2006年版，第10页。——编者注

这些经历塑造了黑塞的人格，让他认清了自己的目标，坚定了信念，使他学会了更好地与生活、社会相处，最终“成为你自己”。

也是在这期间，黑塞出版了自己的第一本书《浪漫之歌》，并在1904年凭借《彼得·卡门青》在文坛初露锋芒。

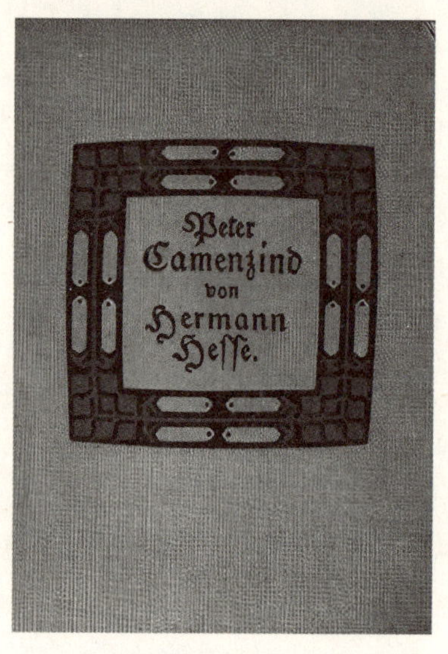

《彼得·卡门青》第一版封面

四、黑塞与《在轮下》

黑塞的经历最终造就了黑塞这个人。这些经历有不少被黑塞写进《在轮下》，故而很多研究者认为《在轮下》是一部具有极强自传色彩的作品。

《在轮下》第一版封面

从小说中的两个人物——汉斯和海尔纳——身上可以看出黑塞本人的影子。除此之外，汉斯的身上更多地带有黑塞现实中的哥哥汉斯的特点。

黑塞的哥哥汉斯善良、听话、真诚，往往听任安排，屈服于压力。

黑塞在写《在轮下》时就已看透事情的本质与未来的发展，在写给哥哥的信中，黑塞说道：

> 于是他（汉斯）……将会一辈子就留在车轮之下。[1]

许多年后，黑塞的弟弟汉斯最终还是走向悲剧的结局，和小说里一样，结束了自己年轻的生命。

---

1 同上，第35页。——编者注

黑塞的弟弟汉斯

1953年，已近80岁高龄的黑塞忽然收到一封来自一个日本的少年的信，这个少年似乎陷入了与黑塞当年相同的危机之中。黑塞为此写下了一篇文章：

> ……但是，不管书写得好抑或不好，其中毕竟蕴含着我的一段受煎熬的真实生活，而这样一种活生生的核心有时能够在很久之后在完全不同的环境里产生作用，还会多多少少散发出一些能量。[1]

《在轮下》不仅为我们真实地再现了黑塞本人的心路历程，也在许多年后的今天依旧源源不断地为人们提供着力量，在人们备受精神损伤，想要寻找自我的途中，照亮一小段路。

1 同上，第37页。——编者注

欢迎您从《在轮下》走进
读客三个圈经典文库

亲爱的读者，感谢您选择读客三个圈经典文库。

我们的封面统一使用“三个圈”的设计，读者可以凭借封面上形式各异的“三个圈”找到我们，走进经典的世界。

你想成为什么样的人?

对你来说什么是重要的?

这个世界应该是什么样子?

我们在生命中遇到的这些问题，或许可以在浩如烟海的文学经典中找到答案。

跟随读客三个圈经典文库，认识世界、塑造自我，成为更好的人!

《漫长的告别》

《西西弗神话》

《人间失格》

《人类群星闪耀时》

《鼠疫》

《小王子三部曲》

《局外人》

《月亮与六便士》

《基督山伯爵》

《罗生门》

读客三个圈经典文库

精神成长树

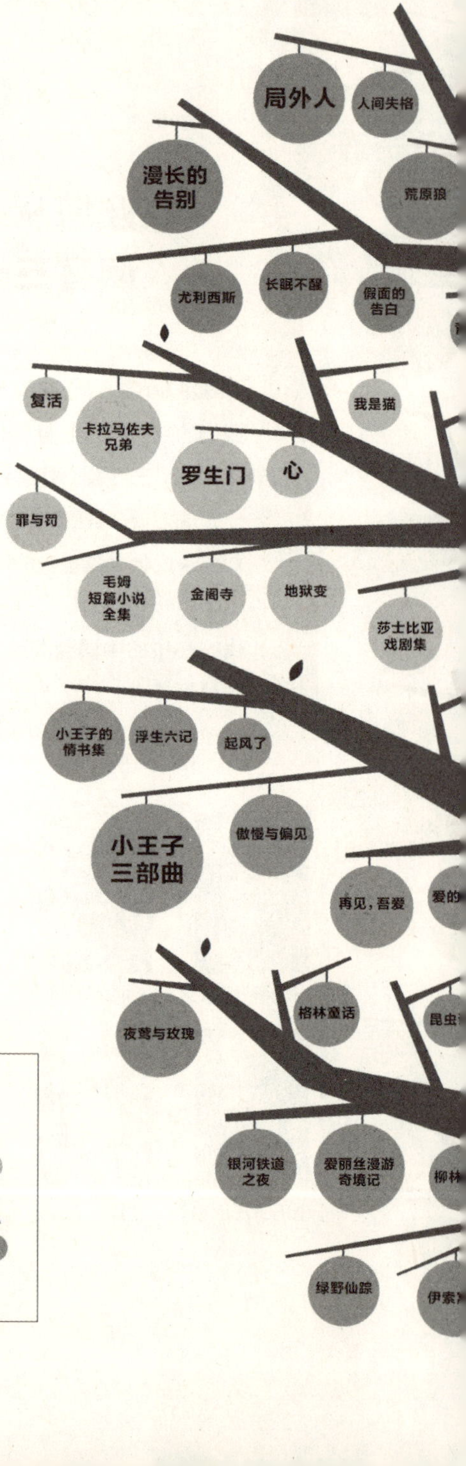

局外人
人间失格
漫长的告别
荒原狼
尤利西斯
长眠不醒
假面的告白
复活
卡拉马佐夫兄弟
我是猫
罗生门
心
罪与罚
毛姆短篇小说全集
金阁寺
地狱变
莎士比亚戏剧集
小王子的情书集
浮生六记
起风了
小王子三部曲
傲慢与偏见
再见，吾爱
夜莺与玫瑰
格林童话
银河铁道之夜
爱丽丝漫游奇境记
绿野仙踪

你想成为什么样的人？
对你来说什么是重要的？
这个世界应该是什么样子？

我们在生命中遇到的问题，每个时空的人都经历过，一些伟大的人留下一些伟大作品，流传下来，就成了经典。正是这些经典，共同塑造并丰富着人类的精神世界。

我们重新梳理了浩若烟海的文学经典，为您制作了精神成长树。跟随读客三个圈经典文库，汲取大师与巨匠淬炼的精神力量，完成你自己的精神成长！

树干：

不同的精神成长主题，您可以挑选任意感兴趣的主题进行深入阅读

例如：
寻找人生意义
探索自己的内心
拥有强大意志力
理解复杂的人性
…………

枝丫上的果实：

我们为您精选的经典文学作品

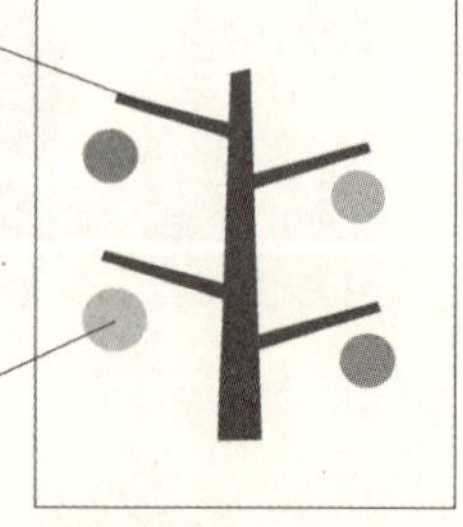
精神成长树示意图

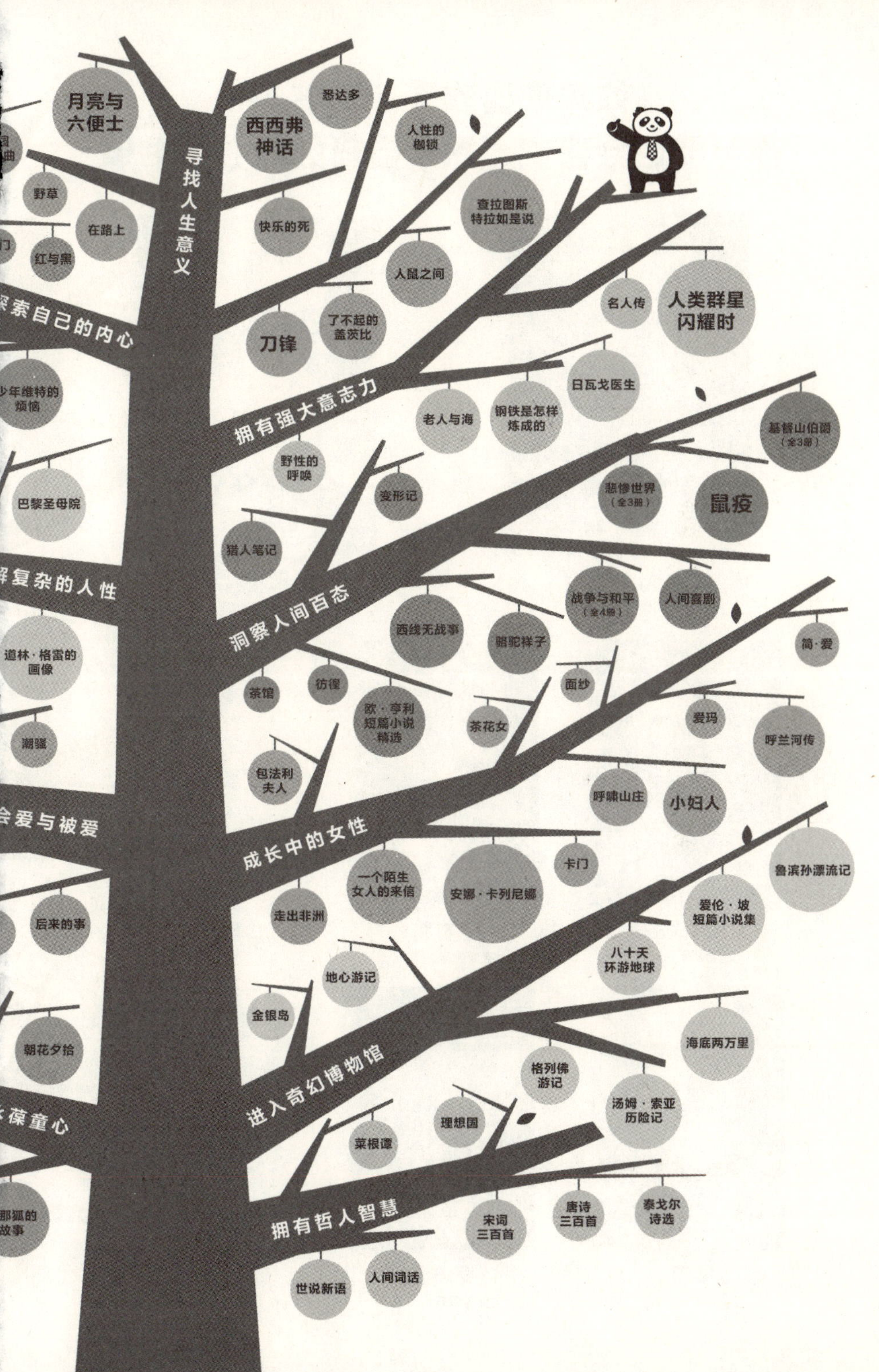

寻找人生意义
月亮与六便士
西西弗神话
恐达多
人性的枷锁
查拉图斯特拉如是说
快乐的死
人鼠之间
野草
在路上
红与黑
探索自己的内心
刀锋
了不起的盖茨比
名人传
人类群星闪耀时
拥有强大意志力
日瓦戈医生
老人与海
钢铁是怎样炼成的
少年维特的烦恼
野性的呼唤
变形记
基督山伯爵
（全3册）
悲惨世界
（全3册）
鼠疫
巴黎圣母院
猎人笔记
解复杂的人性
洞察人间百态
战争与和平
（全4册）
人间喜剧
西线无战事
骆驼祥子
道林·格雷的画像
简·爱
茶馆
彷徨
欧·亨利短篇小说精选
面纱
茶花女
爱玛
呼兰河传
潮骚
包法利夫人
呼啸山庄
小妇人
会爱与被爱
成长中的女性
一个陌生女人的来信
安娜·卡列尼娜
卡门
鲁滨孙漂流记
后来的事
走出非洲
爱伦·坡短篇小说集
八十天环游地球
地心游记
金银岛
朝花夕拾
进入奇幻博物馆
海底两万里
格列佛游记
汤姆·索亚历险记
理想国
菜根谭
永葆童心
拥有哲人智慧
宋词三百首
唐诗三百首
泰戈尔诗选
世说新语
人间词话

如果你喜欢《在轮下》
你可能也会喜欢“探索自己的内心”书单

《漫长的告别》

文库编号：025

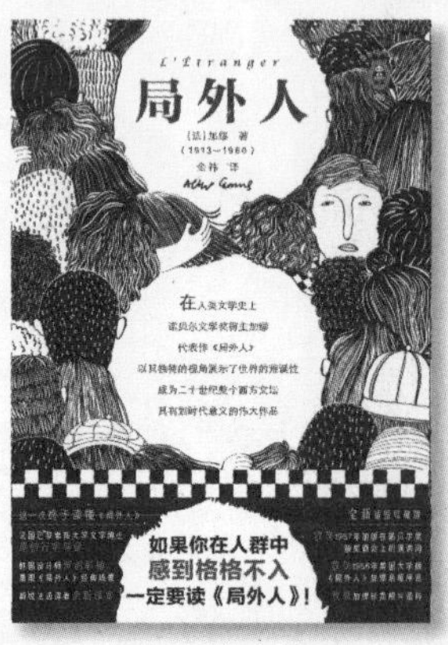

《局外人》

文库编号：055

《人间失格》

文库编号：002

《红与黑》

文库编号：024

《少年维特的烦恼》

文库编号：003

《窄门》

文库编号：157

《背德者》

文库编号：170

《田园交响曲》

文库编号：171